북 한 문 학 예 술

6

스타일의 탄생

북한문학예술의 형성과정

북한문학예술 6

스타일의 탄생: 북한문학예술의 형성과정

© 단국대학교 부설 한국문화기술연구소, 2014

1판 1쇄 인쇄__2014년 09월 08일
1판 1쇄 발행__2014년 09월 18일

엮은이__단국대학교 부설 한국문화기술연구소
펴낸이__양정섭
펴낸곳__도서출판 경진
　　　　등록__제2010-000004호
　　　　블로그__http://kyungjinmunhwa.tistory.com
　　　　이메일__mykorea01@naver.com

공급처__(주)글로벌콘텐츠출판그룹
　　　　대표__홍정표
　　　　편집__김다솜 노경민 김현열　디자인__김미미　기획·마케팅__이용기　경영지원__안선영
　　　　주소__서울특별시 강동구 천중로 196 정일빌딩 401호
　　　　전화__02-488-3280　팩스__02-488-3281
　　　　홈페이지__http://www.gcbook.co.kr

값 18,000원
ISBN 978-89-5996-420-8 93810

북한문학예술 6

스타일의 탄생

북한문학예술의 형성과정

경진출판

일러두기

〈 〉: 작품

「 」: 논문, 비평문, 기사

『 』: 단행본, 잡지

≪ ≫: 총서, 신문

• 북한 인명 및 용어(주법), 작품 표기는 북한식 표기를 따랐다.

　　예) 리기영, 론설, 령마루, 롱음주법, 죽바침주법, 손풍금

• 북한 자료의 원문 직접 인용 시, 북한식 표기를 따랐다.

책머리에

문예사(文藝史)의 서술에서 '스타일(style)', 곧 '양식'은 특정 시대나 지역, 문화권의 보편적인 형식이나 공통된 경향을 지칭하는 개념이다. 하우저(Arnold Hauser)의 표현을 빌리면, 스타일은 "구체적이면서 동시에 상호 분리된 수많은 요소들로 이루어진 전체를 관념적으로 통일시킨 것"이다. 스타일 개념이 갖는 이러한 보편적 성격 때문에, 하우저는 그것을 통해 우리가 "예술사 일반의 근본 문제를 구성할 수 있고" 바로 그러한 이유에서 스타일은 "예술사에 필수불가결한 기초 개념"이라고 주장한다. 즉, 우리는 스타일 개념을 받아들임으로써 개별 예술작품을 비교하고 그것들의 역사적 가치를 판단할 수 있는 판단기준을 갖게 된다.

스타일 개념은 북한문예 연구에도 유효적절하게 활용될 수 있다. 분단과 전쟁 이후 오랜 기간 극히 제한적인 대외교류와 사회문화적 폐쇄하에서 전개된 북한문예는 북한식(北韓式) 스타일로 통칭할 만한 특징적인 문예 형식과 경향, 분위기를 창출했다. 이러한 북한식 스타일의 탄생은 북한문예가 취해야만 했던 특정 주제와 모티프, 북한 주민들의 삶의 방식과 취향, 지배체제의 이데올로기가 복합적으로 상호작용한 결과다. 『스타일의 탄생: 북한문학예술의 형성과정』은 북한문예를 북한체제에 고유한 것으로 표지하는 북한식 스타일의 탄생과정을 검토한 연구서다.

이 책에서 북한식 스타일의 탄생과정을 살피는 작업은 먼저 오늘날 북한문학예술에 폭넓게, 그리고 특징적으로 나타나는 주제, 형식 및 장르가 북한문학예술에 처음 등장하고 일반화되는 맥락을 검토하는 것으로 시작한다. 다음으로 그렇게 형성된 모델 또는 정전이 이후 북한문예의 역사적 전개과정에서 계승, 변형되는 양상을 살펴보게 될 것이다. 또한 북한문예가 자신의 기원으로서 이른바 항일혁명문학예술을 내세우기까지의 과정에 대한 검토는 '역사 만들기'의 수준에서 북한식 스타일의 형성과정을 이해하는 데 보탬이 될 것이다.

이 책의 구성은 다음과 같다. 먼저 1부 '내용과 형식'에서는 형성기 북한문예의 지배적인 이데올로기를 검토하는 한편 그러한 이데올로기의 통제하에서 북한문예의 내용과 형식이 결정, 응결되는 양상을 확인할 것이다. 그 과정에서 우리는 형성기 북한문예가 수령, 노동자, 농민 등 자신에게 요구된 주제를 포괄하면서 자신의 특징적인 형식을 갖춰 나가는 양상을 확인하게 될 것이다. 2부 '역사와 장르'에서는 북한문예가 자신만의 역사와 장르를 구축해 가는 과정을 검토하게 될 것이다. 특히 여기서는 KAPF와 항일혁명예술을 축으로 전개된 북한문예의 역사적 기원 찾기가 중점적으로 다뤄질 것이다. 더불어 '성황당식 혁명연극'과 '민요풍 노래'의 출현 및 정착과정에 대한 연구는 북한식 장르의 출현과정에 대한 이해를 심화시킬 것이다.

『스타일의 탄생: 북한문학예술의 형성과정』은 오늘날 남한의 문예와 비교하여 극히 이질적인 북한문예의 양상을 스타일 개념의 적용을 통해 '포괄적', '총체적'으로 검토하려는 기획하에 진행되었다. 이러한 작업은 북한문예의 특수성을 그 자체의 맥락에서 이해하려는 시도로서 의의를 갖게 될 것이다. 특히 북한문예를 그 전체 맥락에서 조명하려면 문예 각 분야 연구자들의 협력이 절실히 요구된다. 따라서 이 책의 출판은 문학·연극·음악·미술 분야 연구자들의 협력하에 진행됐다.

이 책은 한국연구재단 중점연구소 지원으로 단국대학교 부설 한국문화기술연구소에서 진행 중인 〈통일시대를 대비한 남북한 문화예술의 소통과 융합방안 연구〉의 단행본 연구 성과다. 이 책이 나오기까지 많은 분들의 도움을 받았다. 먼저 필자로 참여해 준 건국대학교 전영선 교수와 남원진 교수, 중앙대학교 오창은 교수에 감사한다. 또 황희정·김보경·최은혁·박은혜·김지현에게 깊은 고마움을 전한다. 무엇보다 이 책의 출판을 흔쾌히 승낙해 준 도서출판 경진의 양정섭 대표와 편집, 교정을 맡아준 김다솜님께 감사한다.

2014년 9월
단국대학교 부설 한국문화기술연구소 소장 김수복

목 차

책머리에_____5

제1부 내용과 형식

해방기 북한문학예술의 강령과 창작의 실제_____13

_ [임옥규]

   1. 북한문학예술의 창작 토대 ································· 13
   2. 강령: 진보와 민족 ····································· 17
   3. 창작의 실제 ··· 24
   4. 해방기 북한문학예술의 위상 ························· 45

수령형상 문학의 선봉, 계급성 논쟁의 핵심, 백인준_____51

_ [전영선]

   1. 수령형상 문학예술의 대부, 백인준 ··················· 51
   2. 유일사상체계화 과정과 수령형상화 ················· 54
   3. 〈최학신의 일가〉 논쟁과 주체사실주의 정립 ········· 61
   4. 반동 작가에서 대문호가 된 문제적 작가, 백인준 ····· 69

「개벽」과 토지개혁 ____ 73

_ [남원진]

1. 「개벽」 연구의 필요성 ·· 73
2. 리기영의 「개벽」 판본과 개작과정 ······························· 77
3. 토지개혁과 북조선 문학사의 평가 ······························· 99
4. 판본의 수집 및 공동 연구의 필요성 ··························· 113

전후복구시기 북한 노동계급의 성격화 양상 ____ 121

_ [오창은]

1. 노동의 '활력', 문학의 '생동' ·· 121
2. 식민지 시대의 작가에서 '노동자들이 사랑한 작가'로 ············ 125
3. 이상화된 주인공과 이상적 주인공 ······························· 129
4. 시대와 인간: 『시련속에서』의 인물 성격화 양상 ·········· 135
5. 노동현장의 시련속에서 ··· 142

2부 역사와 장르

왜곡과 은폐의 북한문학사, 시인 '이찬'을 소화한 방식   149

_ [김수복·강민정]

1. 문학사적 내러티브와 시인 이찬(李燦) ························· 149
2. '프로시' 활동과 초기 북한문학사의 평가 ···················· 151
3. '친일문학' 활동의 은폐와 '프롤레타리아 국제주의' 문학 ······· 159
4. 항일혁명문학으로의 왜곡과 수령형상문학으로의 부각 ······· 165
5. 북한문학사가 시인 이찬을 소화한 방식 ······················ 173

북한미술의 기원 ____ 177

__ [홍지석]

1. 기원 찾기, 또는 기원 만들기 ·· 177
2. 북한에서 카프미술의 위상 변화 ·· 180
3. 항일혁명미술의 발굴과 위상 강화 ·· 190
4. 북한미술의 실질적 기원으로서 조선화의 위상 강화 ················ 198
5. 내용의 기원과 형식의 기원 ··· 206

북한 혁명연극의 기원과 연극 〈성황당〉 ____ 211

__ [박덕규·김미진]

1. 북한의 연극과 연극혁명 ·· 211
2. 혁명연극의 의미 ··· 214
3. 갈등 표출 양상 ··· 222
4. 나오며 ··· 233

북한 '민요풍 노래'에 나타난 민요적 전통성 ____ 237

__ [배인교]

1. 북한의 신민요 계승: '민요' 스타일 노래 ····································· 237
2. 민요풍 노래의 음계 검토 ··· 241
3. 민요풍 노래의 전통과 변형 ··· 258
4. 민요풍 노래의 음악사적 의의 ·· 262

찾아보기 ____ 267

제1부

내용과 형식

해방기 북한문학예술의 강령과 창작의 실제※

: 서사문학과 공연예술을 중심으로

임옥규

1. 북한문학예술의 창작 토대

북한에서 해방기는 새로운 질서와 체제를 형성하는 민주건설 시기로 사회 경제 문화예술 등에 있어 고유한 특질이 결정되는 중요한 출발점이다. 해방기에 대한 북한문학사에서의 시기 구분은 『조선문학통사: 현대편』(1958), 『조선문학사(1945~1958)』(1978), 『문학예술령도사』(1991), 『조선문학사 10』(1994), 『조선대백과사전(18)』(2001) 등을 참조할 수 있다. 이 문학사들은 1945년 8월부터 1950년 6월까지를 '평화적 민주건설 시기', '새 민주조선건설시기'라고 규정한다.[1]

※ 이 글은 「해방기 북한문학예술의 강령과 창작의 실제」, 『우리어문연구』 42, 우리어문학회, 2012를 다시 수정한 글이다.
1) 이 문학사들에는 기술상의 현격한 차이가 존재함이 논증되고 있다. 「'사회주의적사실주

이를 참고하여 논의의 대상으로 삼고자 하는 것은 해방 직후부터 북한이 조선민주주의인민공화국(1948.9.9)으로 전환되는 단계에서의 북한문학예술 창작의 토대와 동향에 관한 것이다. 해방 이후부터 북한의 국가 수립 전후의 시기까지를 논의의 대상으로 삼은 이유는 이 시기에 사회 전반에 걸친 제도 개혁이 실시되었고 이에 따른 의식 개혁의 필요성이 대두되면서 문학예술이 국가기획에서 중요한 위치를 점유하게 되었다고 판단되기 때문이다. 이 글은 북한문학예술의 출발점이자 이후 지향점을 노정하는 이 시기에 주목하여 당시 문예정책과 실제 작품의 형상화를 논의해 보고자 한다.

해방 직후 북한은 북조선임시인민위원회를 구성하고(1946.2.8) 새로운 민주기지로서의 국가 건립을 기획한다. 이 기획의 목표는 북한의 고유 제도를 확립하고 제반 민주개혁을 실시하는 것이다. 이를 위해 북한은 토지개혁(1946.3), 사법제도 정비(1946.6), 노동법령 구비(1946.6), 남녀평등법 공포(1946.8) 산업 국유화령(1946), 교육제도 개편과 사회보험법 시행(1946.12) 등을 실시한다. 그리고 이러한 개혁을 실시하면서 북한은 1946년 말에 이르러 사상의식 개혁의 필요성을 느끼고 문화혁명의 과업을 제기한다. 이는 '건국사상 총동원 운동'으로2) 나타나 대중을 교양하려는 움직임을

의'에서 '주체사실주의'로의 이행」(유임하, 『민족문학사연구』, 민족문학사학회·민족문학사연구소, 2010, 192쪽)에 따르면 「조선문학통사: 현대편」에서는 신경향파와 프로문학을 근대 사회주의 미학과 이에 근거한 문학의 전통으로 삼고 이 시기의 문학의 적자(嫡子)로 삼았다면 나머지 문학사 판본들은 이런 기술 원칙을 폐기하고 김일성 중심의 항일혁명문학예술과 주체적인 민족문화예술을 미학적 원칙으로 내세우고 있다는 점을 밝히고 있다. 이는 김일성 유일사상 체제 이후 북한의 체제 문학적 속성으로 인해 문학의 정체성에 있어 김일성을 정점으로 삼고 그의 영도를 받은 문학의 역사를 왜곡 축소하여 기술하고 있기 때문이라고 이 글에서는 해석하고 있다.

이 글에서는 이를 참고하여 북한문학사에서의 시기 구분은 참고하되 실제적으로는 해방기 주요 잡지들을 참고하여 주요 작품 작가를 선별하고자 한다.

보인다. 북한은 대중을 교양하고 제도개혁에 따른 의식의 변화를 추동하기 위해 문화예술을 적극적으로 활용하기에 이른다. 이후 북한 정책을 적극적으로 수렴하는 문화예술이 형상화된다.

해방기 북한문학예술은 '북조선예술총련맹 결성, 김일성 장군의 20개조 정강 발표(1946.3), 8·15 해방 1주년 기념예총에서의 조직사업과 출판사업 등의 발표, 평안도 예술연맹재조직(1946.6.29), 북조선예술 총련맹규약(1946.7), 북조선문학예술총동맹 정비' 등의 과정을 거친다. 여기에서 해방기 북한문학예술 형성에서 중요한 시발점이 되는 것은 '북조선예술총련맹' 결성(1946.3.25)으로 볼 수 있다. 이 조직은 강령을 나열하고 전체대회(1946.10.13~14)를 열어 '북조선문학예술총동맹'으로 명칭을 바꾸고 조직을 재정비하였다.

이러한 일련의 과정을 거치면서 해방기 북한에서 실행된 문학예술 사업은 민주주의 민족국가 형성과정에서 중요한 역할을 하였으며 국가 기획의 일부로서 교양과 교육, 선전과 동원의 임무를 수행하였다고 볼 수 있다. 이 시기 북한문학예술의 토대는 강령과 이론에 의해 마련되었으며 창작된 작품들은 당시 시대상을 반영하

---

2) 이 운동은 1946년 11월과 이듬해 2월에 실시된 북조선인민위원회 선거를 계기로 북한에서 전개된 대중적인 사상의식 개조운동으로 알려져 있다. 「민주선거의 총화와 인민위원회의 당면과업(김일성, 1946.11.25)」, 『김일성저작집』 2권, 조선로동당출판사, 1979, 547~548쪽을 참고하면 1946년 11월 25일 김일성이 북조선임시인민위원회 제3차 확대위원회에서 11월 3일에 실시되었던 도·시·군 인민위원회선거를 결산하면서 새 나라를 건설하기 위한 '건국정신총동원과 사상의식 개조투쟁'의 전개를 제안했음을 알 수 있다. 그 해 12월 2일 북조선노동당 14차 중앙상무위원회는 "주민들의 사상의식개혁을 위한 투쟁전개에 관하여(건국사상총동원운동)"라는 것을 발표하였고, 이 결정에 따라 북한 전역에서는 건국사상총동원운동이 전개되었다. 일제로부터 물려받은 낡은 사상과 악습을 퇴치한다는 목적으로 전개된 이 대중운동은 사회 전체 성원들을 대상으로 했고, 범위도 정치·경제·문화 등 모든 부분을 포괄하였다. '건국사상총동원운동'이란 용어는 사실상 『인민』 1947년 신년호에 처음 등장했다고 한다(김재웅, 「북한 건국사상총동원운동의 전개와 성격」, 『역사와현실』 제56권, 한국역사연구회, 2005, 244~245쪽).

여 국가기획의 목표와 각종 현상을 이해할 수 있는 단초를 마련하였다.

남한에서 북한의 해방기 서사문학과 공연예술에 관련된 연구사를 살펴보면 문학사, 문예정책, 작가의 글쓰기 양상, 작품 분석, 공연 양상과 공연 미학 등의 분야로 대별됨을 알 수 있다. 선행 연구들은 북한에서의 해방기의 중요성을 인식하고 북한문학예술 연구의 대상과 범위를 넓히고 있다는 점에서 의의를 지닌다. 한편으로는 선행 연구들에서 자료 검증의 정확성에 대한 검토의 필요성이 제기되며 북한문학예술 특징의 기반이 되는 장르 간의 관계와 역할에 대한 연구는 드문 실정이다.

이 글에서는 이를 참고하여 해방기 북한문학예술 강령의 중요성을 인식하고 기존의 소략적인 논의에서 나아가 주요 잡지와 매체에 연관된 글들을 빠짐없이 실증적으로 점검하고자 한다. 또한 차후 북한문학예술에 중요한 방향성을 시사해 주는 장르의 전이 양상과 실천 양상에 대해 구체적으로 접근하고자 한다. 이러한 연구는 북한문학예술 형성기에 있어 정책과 실천의 유기적 관계와 장르 간의 유대 관계를 파악할 수 있다는 의의를 지닐 수 있다.

이 글에서는 해방기 북한문학에서 중요한 위치를 차지하는 북조선예술총련맹의 강령과 정책의 내용을 살펴보고 구체적으로 실현된 양상을 찾아 분석해 보고자 한다. 주요 논의와 작품 대상은 해방기 북조선예술총련맹과 북조선문학예술총동맹 기관지인 『문화전선』, 『조선문학』, 『문학예술』 등3)을 참고하고자 한다.

---

3) 『문화전선』은 총 6권으로 알려져 있는데 1집부터 5집까지 간행되어 있다.
　　1집(1946.7), 2집(1946.11), 3집(1947.2), 4집(1947.4), 5집(1947.8), 6집(1948.2)은 목차만 소개되어 있고 실제로는 발간되지 않았다.
　　이후 『문학예술』 창간호(1948.4)로 이어진다. 이 사이에 『조선문학』 창간호(1947.8)와 『조선문학』 2호(1947.12)가 임시로 간행되었다. 『문학예술』은 창간호(1948.4.25)

2. 강령: 진보와 민족

북한에서 문학예술의 이론적 토대가 제기되고 창작에 적용되기 시작한 것은 '북조선예술총련맹'의 결성에서부터라고 볼 수 있다. 이 조직이 강령을 내세우면서 그 내용은 창작에 구체적으로 적용되기 시작한다.

북조선예술총련맹의 강령은[4] '△ 진보적 민주주의에 입각한 '민족예술문화'의 수립 △ 조선문예운동의 전국적 통일조직의 촉성 △ 일제적·봉건적·민족반역적·파쇼적 모든 반민주주의적 반동예술의 세력과 그 관념의 소탕 △ 인민대중의 문화적·창조적·예술적 계발을 위한 광범한 계몽운동의 전개 △ 민족문화유산의 정당한 비판과 계승 △ 우리의 민족예술문화와 소련예술문화를 비롯한 국제문화와의 교류' 등으로 요약될 수 있다.

위의 강령은 크게 두 가지, '진보적 민주주의의'와 '자주적 민족국가' 건설을 목표로 하는 문학예술 운동의 이념과 과제 제시로 설명될 수 있다.

해방기 북한이 건국이념의 강령으로 채택한 진보적 민주주의는[5] 문화예술 강령으로도 활용되는데 이는 마르크스레닌주의 문예이념

이후 1953년까지 이어진다.

4) 「북조선예술총련맹 강령」, 『문화전선』 창간호, 1946.7.

5) 김일성, 「조선로동당 제3차대회 중앙위원회사업총화보고」, 국토통일원 조사연구실 편, 『조선로동당대회자료집』 1, 1988, 342~345쪽. 김일성은 해방기 혁명단계를 반제 반봉건적 민주주의 혁명단계로 규정하고 "민족통일의 위업을 달성하며 민주주의적 통일정부를 수립하기 위하여 각계각층의 광범위한 민주 역량을 동원하여 그를 단결하기 위한 민주통일전선"을 결성하였다고 주장하였다. 당시 남조선 공산당 주도의 진보적 민주주의는 1946년 9월 초 박헌영의 체포령 등의 사건이 이어지면서 그 실현이 어려워졌으나 북조선공산당 주도의 진보적 민주주의는 소련 군정의 지원 하에 민주주의 개혁에 큰 진전을 보였다고 평가한다(배개화, 「이태준 해방기 중간파 문학자의 초상」, 『한국현대문학연구』 제32집, 한국현대문학회, 2010, 32쪽 재인용).

과 모택동의 신민주주의 문화노선과 연관하여 살펴볼 수 있다.[6] 여기에서 모택동의 신민주주의 문화노선은 '무산계급주의의 문화사상이 영도하는 인민대중의 반제반봉건의 신민주주의', '민족적 형식·신민주주의적 내용'[7]으로 요약될 수 있다. 북한이 해방기에 내세운 진보적 민주주의는 무산계급 주도의 조선의 자주와 민주개혁의 실현을 목표로 하는데 '진보적'이란 용어에 주목해 볼 수 있다. 문학예술에서는 진보적 전통을 카프문학예술에서 찾으며 진보적 이상과 민주개혁에 걸맞은 인물과 주제를 탐색하기 위한 창작방법론으로 혁명적 로맨티시즘, 고상한 리얼리즘을 제시한다. 이와 연관된 논의는『문화전선』에 실린 논자들의 평에서 찾아볼 수 있다.

안막은「조선문학과 예술의 임무」(창간호, 1946.7)에서 문학 예술가들이 민족주의 통일노선 강화, 일제와 봉건 및 반민주주의 세력 소탕의 혁명완수를 위해 이를 문학예술 창조에 표현해야 한다고 주장한다.[8] 또한 그는 민족문학이 "무산계급과 그 문화사상이 영도하는 인민대중의 반제 반봉건 반파쇼적 문화"의 형태이어야 함을 강조한다. 새로운 민족문학은 '내용에 있어서 민주주의적 형식에 있어 민족적'인 형태이어야 한다는 것이다.[9] 이러한 내용은 모택동의 신민주주의론과 맞닿아 있다.

윤세평은「신민족문화수립을 위하여」[10]에서 상부구조론을 도

6) 김성수,「'북한문화예술의 강령과 창작의 실제'에 관한 토론문」, 중앙어문학회, 2011. 10.15, 1쪽 참조.

7) 부루노쇼 편,『중국혁명과 모택동사상II』, 석탑, 1986, 104~105쪽.

8) 안막,「조선문학과 예술의 기본임무」,『문화전선』창간호, 1946.7, 3~14쪽 참조.

9) 위의 글, 이에 대해서는 안막이 프로문학의 헤게모니를 중요하게 여기며 〈북문예총〉이 프로문학의 헤게모니를 강조한 까닭이 '신민주주의적 민족문학'을 건설하기 위해서라고 해석한다. 하정일,『분단 자본주의 시대의 민족문학사론』, 소명출판, 2002, 100쪽.

10) 윤세평,「신민족문화의 수립을 위하여」,『문화전선』2집, 1946.11, 51~58쪽.

입하여 이데올로기가 토대구조에 작용하는 점을 크게 강조하고11) 해방기 민족문화 수립 문제의 중요성을 제기하고 있다. 그에 의하면 신문화는 "무산계급이 영도하는 반제 반봉건의 문화이며" 그것은 세계무산계급의 사회주의적 문화혁명의 일부분에 속하게 되는 것임을 밝히고 있다.

강령에서의 국제문화와의 교류는 소련문화 섭취에의 요구로 나타난다. 안막은 「신정세와 민주주의 문화예술전선 강화의 임무」12)에서 카프 문학의 진보적 전통을 전제하면서 향후 방향에 대해 언급하고 있다.13) 이 글에 의하면 소련인민과 붉은 군대의 역할을 칭송하면서 북조선 인민들의 민주주의 문학예술 전선의 내용을 밝히고 있다. 기회주의적 경향을 없애기 위해 반종파투쟁을 강화할 것과 내용에 있어서 민주주의적, 형식에 있어서 민족적인 문학과 예술을 강조하고 있다.14) 한설야는 「국제문화의 교류에 대하여」에서 소련문화의 우위성과 진보성, 위대성을 설명하고 있다.15) 소련의 진보된 예술만이 진정한 민족예술 문화를 옹호할 수 있다고 설명하고 있다. 안함광의 「북조선민주문학운동의 발전과정과 전망」16)에서도 소련문화의 우수성을 강조하고 있다.

---

11) 김윤식, 『해방공간 한국작가의 민족문학 글쓰기론』, 서울대학교출판부, 2006, 318쪽.

12) 『문화전선』 2집, 1946.11, 2~10쪽.

13) 해방기 시기에는 여전히 카프의 전통을 인정하고 있었다. 이찬, 「쏘베-트 작가회견기」, 『문화전선』 3집, 북조선문학예술총동맹, 1947, 74쪽, 참조. "우리는 一九二四年以來 캎프를中心으로한 우리들의 文學藝術運動理論이 가장 正當하였고 오늘의 北朝鮮 우리들의 路線도 또한 가장 올바른 路線임을 스스로 再確認하면서 그러나 技術的으로 배울 많은것이 있음을 率直히 느끼였다."

14) 김일성은 1947년 신년사에서 "문학예술인들은 민주개혁의 성과를 정확하게 반영하여 앞으로 추진시키는 사상적 정치적 예술적으로 고상한 작품을 생산해야 한다"라고 지침한다.

15) 『문화전선』 창간호, 1946.7.

16) 『조선문학』 창간호, 1947.9, 275쪽.

한효는 「현대조선문학사조 1」17)에서 반세기 동안의 현대 조선 문학 사조를 6개 시기로 구분해서 일종의 문학사 서술을 시도했다. 이 중 6기는 민족문화 건설의 시기로 1945년부터 1947년 현재로 잡고 있다. 한효는 『문화전선』 3~5집까지 이에 관련된 논문을 게재하고 있는데 북한문학의 역사적 전통성을 확보하려는 의도가 보인다. 한효는 여기에서 소련문학과의 국제주의적 연대를 들고 있으며 시조·가사·한시 등 민족문학의 사적 전통을 내세우는 것은 '국수주의적 경향'이고 봉건적 잔재로서의 편협한 민족주의적 사조와 무연일 수가 없는 비과학적 경향이기에 타협 없는 투쟁을 전개하는 것이 진보적 문학인의 임무라고 강변하고 있다. 이러한 문학사론은 국수주의와 국제주의의 차이를 보여주고 있다.

해방기 북한 문예에서 제기되는 혁명적 로맨티시즘과 고상한 사실주의, 소련 추수에 관한 경향은 1930년대 카프의 방향전환과 논쟁에서부터 그 기원을 찾을 수 있다. 1930년대에 안막·권환·김남천·임화 등 동경소장파 중심의 카프 조직이 개편되면서 이 조직은 각 분야를 문학동맹·연극동맹·미술동맹 등으로 분리하고, 예술대중화론과 창작방법론, 소비에트 사회주의 리얼리즘의 수용문제 등을 논의하였다. 이러한 경향은 해방 후 북한 문예계에도 계승된다.

1930년대 소련 작가동맹의 논쟁 성과는 조선 현실과의 연관성이 결여되어 추상적이고 비역사적이라는 비판을 받는다.18) 이에 비해 해방기 북한 문예는 민주개혁 등의 현실 기반이 마련된 시점

---

17) 『문화전선』 3집, 1947.2, 30~44쪽.

18) 김성수, 앞의 글. 특히 소련 작가동맹의 논쟁성과를 식민지 조선에 수용하는 문제를 둘러싼 카프의 논쟁은 추수적 경향으로 비판될 수도 있으나 이 점은 프롤레타리아 국제주의 연대성 원칙에 의해서 나름대로 이해할 수 있는 문제이다. 논쟁은 본질적으로 식민지 조선 현실과 문예 창작에 대한 구체적 논거를 결여하여 논의 자체가 관념적으로 전개된 추상성, 비역사성을 보였다는 데 한계가 있었다.

에서 진보주의 민주주의론, 예술대중화, 소련과의 국제적 연대 등을 실현하고 있기에 현실성을 획득한다.

한효는 새로운 리얼리즘의 핵심이 리얼리즘과 혁명적 낭만주의의 올바른 관계를 규명하는 데 있다고 하면서 혁명적 낭만주의는 "새로운 리얼리즘의 한 과제이고 또 그렇게 되지 않을 수 없다. 왜냐하면 건설되어 가는 민주주의적 현실의 근원을 묘사하고 그 구형한 미래를 찬양하는 내용의 형상을 창조하는 창작방법은 필연적으로 새로운 리얼리즘의 범위 내에서 작가의 높은 상상력과 건실한 이상성을 보증하는 혁명적 로맨티시즘을 필요로" 하기 때문이라고 한다. 또한 "진보적 민주주의국가 건설의 위대한 과정과 그것의 아름다운 미래를 찬양하고 예견하려면 혁명적 낭만주의에 입각해서 현실을 바라보아야 한다"[19]고 주장한다. 이는 혁명적 낭만주의를 새로운 리얼리즘으로 대체하려는 의도라고 볼 수 있다.

그는 창작방법에 있어 토지개혁, 노동법령 실시와 더불어 발포된 슬로건에 주목할 것을 당부한다. "진보적 민주주의에 입각한 우리의 새로운 이상은 참된 현실의 힘에 의거"하여 로맨티시즘을 필요로 하게 된다고 주장한다. 이는 "건설되어 가는 민주주의적 현실의 근원을 묘사하고 그 구형한 미래를 찬양하는 내용의 형상을 창조하는 창작방법은 필연적으로 새로운 리얼리즘의 범위 내에서 작가의 높은 상상력과 건실한 이상성을 보증하는 혁명적로맨티시즘을 필요로" 하기 때문이다.[20] 이에 관한 내용은 고상한 리얼리즘으로 이어진다. 한효는 사회주의 리얼리즘과 고상한 리얼리즘의 동질성을 강조하여 혁명적 낭만주의가 고상한 리얼리즘의 내적 계

---

19) 한효, 「창작방법론의 전제」, 『문화전선』 2집, 1946.11.
20) 위의 글, 40쪽.

기라고 주장한다.21)

이 시기 문예창작방법론에 대해서는 북한에서 지속적으로 제기
하는 사회주의 리얼리즘과의 연관성에서 살펴볼 수 있다. 북한에
서는 전후 사회주의리얼리즘의 정착을 위해 그 발생 발전 논쟁을
벌인 바 있다.22) 1947~48년경에 당시 평론가들에 의해 제기된
'고상한 리얼리즘'론은 과도적 사회주의 리얼리즘의 형태로 볼 수
있다.23) 이에 대해서 '고상한 리얼리즘=사회주의 리얼리즘'24)으
로 보거나 사회주의리얼리즘의 속성으로 '혁명적 낭만주의'를 거
론하는 관점에는25) 좀 더 실증적이고 구체적인 논증이 요구된다.

자주적 민족국가 건설에 대한 이 강령의 입장은 해방직후 민족
문학론과 연관하여 살펴볼 수 있다. 이에 관해서는 남북의 문학단
체(조선문학가동맹, 북조선문학예술총동맹, 전조선문필가협회, 조선청년
문학가협회)들의 상호 이해와 비판을 중심으로 그 흐름을 파악할
필요가 있으나 이 글에서는 북한의 상황 하에서의 북조선예술총련

---

21) 한효, 「민족문학에 대하여」, 문화전선사, 1949(하정일, 「분단 자본주의 시대의 민족문학
   사 론」, 소명출판, 2002, 157쪽 재인용).

22) 김성수, 앞의 글. 사회주의 리얼리즘 창작방법의 '조선적 수용' 문제에 관한 1930년대
   카프 논쟁이 보인 한계가 질적으로 극복된 것은 1950년대의 사회주의 리얼리즘 발생
   발전 논쟁이다.

23) 김성수, 위의 글 참조. 핵심은 아직 사회주의 토대가 미약한 인민민주주의 단계였던 해방
   기 북한사회에선 소련 같은 사회주의 리얼리즘보다 과도적 성격의 '고상한 리얼리즘' 방
   법이 현실적합성이 크다는 주장에서 나온 것 이었다. 고상한 리얼리즘론이 카프 논쟁보다
   진일보된 점은 무엇보다도 사회주의를 건설하는 과정의 민주개혁에 근거한 현실적 토대
   를 갖춘 점과 실제적인 작가, 작품을 대상으로 다루고 있다는 구체성 이다. 하지만 나중에
   공식화된 문학사에선 고상한 리얼리즘의 존재를 의도적으로 외면하고 처음부터 사회주의
   리얼리즘이 1947년 3월 당 결정서부터 공식적인 창작방법으로 강령화되었다고 재규정
   된다. 이는 문학사의 재조명, 재해석일까 아니면 역사 왜곡, 날조일까?

24) 하정일, 『분단 자본주의 시대의 민족문학사론』, 소명출판, 2002, 160쪽 참조.

25) 김성수, 앞의 책, 2쪽 참조. 이러한 경향에 대해 이글에서는 당대 자료와 논쟁의 역동성을
   간과한 평면적 인식의 산물로 판단된 다고 평하고 있다.

맹의 강령에 집중하고자 한다.

이청원은 「조선민족문화에 대하여」26)에서 현 시기 필요한 민족문화건설을 위해서는 반제반봉건에 입각한 민주주의적 생활과 태도를 전취하여야 한다는 것을 제기한다. 그는 민족문화의 내용이 국수·보수·복고·봉건을 반대하고 민족적 형식 위에 인민의 민주주의적 내용을 담아야 한다고 주장한다.

안함광은 민족문학을 계급문학과 공통되게 바라보면서 당면 과제로 반일제 반봉건을 내용으로 한 민족문학을 제시한다.27) 안함광은 「민주문화의 창건과 문화 파류의 문제: 일본문화의 비판을 중심으로」28)에서 일본문화의 독성을 밝히고 세계문화를 밝힐 원천은 10월 혁명의 정신과 사상을 가진 소련 문화, 민족문학의 재건과 창조를 위한 세계문화 섭취의 일의적인 대상은 소련문화라고 규정하고 있다. 또한 안함광은 「예술과 정치」29)에서 "예술의 정치성의 효과적 발동"을 위한 새로운 창작방법의 수립을 주장한다.

논자들의 의견을 종합해 볼 때 이 시기 북한 문예는 진보적 민주주의에 입각한 민족문학의 형태를 제안하여 무산계급이 주도하는 민주개혁을 다루고 반제 반봉건의 이념과 친소 경향을 문학예술 속에서 형상화할 것을 제시함을 알 수 있다.

해방기 북한 문예의 강령은 작품과 작가들의 창작활동을 통해 그 구체성을 획득하고 있다. 이 글에서는 이와 연관하여 서사문학과 공연예술의 실례를 살펴보고자 한다.

---

26) 『문화전선』 2집, 1946.11, 42~50쪽.
27) 안함광, 「민족문학재론」, 『민족과 문학』, 문화전선사, 1947.
28) 『문화전선』 2집, 1946.11, 11~33쪽.
29) 『문화전선』 1집, 1946.7, 15쪽.

3. 창작의 실제

1) 신인간형의 주인공: 애국과 모범, 긍정과 낙관

해방기 북한문학예술은 제반 민주개혁과 부강한 새 조국건설을 위한 근로 대중의 애국적 투쟁을 작품 속에서 반영하고 있다. 작품 속에 나타나는 인민이 갖추어야 할 덕성은 희생·헌신·애국·모범적인 삶의 자세로 나타난다.

특히 이 시기에는 토지개혁에 대한 성과를 작품으로 형상화하는 것이 강조되었다. 토지개혁을 다룬 대표적인 작품으로 이기영의 「개벽」(1946.7)[30]과 『땅』(1948, 1949)[31]이 창작되었다. 「개벽」이 '원첨지'라는 늙은 빈농을 통해 낡은 사상적 잔재를 없애고 새로운 토지개혁에 걸맞은 의식개혁 사상을 교양 받는 인물에 대해 다루고 있다면 『땅』은 토지개혁이라는 민주개혁을 통해 새로운 인간상이 완성되는 과정을 보여주고 있다. 『땅』의 주인공 '곽바위'는 자발적이며 긍정적인 인물로 개인보다는 사회를 위한 이익에 앞장서는 인물로 그려진다. 이 두 소설은 토지개혁이라는 당대 사회를 잘 형상화한 작품들이지만 인물형상화에 있어서는 1947년 초 고상한 사실주의가[32] 제시된 전후를 살펴볼 때 차이

---

30) 안함광의 「북조선 창작계의 동향」(『문화전선』 3집, 1947.2)에서는 개벽의 성과로 작가가 농민의 심리 가운데 봉건적인 부정적인 면을 리얼하게 표현한 점이라고 설명하고 있다. 원 첨지의 형상을 예로 "토지 개혁 이후의 농민을 무조건 영웅화하는 통속성을 범하고 있지는 않다. 봉건성과 무지에서 오는 소극성을 잘 포착하고 형상화하고 있다"고 평한다. 이러한 평가는 1950년대 이후(안함광, 「8.15해방 이후 소설문학의 발전과정」, 『문학의 전진』, 문화전선사, 1950)에 오면 "해방 후 농촌, 농민에 대한 구체적인 파악이 부족한 부분적 난점을 또한 가졌다"라고 변모된다.

31) 이기영, 『땅(개간편)』, 조선인민출판사, 1948; 이기영, 『땅(수확편)』, 조선문화협회, 1949. 이 소설은 작가에게 '인간의 의지를 개조하는 기사'가 되라는 당의 요구를 수용하고 있다.

가 있다. 「개벽」의 주인공이 갈등하고 의심하는 인물이라면 『땅』의 주인공은 갈등이 없는 긍정적이고 이상적인 인물로 당시 창작 방법론에 부합한다. 『땅』은 인민들에게 모범적인 인물형상을 보여줌으로써 그 형상을 따르게 하려는 당의 정책에 부합된다.[33] 이 소설은 연극 〈땅〉(이기영 원작, 윤세중 각색, 맹심 연출, 내무성예술 극단, 4막5장, 1949)으로 각색된다.[34]

토지개혁과 난관을 극복하며 사회주의 의식을 갖춘 인물로 개혁 되는 농민들의 성장을 주제로 한 작품으로는 희곡을 바탕으로 한 연극 〈바우〉(국립극장, 3막5장, 1947년 초), 〈봉화〉(한태천, 국립극장, 4막5장), 〈성장〉(백문환 작, 강렬구 연출, 평북도립극장배우집단창조, 막 5장, 1948), 〈비룡리 농민들〉(박용호 작, 한긍수 연출, 강원도립극장배 우집단, 4막, 1949), 〈꽉쇠〉(탁진) 등이 있다.[35]

희곡 〈바우〉[36]는 월북한 작가 한태천의 작품으로 1944년부터

---

32) 1947년 3월 28일 북조선 노동당 중아위원회 상무위원회 회의에서는 '고상한 리얼리즘'을 제시한다. 이는 긍정적 주인공론에 기초한 혁명적 낭만주의를 창작방법론으로 제시한 다. 김재용, 『북한문학의 역사적 이해』, 문학과지성사, 2000(2쇄), 92쪽.

33) 한설야, 「인간성의 개조」, 『정로』, 1946.12.14~15(김재용, 위의 책, 97쪽 재인용).

34) 소설과 연극 〈땅〉에 관한 일화는 다음과 같다(리수립, 「(론설) ≪민촌≫에게 따사로이 비친 은혜로운 햇빛: 위대한 수령님께서 작가 리기영에게 들려주신 사랑과 배려」, 『조선 문학』 7호, 1997.7, 63쪽).

"소설 ≪땅≫의 창작방향을 밝혀주신 위대한 수령님께서는 1949년 어느날 소설을 각색 한 동명의 연극을 친히 보아주시였다. 이날 경애하는 수령님께서는 주인공의 혼인관계선 이 로동계급적견지에서 옳게 맺어지지 못하였음을 찾아내시고 작품에서 지난날의 머슴이 였던 곽바위를 지주의 첩으로 있던 과부에게 장가들게 한것은 잘못된 설정이라는 심각한 지적의 교시를 주시였다. 당시 연극과 그 원작 인 소설에는 해방후 나라의 주인으로 성장 발전하는 주인공 곽바위가 지난날 지주 윤상렬의 첩이였던 전순옥이라는 녀성과 결혼하 여 새살림을 꾸리며 옥동자까지 낳는 인간관계가 그려져있었다. 이것은 로동계급성의 견 지에서 용납될수 없는 결합이였으며 미감상견지로 보아도 아름답지 못한 형상이였다."

35) 김정수, 「해방기 북한연극의 공연미학」, 『공연문화연구』 제20집, 한국공연문화학회, 2010, 41~42쪽.

36) 한태천, 〈바우〉, 『문화전선』 3집, 1947.2, 170~212쪽.

1946년 3월까지를 시기적 배경으로 하고 있다. 해방 전 '바우'라는 인물은 데릴사윗감으로 머슴살이를 하고 일제 징용에 끌려갔었으나 해방 후 의식 개혁을 하여 토지개혁을 방해하려는 자를 물리치고 군중들 앞에서 새 시대의 감격을 웅변하는 인물로 성장한다. 이 작품은 성장하는 주인공을 통해 새 시대의 낙관을 담고 있다.

신고송의 희곡 〈들꽃〉(전3막)[37]의 시대적 배경은 1946년 6월 하순에서 7월까지로 3·8도선의 접경지인 어느 농촌에서 토지개혁을 맞이하는 농민들의 모습을 형상화하고 있다. 연극 〈성장〉은 토지개혁에 관한 작품으로 해방기부터 현재까지 우수하게 평가되고 있다.

〈성장〉은 물론 다른 많은 작품들과 마찬가지로 토지개혁을 그린 작품이다. 그럼에도 불구하고 〈성장〉이 다른 많은 작품들과 현저히 다르게 또한 높이 평가되는 이유는 그것이 해방된 농촌이 자라나는 모습을 아무런 과장(誇張)도 없이 정확히 표현한 점이며 토지개혁이 우리 농민들에게 있어 얼마나 으라고 간절한 숙망(宿望)이 있는가를 진실하게 그려낸 점이며 또한 토지개혁의 기쁨을 다만 자각적인 농민들뿐만 아니라 널리 무자각한 농민들 특히 90을 넘어 청각이 불명하고 폐인(廢人)이 되다 싶이된 사람들에게까지 전하고 그들이 어떻게 감격하는가를 그리어내려고 한 점에 있는 것이다.[38]

농촌 현실을 생활상 제 모순과 그것의 극복 과정에서 진실하게 재현하였으며, 새 생활을 창조하는 과정에서 급격히 장성한 농민들의 모습을

---

37) 『문화전선』 2집, 1946.11, 136~172쪽.
38) 한효, 「예술축전의 희곡들」, 『문학예술』 창간호, 1948.4.

또한 전형적으로 형상하였다. (···중략···) 커다란 성과, 1948년 10월10일 로동 신문 사설에서 "연극 〈성장〉은 곧 북조선 인민 대중 속에서 장성된 예술 문화의 한 떨기 꽃이며, 해방후 3년간에 있어서 놀랄만큼 발전된 우리 문학 예술 운동의 한 개의 아름다운 열매로 볼 수 있다."[39]

위대한 수령님께서 몸소 공연을 보시고 높이 평가하신 장막극 〈성장〉(백문한 화, 3막5장, 1948년)은 그 대표작의 하나이다. 연극은 땅을 위한 우리 농민들의 투쟁을 인민정권수립을 위한 투쟁과 밀접히 결부시켜 보여주었으며 땅에 대한 우리 농민들의 세기적 숙망이 경애하는 수령 김일성 동지의 현명한 령도에 의하여 어떻게 실현되고 땅의 주인된 농민들의 사상의식 수준과 물질문화 생활수준이 얼마나 빨리 높아졌는가를 생동하게 형상하였다.[40]

이 시기 극문학에서 기본주제의 하나는 제반민주개혁과 부강한 새 조국건설을 위한 근로대중의 애국적투쟁을 제때에 민감하게 반영한 작품들이다. 희곡 〈바우〉, 〈성장〉, 〈원동력〉 등은 새 나라의 주인된 인민의 성장과정과 천지개벽을 이룩한 현실의 면모를 생동하게 보여 주었다. 이외에도 새로운 사회제도하에서 새로운 인간들의 성장과정을 두 자매의 각이한 운명을 통해 보여 준 희곡 〈자매〉, 남조선인민들의 반미투쟁을 그린 〈하의도〉, 〈폭풍지구〉가 성과를 거두었다."[41]

---

39) 리령,『빛나는 우리예술』, 국립출판사, 1956, 28~29쪽. 황철도 언급, 리령은 주로 작품의 내용과 의의를, 황철은 연출가를 기재하고 있다(황철,「애국주의적 사상 교양자로서의 연극예술의 사회 인식적 기능을 더욱 제고시키자」,『생활과 무대』, 국립출판사, 1956, 16쪽).

40) 김동춘,「새조선 건설과 연극예술」,『조선예술』 2호, 1990.2.

41)『조선대백과사전(18)』, 백과사전출판사, 2001, 469~470쪽.

특히 이 시기에는 노동법령42)이 실시된 현실과 증산과 동원이라는 국가적 요구에 부합하는 희생적이고 애국적이며 모범적인 긍정적 인물이 작품 속에 요구되었다.

일례로 이북명43)의 「노동일가」(1947)는 1947년도 인민경제계획을 완수하기 위해 헌신하는 주인공의 모습을 그리고 있다. 여기에서 알 수 있는 것은 새로운 제도 하에서 이를 완성하려는 고상한 인물의 애국주의와 낙관주의이다. 주인공 '달호'의 형상과 부정적 인물이나 사상을 개조하게 되는 '진구'의 형상을 통해 새 조국 건설을 위해 필요한 것은 애국심과 집단주의 정신임을 보여주는 것이다.44) 그는 「애국자」(1948)45)라는 소설을 연이어 발표하여 흥남비료공장 노동계급의 투쟁을 취재하고 있다. 이 소설은 흥남지구 인

---

42) 「노동법령실시기념 평양십대공장작가시인파견」, 『문화전선』 창간호, 1946.7, 74쪽. 예총은 노동법실시기념의 다채한 행사의 하나로써 평양중요공장에 가극부대동의 작가예인을 파견하야 해설과 경축에 힘쓰는 한편 현안의 써－클조직과 건설면작품화에도 노력하게 되였는바 제일회파견의 십대공장 및 동원 씨명은 다음과 같다.
　　동양제사－이동규/조선화학－박석정/철도공장－안함광/정박공장－정청산/조선고무－박세영/특수화학－김사향/전기총국－윤기정/사동탄광－한설야/연초공장－이기영/조선곡산－이찬

43) 이북명은 '노동자 출신 작가'로 흥남지구 공장에서 문예총 흥남시위원회 위원장, 흥남노동예술학원 원장으로 활동했고 1948년 3월 북조선노동당 제2차대회에 참가하여 북조선노동당 중앙위원회 위원으로 선출되었다. 흥남지구 공장의 현지 파견작가로 활동하였다. 남원진, 『이북명 소설 선집』, 현대문학, 2010 참조.

44) 안함광은 이 작품의 주인공 김진수는 결코 전형적 인물이 되지 못하였다고 평가한다. 그 이유는 김진수에게는 그룹 전체에 대한 대표성은 체현되었으나 개성적 특질 특징이 전연 결여되어 있기 때문이라고 한다.
　　"윤세중의 「압연기」가 피상적인 관찰을 한갓 개념적인 사상으로서 엮어보려고 한 무리와 약점을 드러내인 작품이라 하면 황건 씨의 「산곡」은 애초부터 사상적 입장이 뚜렷하지 못한 작품이다. 윤세중 씨는 「압연기」에 있어 모범 노동자를 개념적으로 그리었으며 이러한 작가의 태도는 마침내 생산 증간과 아울러 문화적으로도 마음껏 힘껏 자유롭게 상향하고 있는 오늘의 노동자의 생활을 내외면에서 구체적으로 형상하지 못하였다."(안함광, 「8.15 이후 제반 실천 가운데서 민주주의적으로 장성하는 과정에서 하나의 인간타입을 창조」)

45) 『문학예술』 제1권 3호, 1948.11.

민공장의 1947년도 인민경제계획 완수에 대한 감격과 환희와 흥분을 그리고 있다. 이 소설은 긍정적 주인공인 '한덕보'를 통해 당시 생산 현장의 분위기를 묘사하고 소설 말미에 부정적 인물이었던 '백인수'의 변모와 둘의 화해를 보이면서 노동자와 기술자의 단결이 필요함을 제시한다. 또한 소설 속에서는 애국적인 일로 증산에 책임을 다하는 것, 나라를 먼저 생각하는 것 등을 얘기하고 있다.

박태영이 「막냉이」[46]는 집안일만 하던 '막냉이'가 여성 모범노동자로 변모하는 일화를 소개하고 있다. 일제하에 심신이 허약한 남편이 일만 하다가 기진하여 죽자 대신 광산에서 일하게 된 막냉이는 성실하고 모범적으로 일을 하여 해방이 된 후 기계를 다루게 되는 소임까지 맡게 된다. 이 소설은 북한에서 해방 직후 실시한 남녀평등법에 대한 구체적 실례를 담당하고 있다.

남녀평등법이 내림에 대한 — 여자의 발전할 — 면이 넓어져야 할것이며, 종래 남자들에게만 맡겨두고 여자의 참견할 바가 아니라는 종전의 고정관념을 일소하기위해서도 이 기회에 여성 모범노동자중에서 어느모로 보아도 유능한 일꾼이 솔선적으로 나서서 ?? 역사적인 법령을 산업부문에서도 구체화 해야할 것이다. 가뜩이나 현재 생산장을 버리고 도회지로 안락을 구하려 나아가 모리배로 전환하던가 세궁민으로 떠러져버린곤 하는 아직 인식부족한 축들이 많은 까닭에 이러한 옳지 못한 자들을 깨닫게 하며 노동관념을 철저히 알게하기 위하며 한편 당장의 인원부족, 특히 기술부족을 해결하기위하여도 막냉이다 솔선적모범노동자로 나서야 할것이며 도한 가장 적당한 사람이란것이다.[47] (알

---

46) 『문화전선』 4집, 1947.4, 128~129쪽.
47) 박태영, 「막냉이」, 『문화전선』 4집, 1947.4, 134쪽.

아보기 어려운 글자는 ?? 표시 인용자)

위의 소설은 새 시대의 감격을 맞이하는 주인공의 감동과 깨우침이 담담하게 전개되고 있으며 다른 작품들에 비해 여성 노동자를 주인공으로 다루고 있다는 점에서 특이하다.

희곡과 연극에서 노동계급 주인공의 영웅성을 주제로 한 작품으로는 〈갱도〉(3막, 박태영 작, 라웅 연출, 평양시립극장 창립공연, 1947), 〈분수령〉(3막, 1948~1949), 〈인민은 조국을 지킨다〉(송영 작, 라웅 연출, 평양 시립극장 배우 집단 창조), 〈자매〉(송영 작, 고기선 연출, 황남 도립극장배우집단창조, 국립극장의 부속 연구소 졸업생들 공연, 4막5장, 1949), 〈나란히 선 두집〉(국립극장의 부속 연구소 졸업생들을 중심의 국립극장배우집단창조, 1막2장, 송영 작, 최호익 연출, 1949), 〈어머니〉 (교통성 예술단, 3막, 1949), 〈은파산〉(내무성극단, 4막, 1950)이 있다.48)

해방기 북한문학예술에서 강조되는 신인간형의 주인공은 안막의 고상한 인물론과 연결된다. 그는 「민족예술과 민족문학 건설의 고상한 수준을 위하여」에서 고상한 민족적 품성을 지닌 새로운 조선사람으로 형성하는 데 있어서 문학과 예술의 역할을 강조한다.

우리 창작가들은 무엇보다도 진정한 의미의 고상한 조선사람의 전형이 어떠한 것인가를 명확히 이해하여야 하며 그것을 형성하는데 선구적 역할을 놀아야 한다. 오늘날 새로운 조선문학에 있어 요구되는 새로운 긍정적 전형은 국가와 인민을 진심으로 사랑하는 민주주의 조국건설을 위하여 헌신적으로 투쟁하는 모든 낡은 구습과 침체성에서 벗어난 높은 민족적 자신과 민족적 자각을 가진 고상한 목표를 향하여 만

---

48) 김정수, 앞의 책, 45쪽.

난을 극복할 줄 아는 모슨 문제를 해결하는 데 있어서 높은 창의와 재
능을 발양하는 고독치 않고 배타적이 아닌, 다른 사람들을 이끌고 용감
하게 나아가는 그야말로 김일성장군께서 말씀하신 생기발랄한 민족적
품성을 가진 그러한 조선 사람의 형상을 말하는 것이다.[49]

위의 내용은 작품 속에서 고상한 인물을 표현할 것을 주문하는
내용으로 고상한 인물은 긍정적이며 모범적이며 헌신하고 목표를
위해 모든 문제를 해결하는 신 인간형으로 표현되어야 한다는 것
을 알 수 있다.

해방기 평론에서 논의된 대로 작품 속에서도 실제로 민주개혁의
실시와 성공에 대한 과정이 형상화되고 신인간형의 주인공은 애국
과 모범, 긍정과 낙관을 지닌 인물로 표현되었다.

2) 청산과 구축의 테마: 반제반봉건과 조소친선

해방기에 북한은 '일제적·봉건적·민족반역적·파쇼적 모든 반민
주주의적 반동예술의 세력과 그 관념의 소탕'을 중요하게 다루고
있다. 이 시기에 북한문학 예술인들에게 제기된 과제는 과거에 대
한 청산이다. 청산의 대상과 그 방법에 대해서는 구체적인 작품들
속에서 찾아볼 수 있다.

유항림의 「개」[50]는 친일분자인 평양 경관 능식이 해방 후 개변
하는 북한에서 불안감을 느끼고 광주로 도망갔지만 성난 군중에게
짓밟혀 죽는다는 줄거리의 소설이다. 이 소설은 제목 그대로 친일

---

49) 안함광, 「민족문학과 민족예술 건설의 고상한 수준을 위하여」, 『문화전선』 5집, 1947.8,
7쪽.
50) 『문화전선』 2집, 1946.11, 117~122쪽.

경력의 주인공을 개에 빗대고 있으며 '반역자에 대한 인민의 심판'[51]을 그리고 있다.

이기영의 「형관」[52]은 일제에서 해방으로 이어지는 역사 속에서 건국의 주체로 성장하게 되는 인물을 다루고 있다. 이 작품은 해방 직전의 한 농촌을 배경으로 징용을 둘러싼 농민들의 갈등을 형상화하고 있으며 일제의 조선에 대한 수탈과 농민의 저항에 관한 에피소드를 다루고 있다. 이 소설에서는 대일협력의 과거가 청산의 대상으로 거론되고 새 시대의 농촌의 생활에 대한 발견을 형상화하고 있다.[53]

최명익의 「마천령」[54]은 적색농조사건을 취급하여 일제의 탄압 속에서도 민족해방 운동에 힘쓰는 인물들을 그리고 있다. 이 작품에서는 인테리 출신인 춘돌이와 노동자 출신인 허국봉을 통해 지식인 출신의 유약성과 노동자 출신의 혁명성을 비교하고 있다. 이 작품은 작가가 1946년 말에 이루어진 건국사상총동원운동에 호응하여 성진 지역에서의 경험을 바탕으로 쓴 작품으로 알려져 있다.[55]

안함광은 8.15 이후 청산의 과제인 반제, 반봉건을 잘 형상화한 작품에 대해 아래와 같이 평하고 있다.

현실의 장성과 함께 제반 객관적 토대가 안정적으로 공고해짐을 따

---

51) 신형기, 「유항림과 정말의 존재론」, 『상허학보』 제23집, 상허학회, 2008, 314쪽.

52) 이기영, 「형관」(총 3회), 『문화전선』, 1946.12~1947.4. 이 작품은 3호까지 『문화전선』에 연재되다가 중단되었고 이후 『농막선생』(1950)으로 출간되었다.

53) "흥미로운 점은 대일협력에 대한 저항으로 선택한 낙향의 고향에서 노동의 가치와 생산성 증가의 가능성을 발견한다는 것이다."(김민선, 「해방기 자전적 소설의 고백과 주체 재생의 플롯」, 『우리어문연구』, 우리어문학회, 2011, 379쪽)

54) 『문화전선』 4집, 1947.4, 140~169쪽.

55) 김재용, 「해방 직후 최명익 소설과 『제1호』의 문제성」, 『민족문학사연구』 제17호, 민족문학사학회 민족문학사연구소, 2000, 322쪽 참조.

라 문학인들에게는 한 번 과거를 회상하여 그 가운데서 또한 혈육적인 요소를 찾을 만한 여유를 갖게 되었다. 이리하여 8.15 이후의 우리 문학 가운데에는 8.15 이전의 혁명적 투쟁 또는 애국 열사의 인민적 요소를 갖은 행동 등등을 회상하여 형상하는 특질의 세계도 나타났었다. 최명익 씨의 「마천령」, 김사량 씨의 「마식령」, 김태진 씨의 「이순신」 등이 그것을 말한다. 최명익 씨는 「마천령」에서 적색농조사건을 취급하여 놈들의 살인적 강압과 철창 밑에서도 민족해방이 물줄기는 끊임없이 흐르고 있었다는 혁명전통의 한가닥을 형성하였던 것이며 김사량 씨는 일제강점에 대한 그리고 그 사회제도에 대한 인민들의 불만과 반감이 얼마나 뿌리깊고 치열하였던 것인가를 로맨틱한 수법으로써 무쇠풍구의 행동형상을 통하여 보여주었다. 김태진 씨는 희곡 「이순신」에 있어 이순신 장군에게 제약되어져 있는 계급적 한계 내에서의 그의 인민성과 아울러 치열히 불타오르는 애국주의적 사상행동 그리고 당대의 부패한 봉건정치의 이면상을 폭로하였다.[56]

북한 연극계에서는 해방기 북한이 청산해야 할 대상을 명확하게 설정하고 있다. 이는 ① 일제잔재의 청산, ② 자연주의적 잔재의 청산, ③ 상업주의적 청산, ④ 신파적 잔재의 청산, ⑤ 형식주의 청산[57]으로 요약된다. 신고송은 북한 연극계에서의 급선무를 '형식주의적 연극인 소위 신파적 경향을 청산하는 것'이라고 밝히고 있다.[58]

신고송은 신파 연기의 발생과 형식에 대해 "조선에서 반봉건 사

---

56) 안함광, 「해방 후 문학창조상의 조류」(강진호, 「한국문단 이면사」 재인용), 깊은샘, 1999, 311~330쪽 참조.

57) 주영섭, 「연출과 사실주의」, 『문학예술』 제1권 2호, 1948.7, 40~41쪽.

58) 신고송, 「쏘베트 연극에서 우리는 무엇을 배우는가」, 『문학예술』 제2권 10호, 1949.10, 69쪽.

상 투쟁에 약간의 역학을 수행하였으나 그것은 결국 일본 제국주의 침략자들의 통치의 사상적 지반을 닦아주는 방조적 역할을 수행하였고 조선 현대극 발전에 오랫동안 지장을 주었으며, 8.15해방 후까지도 우리 연극에 많은 해독적인 작용을 한 연극"이라고[59] 주장한다. 그는 신파를 내용이나 형식에 있어 일본 제국주의적 잔재라고 언급하고[60] 있다. 북한『문학문학예술사전』에서도 해방기에 "신파극의 배우들이 일본 가부키 배우들에게 배운 틀이 있는 연기"가 "우리 배우들에게 영향을 주어 우리 연극예술 발전에 저애를 주었다"[61]고 평가한다.

북한 연극계에서는 형식주의가 '예술지상주의, 기교주의'와 밀접한 연관이 있다고 주장하면서 이를 청산의 대상으로 삼고 상업주의 연극 또한 청산의 대상으로 삼는다. 상업주의 연극은 해방기에 새 국가 건설이라는 목적에 부응하지 못하고 정신의 부재와 주체의 빈곤을 야기한다는 비판을 받는다.[62] 해방기 북한 연극에서는 일제와 서양적 잔재의 청산을 바탕으로 조선적 연기 수립의 의지를 보인다.

해방기 북한 문예에서 과거의 잔재가 청산의 대상이었다면 소련은 북한사회를 새로운 이상적 세계로 이끄는 좌표로 대두된다. 강령에서 주장하는 국제문화와의 교류는 소련문화의 섭취로 나타난다. 제2차 북조선예술총련맹 전체대회(1946.10.13~14)를 살펴보면 당시 친소 경향이 확연히 드러난다. 이 대회에서는 조선과 소

59) 신고송,『연극이란 무엇인가』, 국립출판사, 1956, 70쪽.
60) 신고송,「연극에 있어서 형식주의 및 자연주의적 잔재와의 투쟁」,『문학예술』제5권 1호, 1952.1.
61) 과학백과사전종합출판사,『문학예술사전』상·하, 과학백과사전종합출판사, 1988, 1993.
62) 박노홍,「한국악극사」,『한국연극』, 한국연극협회, 1978, 59쪽.

련의 우호를 상징하는 양국 깃발과 김일성, 스탈린의 초상화를 걸어놓았다고 한다. 특히 이 대회에서의 안막의 보고는 후원자로서의 소련의 도움에 감사하고 있으며 소련문화 섭취의 필요성을 강조하고 있다.

붉은 군대의 결정적 역할로 말미암아 해방된 북조선은 김일성 장군의 영명하신 영도에 여러 가지 민주건설을 승리적으로 실시하였다 (…중략…)
문학자 예술가들은 민주주의 북조선 건설의 위대한 시대적 진모를 정확히 파악하고 표현하기 위하여 고도한 사상적 무장과 기술적 무장을 가져야 할 것이다. 어느 날 우리 문학적 예술적 활동에 있어서 사상적 무장 뿐만 아니라 기술적 무장의 약점은 하루 속히 극복되어야 하며, 우리는 그것을 위하여 세계에서 가장 선진적이요 위대한 소련 문학과 예술의 섭취와 우리 민족문학 예술 전통의 계승을 위한 노력을 기초로 한 계속적인 노력이 필요한 것이다.[63]

해방기 북한에는 소련의 문학예술작품이 수백 권에 이르게 번역되었고 조소 관계를 다룬 작품들도 많이 창작되었다. 소련에 대한 애정과 찬사를 내용으로 하는 소설로는 한설야의 「모자」, 「얼굴」, 「남매」, 「기적」, 「레닌의 초상」 등이 있다.
한설야의 「얼굴」[64]은 소련군을 구원자로 그리며 소련 군대에 의한 해방을 기리고 있다. 제목 '얼굴'은 주인공의 은혜의 대상인 소련 군인의 얼굴을 가리킨다. 이 작품은 소련에 대한 민족적 감사와 국제주의적 친선 사상을 형상화하기 위한 일환으로 만들어진

---

63) 『문화전선』 제3집, 82~107쪽 참조.
64) 『문학예술』 제2권 1호, 1949, 135~152쪽.

작품이다.

소련문화예술은 북한의 낙후성을 극복하는 데 있어 좋은 길잡이[65]였다. 북조선예술총련맹(북조선문학예술총동맹) 기관지에는 소련 작품에 대한 번역물이 많은 부분을 차지하고 있다. 당시 소련 번역극도 많이 공연되었다. 쏘련 극단이 북한을 방문하여 공연한 작품으로는 〈이완 골루비〉(하바롭쓰크 드라마극장 내조 공연, 1946.5), 〈그 여자의 길〉(쏘련 번역극, 10월 혁명 30주년 기념 작품, 뜨레죠쇼부 작, 류보외 야로와야 국립극장, 1947)이 있고, 쏘련 번역극을 북한 연출가가 연출한 작품으로는 〈로씨야 사람들〉(씨모노브 작, 라웅 연출, 평양시립극장배우집단창조, 1948)과 〈외과의 크레체트〉(코르네츄크 작, 라웅 연출, 국립극장, 1949.3) 등이 있다.[66] 이 작품들 중 라웅이 연출한 〈로씨야 사람들〉은 북한문학예술에서 당시 지향하고 있던 청산과 구축의 대상에 대해 명확하게 해주고 있다.

연출자와 연기자들은 번역극 창조에서 왕왕 발로되는 형식주의적 연기수법 — 〈틀〉을 철저히 배격하고 오직 인간들의 내면 생활의 충실한 체험 및 제현에로 나아갔으며 그리하여 높은 사상 — 예술적 성과를 거두었다.[67]

같은 씨모노브의 "로씨야사람들"의 시립극장공연은 위대한 조국전쟁때에 표시된 쏘베트인민들의 영웅적 투쟁의 양자와 그들의 승리에 대한 확신과 백난을 겪고 나아가는 고귀한 희생정신을 알게 되었다.[68]

65) 한설야, 「국제문화의 교류에 대하여」, 『한설야전집』 14, 조선작가동맹출판사, 1960, 79쪽.
66) 김정수, 앞의 글, 51쪽.
67) 리령, 앞의 책, 46쪽; 황철, 앞의 글, 17쪽.
68) 신고송, 「쏘베트 연극에서 우리는 무엇을 배우는가」, 『문학예술』 제2권 10호, 1949.10,

〈외과의 크레체트〉에 대한 신고송의 글에서는 당시 무대에서 소련 사람들을 형상화하는 문제의 중요성에 대해 상기시켜 주고 있다.

　다음 우리 관객들은 이 연극을 통하여 정말 예술의 아름다움을 알았고 그 도취가운데서 쏘베트 인민들의 행복한 생활과 감정과 사상을 알게 되었으며 쏘베트의 위력과 우월성을 인식하게 된다. 국립극장의 "외과의 크레체트"는 예술적으로 성공한 것임은 누구나 공인 한 것이지만은 특히 쏘련 작가 아·뻬르웬초브씨에 의하여 국립극장 연극은 확실히 사실주의의 길에 들어서고 있다고 평가되었다.[69]

위의 예들을 통해 해방기 북한 연극계에서는 문학에서와 마찬가지로 소련 작품을 모범으로 삼고 연기수법, 무대, 생활감정과 사상의 표현 등에 있어 이상적인 형태로 받아들이려는 움직임을 보였음을 알 수 있다.

3) 생활로서의 예술: 현실 포착, 생활의 발견, 이상으로의 치환

강령에서는 운동으로서의 문예를 강조하고 있는데 조선문예운동의 전국적 통일조직의 촉성, 반민족주의적 반동예술 세력과 관념 소탕, 인민대중의 문화적·창조적·예술적 계발을 위한 광범한 계몽운동의 전개 등을 주요 골자로 삼고 있다. 이와 연관하여 김일성의 연설[70]과 20개조 정강 발표(1947.3.23)에 주목해 볼 수 있

72쪽.

69) 위의 글, 72쪽

70) 김일성, 「문화인들은 문화전선의 투사로 되어야 한다」, 『김일성저작집 2』, 조선로동당출판사, 1979, 231~235쪽.

다. 이는 북한이 건립될 국가의 성격을 밝히기 위한 것으로 '토지 개혁, 주요 산업 국유화, 일제 잔재 청산'이 핵심이며 이를 위해 문학예술 활동을 장려한다. 여기에서의 조항에 따라 조직된 '북조선문학예술총동맹' 산하 각 부문별 동맹은 문학예술의 대중화에 많은 역할을 하였다. 특히 문학과 연극은 대중에게 쉽게 다가갈 수 있다는 측면에서 많이 활용되었다. 북조선문학예술총동맹 대회 결정서에서는 민족의 70%를 점하고 있는 문맹을 퇴치하기 위한 계도운동에 적극적으로 참여해야 한다는 내용이 포함되어 있다. 특히 희곡과 연극의 중요성이 부각되었다.

희곡은 문학의 한 개의 장르임에 틀림이 없으나 그러나 그것은 문학 가운데 있어서도 전혀 특수한 지위를 점령하고 있다. 그것은 단지 읽히기 위해서 씌어진 문학이 아니고 연극으로 상연됨으로써 가장 직접적으로 아무런 기초 지식이 없는 인민대중에게도 능히 감상을 받을 수 있는 문학[71]

제2회 북조선예술총연맹 전체 대회는 문학·연극·미술·영화 등에 관한 보고와 각도 대표의 '지방예술운동' 보고가 행해졌으며 결정서를 발표하였다. 여기에서는 인민 대중을 교양하기 위해 문학자 예술가의 임무의 중요성이 인식되었다. 또한 문학예술의 역할로 반동파, 반민주주의 문학예술과의 투쟁, 반봉건 반일 반제 투쟁 등을 들고 있다. 또한 서클의 문학적 정치적 의의를 높이 평가하여 직장·농촌·학교·어장·가두 등의 인민 대중 속에서 문학 서클

---

71) 한효, 「조선 희곡의 현상과 금후 방향」, 『건설기의 조선문학』, 1946.6; 이석만 『해방기의 연극연구』, 태학사, 1996.

을 조직하기 위한 활동을 장려한다.

1946년 5월에는 〈조선예술좌〉와 〈인민극단〉 등 모두를 합하여 〈중앙예술공작단〉을 창립하였다. 북조선예술총련맹의 강령을 이어받은 〈중앙예술공작단〉은 "직장, 광산, 농촌, 어장, 도시에서 조선 인민의 대다수를 점한 로동자, 농민 근로 대중에 의하여 리해되고 사랑"[72] 받고자 연극작업을 우선시했다. 이는 1946년 5월 24일 김일성이 〈북조선 각 도 인민위원회 정당 사회단체 선전원 문화인 예술인 대회〉에서 진술한 연설 「문화와 예술은 인민을 위한 것으로 되어야 한다」는 지침과도 일치한다.

『문화전선』 편집국에서 마련한 〈북조선 각도 예술연맹 관계자 좌담회〉에서는[73] 민족간부 양성의 필요성에 대해 언급한다. 또한 이 좌담회에서는 예술과 생활의 결부에 대해 논의를 한다.[74]

북한의 문학예술 부분에서는 작가의 현지체험과 노동, 농촌 현장에서의 소조 서클 모임 장려를 통해 대중을 교양하고 국가사업에 동원할 수 있는 이데올로기를 정립하게 되었다. 북한의 건국 초기에 문화, 선전, 교육의 통합[75]이 이루어지면서 교양과 동원의

---

72) 안함광, 『조선문학사』, 한국문화사·연변교육출판사, 1957, 370쪽.
73) 『문화전선』 2집, 1946.11, 72~122쪽.
　　안함광: 낮에 대회석상에서 장군님께서 말씀하신 바와 같이 우리는 부단히 자아비판을 해야 한다. 김일성 장군은 "인재가 모든 문제를 해결할 수 있다. 우리 문화인은 민족간부 양성에 적극 참가해야겠다"라는 말을 하였고 이는 당시 엘리트형 간부가 부족함을 나타낸다.
74) 『문화전선』 2집, 위의 글.
　　안함광: 인민대중 속으로 예술을 가지고 들어가려면 구체적으로 어떻게 해야겠는가, 어떻게 해야 예술을 생활과 결부시킬 수 있는가?
　　김두만(함북 회령군 예련위원장): 연극 서클을 조직해서 무대 공연에 올리면 자기 아들 자기 남편이 연출하는 것을 보고 친밀감을 느끼더라. 연출가와 연기자가 부족하다. 간부를 양성시켜 달라.
75) 북조선임시인민위원회 계획국에서 발간한 「북조선 인민에 의해 달성된 경제개발 계획」에 따르면 초기 예산의 20%가 문화·선전· 교육 부문에 사용되었다. 찰스 암스트롱, 김연철·

이데올로기가 정립되었다.

북조선문학예술총동맹은 현지파견 계획표까지 작성하여 작가들을 공장, 농어촌, 인민부대 등에도 파견하였는데, 8.15 직후부터 실시되어 1947년에는 대규모로 실시되었다. 이북명·송영 등이 흥남공업지대, 김사량이 황해제철소, 황건 등이 아오지 탄광에서의 체험을 문학적으로 형상화하였다.76) 이 문학작품들에는 노동 현장에서의 구체적인 증산계획과 노력경쟁 등이 세밀하게 묘사되어 있다. 이는 당시 북한에서 요구하는 고상한 품성을 지닌 애국적 전형을 실제 생활에서 취재한 것에서 연유한다. 이 시기에 북한에서는 사상교양과 대중화 방안을 마련하기 위해 혁명과 건설의 수단으로 문학예술을 활용하여 각 문학예술소조가 1946년 6월에는 7,100여 개에 이르게 되었다.

김일성은 해방기 북한의 문화예술에 대한 지침77)으로 '인민대중 속에 일상적으로 깊이 들어가서 인민의 생활과 투쟁을 구체적으로 세심하게 연구할 것, 둘째 문화인 대열의 사상적 통일과 단결을 강화할 것, 셋째 인민대중을 교양, 선전할 순회극단과 강연을 조직하고 대외선전망을 조직하여 대외선전사업을 강화할 것' 등을 제시한 바 있다.

이러한 일련의 과업들을 통해 북한문학예술은 북한 정권이 수립되는 과정에서 국가 건립의 과제와 임무를 인민들에게 이해시키기

이정우 공역, 『북조선 탄생』, 서해문집, 2006, 263~264쪽 참조(유임하, 「북한 초기 문학과 '소련'이라는 참조점」, 『한국어문학연구』 제57집, 한국어문학연구학회, 2011, 156쪽 재인용).

76) 이영미, 「해방기 북한 정치체제 선전매체문학연구」, 『현대소설연구』, 한국현대소설학회, 2003, 276쪽.

77) 넷째, 일제 잔재에 반대하여 투쟁할 것, 다섯째, 민족문화유산을 계승하는 데 있어 민족적 형식과 민주주의적 내용을 결합시킬 것. 김일성, 「문화인들은 문화전선의 투사로 되어야 한다」, 『김일성저작집』 2, 조선로동당출판사, 1979, 231~235쪽.

위한 수단으로 조직화되고 활용되었음을 알 수 있다. 실제적으로 작가들은 현지체험 속에서 현실을 포착하고 대중의 생활을 발견하여 이를 작품화하는 과정에서 국가의 이상을 표현하라는 임무를 맡은 것이다. 생활문학에 대한 논의는 인민들의 생활을 그리되 전진적인 생활체험을 그려한다는 명제로 점차 바뀌게 된다.[78]

그러기 위해서는 인민들의 전진적인 생활체험 그들의 혁명적·민주주의적 혁명사업에 대한 그들의 선진성과 아울러 당원들의 선봉적 역할을 강하게 표현하여야 한다.[79]

1947년 이후 고상한 리얼리즘과 혁명적 낭만주의가 강조되면서 작품에서 현실에 대한 묘사와 이상적 미래 지향이 동시에 구현되어야 하는 과제가 더욱 강조되었다고 볼 수 있다. 특기할 점은 생활예술을 통한 체험 보고의 문학예술의 형태가 제시되었다는 점이다. 이를테면 현지 동원작가 보고와 수기, 수필 등의 형식이 이에 해당된다. 해방기 북한 잡지에 수록된 보고문학 형식인 김사량의 「동원작가의 수첩」, 송영의 「생산과 문학」, 이정구 「지방에 있어서의 문학예술운동에 대하여: 평북」, 남궁만의 「제사공장기」, 탁진의 「승리(성진제강소기)」 등이 이에 해당된다. 또한 레뽀르따쥬인 박세영의 「도공 흥남일기」, 리북명의 「승리의 선포」 등은 이후 선진국(소련, 중국) 기행 장르로 파생되는 계기를 마련하였다. 한설야의 레뽀르따쥬인 『소련 기행기』 등이 이에 해당된다. 이외에도 수

---

78) 우대식, 「해방기를 중심으로 한 안함광의 리얼리즘과 시 비평 고찰」, 『한국문예비평연구』 제32집, 2010, 209쪽.
79) 안함광, 「예술의 계급성」, 1942.2; 김재용·이현식, 『문학과 현실(안함광 평론선집4)』, 박이정, 1998, 34쪽.

필인 황건「탄광에서 돌아와」등이 있다. 후에 북한 문예에 자주 등장하는 실화문학에 해당되는 오체르크 등의 장르도 생활로서의 예술의 형태를 강조한 것으로 보인다.

해방기 북한문학예술은 생활로서의 예술을 강조하여 대중 교양과 동원의 이데올로기에 충실하였다.

4) 해방기 공연예술의 특성과 역할

해방기에 소설, 희곡, 연극은 대중에게 다가가기 쉬운 형태의 문학예술 장르였으며 연극은 대중들과의 직접적인 접촉을 통해 그 효과가 극대화 될 수 있었다. 연극 조직은 대도시를 중심으로 당의 문예정책을 선전하는 역할을 하였으며 농어촌, 광산지역에는 이동극단을 파견하였다. 또한 서클을 중심으로 하는 자립극단들의 활약도 높아져 북한 지역에서의 연극운동은 대중적 호응도를 높일수 있었다. 이 시기에는 신파극과 일제 잔재의 청산을 지향점으로 삼는 민주주의 민족연극론[80]이 표방되었다.

공연예술로서 해방기 북한 연극은 생활적인 내용과 사실적인 배우의 연기와 형상을 중요하게 여겼다. 대사는 일반대중의 소박한 정서를 담아야 하고 인물은 생기발랄한 민족적 특성을 지닌 조선사람의 형상이 주문되었다.[81] 연극 〈땅〉(1949)이나 〈이순신장군〉(1947)에서의 주인공은 기본적으로 명랑하고 강건한 분위기의 믿음직한 인물로 형상되었다. 또한 이 시기에는 연극에서 무대의 사실성도 중요하게 반영되었는데 신고송의 무대장치법[82]에서는 흑막 장치

---

80) 이석만, 『해방기 연극연구』, 태학사, 1996, 104쪽 참조.
81) 안막, 「민족문학과 민족예술 건설의 고상한 수준을 위하여」, 『문화전선』 5집, 1947.8.
82) 신고송, 『농촌써클운영법』, 국립인민출판사, 1949, 77~79쪽.

법이나 병풍을 이용한 장치법 등이 제기되었다.83) 이러한 무대장
치법은 이동무대에서 효과적으로 사용되었다. 특히 연극 관련 문
예소조 활동이 현지에서 직접 이루어지다보니 연극의 무대는 간편
하면서도 실용적이고 구체적인 형태가 요구되었다. 또한 이 시기
연극은 사실주의적인 연출을 중요하게 여겼다. 라웅의 「사실주의
연출연기」(1949)에서는 연기의 내적 동인과 정서를 포함하는 정제
된 이저 연기가 최종목표였음을 밝히고 있다.84)

이 시기 광범위한 문예서클 활동은 전문 창작자들의 현지 체험
과 생산 대중들의 생활예술의 경험이라는 효과를 창출하는데, 이
후 북한문학예술 조직의 형태와 방법에 많은 영향을 끼쳤다고 볼
수 있다.

해방기 북한 연극은 '새 조국 건설을 위한 노동계급의 형상, 토
지개혁과 연관된 농민들의 생활과 투쟁에 대한 극적 형상, 항일혁
명투쟁의 반영과 투사 형상, 반침략, 반봉건 애국투쟁의 극적 형상
화'로 유형화될 수 있다.85) 고상한 사실주의 창작방법론이 제기된
이후 긍정적 주인공의 형상화가 북한 문예에서 강조되었는데 이는
무갈등으로 흐르게 되었다. 연극에서 긍정적이고 모범적인 인물을
형상하면서 대중을 계몽하려는 의도를 보였다. 또한 당시에는 소
련의 번역극을 통해 사실주의적 무대형식을 배우고 대중들의 사상
과 감정의 표현 등을 이상적인 것으로 받아들였다.

해방기 연극의 특성과 역할은 소설, 희곡과의 관계 속에서 살펴
볼 수 있다. 아래의 표를 참고하면 서사문학과 공연예술의 공통적

---

83) 이에 대해서는 김정수의 「한국 전쟁시기 북한 연극의 공연양상 연구」, (『북한연구학회보
  』 제14권 제1호, 북한연구학회, 2010)를 참조할 수 있다.
84) 김정수, 「북한 연극의 창작방법론 연구」, 『한국연극학』 제41호, 2010, 21쪽.
85) 오정애·리용서, 『조선문학사』 10, 사회과학출판사, 1994, 178~231쪽 참조.

요소와 차이점을 발견할 수 있다.86) 각 장르는 작품 내용을 생활에서 취하며 시대적·역사적·사회계급적 요소를 반영하고 있다. 창작방법론으로는 사실주의를 구현하고자 하며 해방기 고상한 사실주의에 합당한 주인공과 주제를 선정하고 있다. 또한 해방기 연극은 일제적 요소인 신파와 형식주의를 경계하여 사실주의 연출법과 연기법을 실현시키고 있다.

연극은 다른 장르에 비해 관중들의 정서적 반응을 직접적으로 경험할 수 있으며 이는 선전 교양의 목적에 쉽게 부합될 수 있다는 이점을 지닌다.

<표 1>

장르	주제사상	구성요소	묘사방식 및 구성형식
소설	생활내용(토지개혁과 농민의 사회주의 의식 개혁, 노동 현장) 반제반봉건 조소친선	인물, 사건, 이야기	생활을 객관적으로 묘사 서술하는 서사방식
희곡		인물, 이야기, 사건, 대사	인간관계와 이야기를 대사로 최대한 집약화, 집중화
연극		사실주의적 무대, 선이 굵고 명랑하며 강건한 분위기의 배우, 생활적 대사, 배우와 관중의 교제, 이야기, 사건	극적인 사건과 극성이 체현된 생활내용을 묘사방식에 의거하는 극적 방식

---

86) 이에 대한 내용은 북한문학예술의 유형분류를 밝히고 있는 다음의 저서를 참조로 한다. 여기에서 해방기 서사문학과 공연예술의 내용에 부합되는 내용을 취하고자 한다. 정성무, 『시대와 문학예술 형태』, 문예출판사, 1988; 안희열, 『주체적 문예이론 22』, 문학예술종합출판사, 1996; 리현순, 『문학 형태론』, 문학예술출판사, 2007.

4. 해방기 북한문학예술의 위상

이 글에서는 북한의 해방기를 해방 이후부터 조선민주주의인민공화국(1948.9.9) 성립까지로 상정하여 살펴보았다. 당시 북한 문예는 진보적이면서 근대적 의미의 조선 문화예술을 수립하기 위해 일제 잔재 소탕, 봉건잔재 청산, 사회 전반의 민주개혁에 관한 전반을 형상하였다. 특히 서사문학(소설, 희곡)과 공연예술(연극)은 상호전이 과정을 거치면서 생활예술로서의 역할을 하였다.

해방기 북한문학예술의 형성은 북조선예술총련맹의 강령을 중심으로 고찰할 수 있으며 이는 창작의 구체적 적용을 바탕으로 이해될 수 있었다. 이 글의 출발인 강령의 특징은 북문예총의 성격과 그 기관지의 글들을 연관하여 생각해 볼 수 있었다. 그 구성원들은 구카프계 문인들이며 창작방법론과 연관된 글과 작품들은 1920~30년대의 사실주의를 계승하고 있다. 이는 북한이 후에 제시하는 주체사상에 기초한 사회주의 사실주의와는 변별되는 방법론으로 북한 문예의 미학적 원리의 변모를 살필 수 있는 단서를 제공하고 북한문학사의 왜곡에 대해 실증적으로 검증할 수 있는 자료로서의 역할을 다한다. 또한 강령의 성격은 친소적 경향이 지배적이며 문예이념으로서 마르크스레닌주의와 모택동의 신민주주의 문화노선의 영향을 받고 있음을 확인할 수 있었다.

강령은 당시 문학예술 운동의 이념과 과제를 제시하고 있다. 강령에서 제기된 진보적 민주주의와 민족문화에 대한 논의를 통해 당시 창작방법론과 문학예술에의 적용을 살펴볼 수 있었다. 해방기 창작방법론으로는 혁명적 낭만주의와 고상한 사실주의가 대두되었고 창작 내용으로는 반제 반봉건 애국주의 조소친선 등이 다루어졌다. 또한 해방기 북한은 자주적 민족국가 건립을 위해 문학예술을 활용하고 인민대중을 계몽하기 위해 작가들의 현지체험을 독려하면서 생활 속 예술을 독려하고 있음을 알 수 있었다.

해방기 공연예술은 소설과 희곡을 좀 더 구체화하고 생동하게 표현하여 대중의 호응을 얻었다. 해방기 연극은 현지 노동자 농민 근로 대중과 함께 하면서 일제와 서양적 잔재의 청산, 조소친선을 구축하면서 조선적 연기 수립의 의지를 보였다.

이 시기 북한문학예술의 역사적 위상은 다음과 같다.

첫째, 남북 상호보완적 문학예술사의 가능성을 찾을 수 있다는 점이다. 1920, 30년대 사실주의 사조와 연관하여 해방기 사실주의 작가와 작품을 찾을 수 있으며 민족문학론의 계승 및 변화의 동인을 찾아볼 수 있다.

둘째, 무엇보다도 사회주의를 건설하는 과정의 민주개혁에 근거한 현실적 토대를 갖춘 상태에서 이에 부합하는 작가, 작품에 대한 구체성을 경험할 수 있다.

셋째, 당시 창작방법론의 위상에 관한 것이다. 해방기 북한 비평가들의 글을 통해 알 수 있는 것은 당시 중요하게 제기된 고상한 리얼리즘과 혁명적 낭만주의는 과도기적 창작방법으로 민주개혁의 당대 요구를 수렴하기 위한 문예창작방법론으로 활용되었다는 점이다.

넷째, 소설·희곡·연극은 각 장르별 특성을 지닌 채 주제사상을 서로 교류하면서 대중의 교양과 계몽에 효과적인 매체가 될 수 있었다. 이 장르들은 이후 북한 문예의 기본 방향과 방법론을 제시하였다고 볼 수 있다.

이 글에서는 해방기를 남북 문예의 분기점이자 북한 문예의 시발점으로 포착하여 그 중요성을 다루었으며 이에 해당되는 광범위한 논의와 작품을 망라하였다. 좀 더 심도 있는 분석과 장르의 전이 양상에 대한 구체적 적용은 차후 과제로 남긴다.

━━━━ 참고문헌 ━━━━

1. 기본 자료

과학백과사전종합출판사,『문학예술사전』상·하, 과학백과사전종합출판사, 1988
        ·1993.
북조선문학예술총동맹,『조선문학』 창간호, 1947.9.15.
_____,『문화전신』 3집, 1947.2.25
_____,『문화전선』 4집, 1947.4.20
_____,『문화전선』 5집, 1947.8.1
_____,『조선문학』 2호, 1947.12.30
_____,『문화전선』 창간호, 1946.7.25
_____,『문화전선』 2집, 1946.11.20
북조선문학예술총동맹기관지,『문학예술』 창간호, 1948.4.
_____,『문학예술』 제1권2호, 1948.7.
_____,『문학예술』 제1권3호, 1948.11.
_____,『문학예술』 제1권4호, 1948.12.
_____,『문학예술』 제2권5호, 1949.5.
_____,『문학예술』 제2권6호, 1949.6.
『조선대백과사전(18)』, 백과사전출판사, 2001.
조선작가동맹출판사 편,『해방 후 10년간의 조선문학』, 조선작가동맹출판사,
        1955.

2. 논저

김민선,「해방기 자전적 소설의 고백과 주체 재생의 플롯」,『우리어문연구』40집,

우리어문학회, 2011.

김성수, 「'북한문화예술의 강령과 창작의 실제'에 관한 토론문」, 〈중앙어문학회 제 27차 전국학술대회〉, 중앙어문학회, 2011.

_____, 『통일의 문학 비평의 논리』, 책세상, 2001.

김윤식, 『해방공간 한국작가의 민족문학 글쓰기론』, 서울대학교출판부, 2006.

김재용, 「해방 직후 최명익 소설과 『제1호』의 문제성」, 『민족문학사연구』 제17 호, 민족문학사학회 민족문학사연구소, 2000.

김재용·이현식, 『문학과 현실(안함광 평론선집4)』, 박이정, 1998.

김재용, 『북한문학의 역사적 이해』, 문학과지성사, 2000.

김재웅, 「북한 건국사상총동원운동의 전개와 성격」, 『역사와현실』 제56권, 한국 역사연구회, 2005.

김정수, 「북한 연극의 창작방법론 연구」, 『한국연극학』 제41호, 한국연극학회, 2010.

김정수, 「해방기 북한연극의 공연미학」, 『공연문화연구』 제20집, 한국공연문화 학회, 2010.

남원진, 『이북명 소설 선집』, 현대문학, 2010.

남원진, 『이야기의 힘과 근대미달의 양식』, 도서출판 경진, 2011.

리 령, 『빛나는 우리예술』, 국립출판사, 1956.

박노홍, 「한국악극사」, 『한국연극』, 한국연극협회, 1978.

배개화, 「이태준 해방기 중간파 문학자의 초상」, 『한국현대문학연구』 제32집, 한국현대문학회, 2010.

부루노쇼 편, 『중국혁명과 모택동사상 II』, 석탑, 1986.

신형기, 「유항림과 정말의 존재론」, 『상허학보』 제23집, 상허학회, 2008.

우대식, 「해방기를 중심으로 한 안함광의 리얼리즘과 시 비평 고찰」, 『한국문예 비평연구』 제32집, 2010.

유임하, 「'사회주의적사실주의'에서 '주체사실주의'로의 이행」, 『민족문학사연구』, 민족문학사학회·민족문학사연구소, 2010.

유임하, 「북한 초기 문학과 '소련'이라는 참조점」, 『한국어문학연구』 제57집, 한국어문학연구학회, 2011.

이상숙, 「『문화전선』을 통해 본 북한시학 형성기 연구」, 『한국근대문학연구』 제23호, 한국근대문학회, 2011.

이석만, 『해방기의 연극연구』, 태학사, 1996.

이승윤, 「북한문학사 서술의 특징과 변모 양상: '평화적 민주건설시기'(1945.8~ 1950.6)를 중심으로」, 『우리어문연구』 40집, 우리어문학회, 2011.

이영미, 「해방기 북한 정치체제 선전매체문학연구」, 『현대소설연구』, 한국현대소설학회, 2003.

찰스 암스트롱, 김연철·이정우 공역, 『북조선 탄생』, 서해문집, 2006.

하정일, 『분단 자본주의 시대의 민족문학사론』, 소명출판, 2002.

황 철, 『생활과 무대』, 국립출판사, 1956.

수령형상 문학의 선봉, 계급성 논쟁의 핵심, 백인준

: 〈최학신의 일가〉를 중심으로

전영선

1. 수령형상 문학예술의 대부, 백인준

백인준은 북한문학예술계에서 수령형상 문제를 제기하고, 실천한 작가이다. 백인준은 다양한 문학 장르에서 북한 당국이 원하는 작품을 창작함으로써 수령형상 문제에 대한 모범을 세운 작가로 평가받고 있다. 북한에서 백인준의 위상은 절대적이다. 작가로서 북한 최고의 상과 칭호를 모두 받았다. 백인준은 김일성상 수상작가이며, 최초의 인민상 수상작가, 문화계의 첫 노력영웅 칭호를 받았다. 뿐만 아니라 백인준은 최고인민회의 부의장과 조선문학예술총동맹 위원장, 백두산창작단 단장 등의 중요한 직책을 거치면서 문화예술 행정가로 활동하였다.[1]

---

[1] 「백인준동지의 서거에 대한 부고」, ≪로동신문≫, 1999.1.21.

뿐만 아니라 '대문호'라는 수식어가 붙는 인물이다. 백인준의 앞에 붙는 '대문호'라는 호칭은 일반 작가와는 차원이 다른 작가라는 것을 의미한다. 이러한 수식에서 알 수 있듯이 백인준은 북한 문화예술계의 핵심적인 작가, 행정가로 활동하였다.[2] 작가, 행정가로서 수령형상 문학의 필요성을 제기하고, 실천적으로 작품을 창작하고, 행정적으로 체계화한 인물, 수령형상 문학의 대부이자 핵심이었다.

백인준은 시·소설·희곡·영화문학의 다양한 분야에서 활동하였다. 당이 가장 필요로 하는 시기에 가장 필요로 하는 작품을 창작했다. '대문호'라는 평가는 단순히 다양한 장르에서 많은 작품을 썼다는 의미를 넘어선다. 수령형상화의 본보기적인 작품이었다.[3]

백인준이 북한에서 최고의 작가로 평가받았지만 남한에서 백인준에 대한 연구는 거의 이루어지지 않았다.[4] 북한문학예술계의 핵심적인 인물이면서도 본격적인 연구가 많지 않은 것은 크게 두 가지 이유이다. 하나는 백인준의 문학 활동영역이 시로부터 영화문학, 희곡에 이르기까지 다양하여 총론적으로 다루기가 쉽지 않기 때문이다. 하지만 이보다 큰 이유는 무엇보다 백인준의 작품들은 철저히 북한 체제가 요구하는 체제지향적 작품을 창작하였기 때문

---

2) 월간 『조선』 2009년 6호에 실린 「대문호 백인준」을 포함하여 「위대한 사랑속에 태어난 대문호: 작가 백인준선생에 대한 이야기」, 『조선예술』 6호, 1999.6 등 백인준에 대한 언급에서는 '대문호'라는 수식어가 붙는다.

3) 「위대한 인간' 위대한 스승의 손길로」, 『조선문학』 6호, 1999, 17쪽. "위대한 장군님께서는 백인준동무는 당에서 시를 쓰라면 시를 쓰고 가극혁명을 할 때에는 가극을 쓰고 영화혁명을 할 때에는 영화문학을 썼다고 하시면서 그처럼 문학예술의 모든 분야에서 좋은 작품을 쓴 작가는 없다고 말씀하시였다."

4) 백인준에 대한 연구로는 김태철, 「순간 속에서 잡아낸 영원, 영원히 살아있는 순간: 북한 문학연구/시인 백인준」, 『문학마을』 제5권 2호, 2004; 전영선, 「북한 문화예술 행정조직의 총책임자 백인준」, 『북한』, 북한연구소, 1999; 전영선, 「수령형상과 풍자의 작가 백인준」, 『북한 문학의 지형도 2』, 청동거울, 2009.

이다. 체제문학으로 전형성 있는 백인준의 작품을 예술적 가치로 규정하기란 어색하고 쉽지 않다. 그 만큼 백인준의 작품에는 예술성보다는 정치적 경향성이 노골적으로 드러난다.5) 분단 이후 남북 문학예술의 다른 노정(路程)을 가장 대척적으로 보여주는 작가이다.

백인준은 1999년 1월 사망하기 전까지 50년의 창작 기간 동안 21편의 영화문학, 4편의 가극, 5편의 희곡, 4권의 시집을 남겼다.6) 본 연구는 북한에서 혁명예술을 예술창자이 중심으로 세우기 시작했던 1960년대 중반의 문화정책과 혁명문학예술을 정립하는 과정에서 핵심적인 역할을 한 백인준의 창작 활동을 분석하는데 목적이 있다. 특히 이 연구에서 주목하는 것은 백인준의 영화문학 〈최학신의 일가〉이다. 〈최학신의 일가〉가 처음부터 영화문학으로 기획된 것은 아니었다. 연극을 목적으로 창작되었고, 무대에서 공연되었다. 하지만 좋은 평가를 받지 못했다. 당시 북한 연극계를 주도한 황철과 리령 등으로부터 집중적인 비판을 받았다. 연극계의 대부격인 이들로부터 비판을 받고 있을 때, 김정일이 백인준을 옹호하고 나섰다. 김정일은 1966년 12월 27일 문학예술부문 일군 및 창작가들과 한 담화 「예술영화 ≪최학신의 일가≫를 반미교양에 이바지하는 명작으로 완성할데 대하여」를 발표하였다. 김정일 담화의 핵심은 〈최학신의 일가〉를 영화로 창작하라는 것이었다.7) 희곡으로 엄청난 비판을 받았던 작가의 작품을 김정일이 직

---

5) 백인준의 체제 문학적 특성을 잘 보여주는 것이 시작품이다. 백인준은 문학활동은 시로부터 출발하였다. 백인준의 초기 시들은 좌익계열의 다른 시인들과 큰 차이가 없었지만 백인준은 시집 『응향』을 평하는 글 「문학 예술은 인민에게 복무하여야 한다」를 발표하면서 비판의 선봉에 선다. 이후 백인준의 시는 노골적이고 직접적인 상경한 언어를 통한 미국에 대한 비판과 풍자시로 일관한다. 김재용, 「북한문학계의 '반종파 투쟁'과 카프 및 항일 혁명 문학」, 『역사비평』, 1992, 128쪽 참조.

6) 「한생을 문학과 함께」, 『천리마』 7호, 1999.7, 87쪽.

7) 김정일, 「예술영화 〈최학신의 일가〉를 반미교양에 이바지하는 명작으로 완성할데 대하

접 내용을 거론하면서 영화로 창작할 것을 지시한 것이다. 예술영화 〈최학신의 일가〉는 그렇게 김정일의 특별 지시에 의해 예술영화로 재창작될 수 있었다. 백인준은 김정일의 후원에 힘입어 재기할 수 있었고, 김정일의 후광 아래 북한문학예술계를 주도하는 핵심 인물로 떠올랐다.

이 글은 백인준을 중심으로 1960년대 진행된 유일사상체계화 과정 속에서 백인준의 활동과 〈최학신의 일가〉를 둘러싼 논쟁을 분석하고자 한다. 이를 통하여 북한에서 유일사상 체제의 수립과정 속에서 항일혁명전통이 어떻게 호명(呼名)되고 활용되었는지를 정치와 예술의 구체적 연관성 속에서 분석할 수 있을 것이다. 아울러 〈최학신의 일가〉를 둘러싼 논쟁을 통하여 사회주의적 사실주의에서 주체사실주의로의 전환과정을 보다 분명하게 분석할 수 있을 것이다.

2. 유일사상체계화 과정과 수령형상화

1) 유일사상 체계화 과정과 백인준의 영화 문학

백인준은 시인으로 문학창작을 시작하였다. 이후 시는 물론 비평, 소설을 비롯하여 희곡·영화문학·가극에서 다양한 장르의 작품을 남겼다. 백인준에 대한 평가는 시보다는 영화문학과 공연예술에서 두드러진다. 특히 이른바 '불후의 고전적 명작'을 영화와 공

여: 문학예술부문 일군 및 창작가들과 한 담화, 1966년 12월 27일」, 『김정일선집』 1, 조선로동당출판사, 1992.

연예술로 옮기는 작업을 창작하면서부터 북한 문화계의 핵심으로서 주목 받았다.[8] 백인준은 1960년대 중반 이후 문학예술계 최대 창작과제였던 '불후의 고전적 명작'을 현대적으로 재창작하는 사업을 총괄하였다. 이 과정에서 백인준은 작가로서의 명성과 함께 예술행정가로서 위상을 굳혀나가기 시작했다.

백인준의 작품 중에서도 영화문학 〈누리에 붙는 불〉·〈민족의 태양〉·〈푸른 소나무〉·〈려명〉·〈친위전사〉·〈성장의 길에서〉·〈최학신의 일가〉, 혁명가극 〈꽃파는 처녀〉·〈밀림아 이야기하라〉, 희곡 〈최학신의 일가〉·〈두메산속에 꽃이 핀다〉, 가사 〈수령님의 만수무강을 축원합니다〉·〈오직 한마음〉 등이 대표적인 성과로 평가된다. 철저한 체제 문학 들이다. 백인준은 '새로운 시대의 새로운 혁명예술'의 본보기적인 작품을 창작함으로써 최고의 찬사를 받았다.[9]

백인준의 문학활동이 본격화된 시기는 유일사상체계 정립이 시작된 1967년 무렵이었다. 북한에서는 1967년을 기점으로 새로운 문학예술 건설이 진행되었다. 새로운 문학예술 정립의 명분은 '새로운 시대에 맞는 새로운 문학예술'이었다. 새로운 것과 낡은 것의 대립의 중심은 사상 문제였다. 새로운 사상으로 주체사상이 강조되었고, 주체사상이 새로운 사상이 되기 위해서는 기존의 사상과 차별이 있어야 했다. 주체사상이 왜 '새로운 사상'인지, 그리고 왜 주체사상이 유일한 사상이 되어야 하는 지에 대한 논리를 만들어

---

8) 「'위대한 인간' 위대한 스승의 손길로」, 『조선문학』 6호, 1999, 17쪽. "그가 인생의 중년기에 이르러 창작의 새로운 리정표를 아로새기게 된것은 위대한 장군님의 각별한 보살피심과 가르치심을 받으며 항일혁명투쟁시기 위대한 수령님께서 몸소 창작공연하신 불후의 고전적명작들을 영화와 가극으로, 연극으로 옮기는 사업을 시작한 때부터였다."

9) 「혁명적문학예술창작의 불멸의 대강」, 『조선문학』 11호, 1999, 6쪽. "경애하는 장군님께서 우리 당이 제일 아끼고 사랑하고 존경하던 다재다능한 세계적인 대문호라는 최상의 영광을 안겨주신 작가 백인준"

나갔다. 구체적인 성과가 필요했다. 1967년 5월에 이르면서 본격화된 선전사업을 통해 항일 빨치산의 회상기가 본격적으로 소개되었다. 이를 신호로 항일빨치산 문학예술이 전면적으로 부각되었다.[10]

새로운 혁명예술의 뿌리이자 전형이 된 것은 김일성이 1930년대 항일 빨치산 활동 시절에 창작하였다는 항일무장혁명투쟁기의 문학예술이었다. 항일혁명투쟁 시절에 창작된 가요, 연극 등이 발굴되었고, 이를 '새로운 시대'에 맞는 '혁명예술'의 전형으로 옮기는 재창작 사업이 시작되었다.[11] 그렇게 하여 김일성의 항일혁명문학예술은 새로운 시대의 혁명예술로서 자리 잡아 나갔다.

문학예술계의 혁명 사업에서 필요한 것은 혁명적 대작의 모태가 되는 대작이었다. 혁명적인 내용을 다룬 '대작'이 있어야 영화나 연극을 만들 수 있는데, 대작이 없어 새로운 작품을 만들지 못한다는 비판이 나왔다. 물론 여기서 언급한 대작은 항일무장혁명을 정통으로 다룬 작품을 의미하였다.

지금 우리 당의 혁명전통을 주제로 한 문학예술작품이 얼마 없으며 특히 대작이 적습니다. 항일무장투쟁기재참가자들의 회상기는 더러 있지만 항일무장투쟁기재 취급한 소설도 신통한 것이 없고 영화도 신통한 것이 없습니다. 조국해방전쟁을 주제로 한 작품도 대작이라고 할만한 것이 없습니다. 좋은 소설이 있어야 그에 근거하여 영화와 연극도

---

10) 유임하·오창은·김성수, 「북한문학사의 흐름과 쟁점」, 이화여자대학교 통일학연구원 남북문학예술연구회 발표자료집, 2008년 3월 26일 참조.

11) 위의 자료집, 22쪽. "빨치산 활동의 참가자들이 수기를 연재하고 그 과정에 서 가요 〈용진가〉나 촌극 대본 〈피바다〉, 〈경축대회〉, 〈성황당〉 등이 발굴되었다. (…중략…) 동시에 김일성 의 부모인 김형직과 강반석이 식민지시대에 항일운동을 하면서 창작하고 보급했다는 애국가류와 계몽가사류도 발굴되어 근대문학사 초기의 대표작으로 부각되기에 이르렀다."

좋은 것을 만들겠는데 대작이 없기 때문에 영화나 연극도 좋은 것이 나오지 못합니다. 문학예술부문에서의 근본결함은 대작이 나오지 못하는 것입니다.12)

'우리식 혁명예술'의 정립을 위한 과정이었다. 김일성의 위상도 달라졌다. 1940년대 김일성과 1970년대 김일성의 가장 큰 차이는 '유일성' 이었다. 1940년대까지 김일성은 항일혁명투쟁의 뛰어난 지도자의 한 사람이었다. 하지만 1967년 '유일체계' 선언 이후로는 세계 노동계급의 혁명을 이끌 '유일하고도 절대적인' 지도자가 되었다. 유일의 절대 지도자의 위상에 맞는 수령형상화가 요구되었다. '조선민족의 해방을 이끈 지도자'의 이미지와 함께 '세계 노동계급의 이익을 대변하고, 혁명을 이끈 수령'의 위상이 필요했다. 수령과 관련된 모든 문제를 조국광복과 함께 노동해방, 계급투쟁의 관점에서 기술해야 했다.

초기 공산주의 운동가들의 혁명활동은 형식주의·종파주의로 비판받았다. 동시에 김일성의 공산주의 운동을 절대적이고 유일한 올바른 방법으로 규정함으로써 혁명의 정통성을 확보해 나갔다. 문학예술은 김일성의 혁명투쟁을 가장 확실하고, 감동적으로 전달하는 수단이었다. 유일사상의 체계화 작업은 인민을 향한 정치적 교양과 함께 문학예술을 통한 설득과 동의의 과정으로 진행되었다. 백인준의 작품은 수령형상의 정치적 문제를 혁명예술을 통해 풀어 나가야 본보기 작품이었다. 백인준의 가극 〈꽃파는 처녀〉와 〈밀림아 이야기하라〉는 대표적인 본보기 작품이었다.13)

---

12) 김일성, 「당, 정권기관, 인민군대를 더욱 강화하며 사회주의대건설을 더 잘하여 혁명적대사변을 승리 적으로 맞이하자: 조선로동당 중앙위원회 제5기 제10차전원회의에서 한 결론, 1975년2월17일」, 『김일성 저작집』 30, 조선로동당출판사, 1985.

김일성의 '항일혁명문학'을 최고 작품이면서, 유일의 정통성을 가진 작품이라는 것을 확인하는 작업이 진행되었다. 김일성 가계(家系)의 문학예술을 발굴하여 성역화하는 과정이었다. 사회주의 문학예술로서 예술성과 인민성을 대신한 '주체문예론으로의 일방 통행식 도정'이 시작된 것이다. '주체사상이 유일사상체계화'되는 1967년부터 보편적인 사회주의 리얼리즘 문학에서 멀어지면서 '주체사실주의'로의 전환이 이루어졌다.

2) 영화를 통한 수령형상화와 백인준

유일사상체계 작업이 시작되자 백인준은 '수령은 너무 위대해서 어느 한 개인의 힘만으로는 형상화가 불가능하다'는 논리를 내세웠다. 백인준은 '위대한 수령의 형상화'를 객관적으로 담보하기 위한 수령형상 전문창작단의 필요성을 제기하였다. 수령형상 창작은 대중적 영향력이 큰 영화부터 시작하였다. 백인준의 건의가 반영되어 수령과 수령의 가계 인물들의 이야기를 전문으로 하는 백두

---

13) 혁명가극 〈꽃파는 처녀〉는 김일성 주석이 1930년 가을에 오가자에서 직접 창작했다는 '혁명연극'으로 5대혁명가극의 하나이다. 북한에서는 앓는 어머니 때문에 고생하는 이 마을 청년을 보고 작품을 구상한 김일성 주석이 대본을 직접 쓰고 주제곡을 지은 다음, 1917년 10월 혁명 13주년 기념행사에 처음 무대에 올렸다고 한다. 이후 〈꽃파는 처녀〉는 1972년에 영화로 재창작되어 까를로보바리 국제 영화축전에서 특별상을 받았다. 1972년에는 1972년 만수대예술단에서 '피바다식' 혁명가극으로, 1977년에는 장편소설로 각각 옮겨졌다. 〈밀림아 이야기하라〉는 일제강점기를 시대적 배경으로 주인공 최병훈의 항일정신을 김일성 주석에 대한 찬양과 결부시켜 수령의 혁명임무를 받아 혁명의 한길에서 자신의 모든 것을 다 바쳐 싸우면서 수령에게 끝없이 충성하는 혁명투사의 이야기를 다룬 작품이다. 1971년 가극대본으로 발표된 것을 1972년 당시 평양예술단(현 국립민족예술단)에서 공연한 5대혁명 가극의 한 작품이다. 가극의 서막에서 주인공의 독창과 남성방창으로, 제3장에서 주인공의 노래와 혼성방창으로 불리는 주제가 〈설레이는 밀림아 이야기하라〉, 제1장 1경에서 방창과 복순의 노래로 불리어지는 〈홀로 핀 진달래〉, 제5장 1경 아버지와 복순의 이별 장면에서 주인공의 노래와 방창으로 부르는 노래 〈혁명하는 길에서는 살아도 죽어도 영광이라네〉는 독립된 가요로도 널리 불린다.

산창작단이 만들어 졌다.14) 북한에서 처음으로 오로지 수령형상
화, 곧 수령유일체제를 전담하기 위한 예술단이 창작된 것이다. 백
두산창작단은 김일성 주석 일가의 일대기를 영화로 창작하면서 인
민교양 사업의 본보기 단체로 활동하였다. 백인준은 김정일의 신
임을 바탕으로 백두산창작단의 초대 단장으로 임명되었다.15)

　유일체제의 대중교양 사업에서 영화가 가장 먼저 시작된 것은
영화의 장르적 특수성 때문이었다. 영화는 줄거리의 문학성과 노
래, 연기 등이 결합된 복합장르이다. 여러 예술장르 가운데서 정서
적 감화력이 가장 높다. 또한 영사기와 영사막만 있으면 영화를
볼 수 있다. 인프라가 충분히 구축되지 않은 상황에서 영화는 수
령의 형상화를 위한 선전매체로서도 유리하였다.16) 이런 특성 때
문에 대중교양 사업에서 영화가 우선시 되었다.

---

14) 김정일, 「문학예술작품에 당의 유일사상을 구현하기 위한 사업을 실속있게 할데 대하여:
　　문학예술부문 책임일군들앞에서 한 연설, 1967년 8월 16일」, 『김정일선집』 1, 조선로동
　　당출판사, 1992, 302쪽. "문학예술부문에서 위대한 수령님과 수령님의 혁명적가정을 옳
　　게 형상하자면 이 사업을 전문적으로 맡아할 창작단이 따로 있어야 합니다. 나는 이미
　　오래전부터 그러한 창작단을 내올것을 구상하여 왔으며 지난 2월에 백두산창작단을 내오
　　기로 하였습니다."
15) 「'위대한 인간' 위대한 스승의 손길로」, 『조선문학』 6호, 1999, 17쪽. "시대와 혁명 앞에
　　지닌 작가의 숭고한 임무를 자각한 백인준선생은 새로운 창작적흥분에 휩싸였다. 바로 이러
　　한 때인 주체 56(1967)년, 불후의 고전적명작들을 영화로 옮기며 위대한 수령님의 영광찬
　　란한 혁명력사를 영화화 하실 원대한 구상을 펼치신 경애하는 장군님께서는 몸소 백두산창
　　작단을 창립하시고 백인준선생을 작가로 불러주시는 크나큰 믿음을 안겨주시였다."
16) 김일성, 「혁명교양, 계급교양에 이바지할 혁명적영화를 더 많이 만들자: 조선로동당 중앙
　　위원회 정치위원회 확대회의에서 한 연설, 1964년 12월 8일」, 『김일성저작집』 18, 조선
　　로동당출판사, 1982, 459쪽. "근로자들을 혁명적으로 교양하는데서 혁명적문학예술이
　　노는 역할이 매우 큽니다. 특히 혁명적영화가 중요한 역할을 합니다. 영화는 광범한 대중
　　을 교양하는데서 가장 중요한 선전수단입니다. 연극 같은 것은 공연하려면 큰 극장이
　　있어야 하므로 많은 제한성을 가지고있습니다. 그러나 영화는 큰 영화관이 없어도 사람들
　　이 모일수 있는곳이면 어디에서나 돌릴 수 있습니다. 영화는 대중을 교양하는데서 연극보
　　다도 낫고 소설보다도 나은 가장 힘있는 교양수단입니다."

혁명전통을 주제로 한 영화와 소설 같은것을 많이 만들어 내며 문학예술작품을 가지고 사람들을 교양하는 사업을 잘하여야 합니다. 영화는 누구나 보면 내용을 쉽게 알수 있고 깊은 감명을 받기때문에 대중교양에서 위력한 수단으로 됩니다. 최근 당의 지도밑에 예술영화 〈마을사람들속에서〉와 〈유격대의 오형제〉를 비롯하여 사상예술성이 높은 혁명전통주제의 예술영화들이 적지 않게 나왔습니다. 예술영화 〈유격대의 오형제〉는 수령님으로부터 높은 평가를 받고 인민상을 수여받은 작품입니다. 이 영화는 오늘 근로자들을 당의 유일사상으로 무장시키고 혁명화, 로동계급화하는데서 커다란 역할을 하고있습니다.17)

백인준이 영화분야에서 수령형상화를 시도한 것은 북한 최초의 '어버이수령님의 불멸의 영상을 모시는 예술영화'로 평가받는 예술영화 〈누리에 붙는 불〉이었다. 〈누리에 붙는 불〉 이래 수령형상을 기본으로 한 영화문학을 창작하였다.18) 일부 작품에서는 영화주제가까지 작사하였다.19)

수령형상을 주제로 한 첫 영화의 영화문학을 담당하였다는 것은 백인준에 대한 신뢰가 그 만큼 컸다는 것을 의미한다. 이후 백인

---

17) 김정일, 「청소년들속에서 혁명전통교양을 더욱 강화할데 대하여: 조선로동당 중앙위원회 선전선동 부 일군들과 한 담화, 1969년 8월 12일」, 『김정일선집』 1, 조선로동당출판사, 1992, 475쪽.

18) 백인준은 김일성의 항일혁명을 다룬 북한의 대표적인 다부작 영화 〈민족의 태양〉의 제1부 '준엄한 시련'(전·후편)의 영화문학을 비롯하여, 〈금희와 은희의 운명〉(1947), 〈영원한 전우〉(1·2부), 〈푸른 소나무〉, 〈려명〉(전·후편) 등의 작품을 창작하였다. 이들 작품은 북한문학예술이 추구했던 영화 주제의 작품으로 수령형상화와 수령가계의 위대성, 남북문제를 통한 통일의 필요성을 주제로 한 영화들이었다.

19) 백인준은 영화문학뿐만 아니라 예술영화 '마을사람들속에서'의 주제가인 〈녀전사의 노래〉(1974), 예술영화 '성장의 길에서'의 주제가인 〈조국과 더불어 영생하리라〉(1974), 예술영화 '친위전사'의 영화 주제가인 〈떠나는 마음〉(1982), 〈장군님은 조선의 운명〉 등을 창작하였다.

준은 김정숙, 김형직 등 김일성 가계 일가의 이야기를 영화로 옮기는 작업을 진행하였다. 이들 영화를 통해 백인준은 "어버이 수령님과 항일의 녀성영웅 김정숙동지의 불멸의 영상을 영화형상으로 옮기는 력사적위업의 첫 개척자"[20]라는 평가를 받았다.

3. <최학신의 일가> 논쟁과 주체사실주의 정립

1) <최학신의 일가>와 계급성 논쟁

영화 〈최학신의 일가〉는 평양에 살고 있으며, 목회활동을 동네 사람들의 신뢰와 주목을 받던 목사 최학신 일가의 파멸을 그린 영화이다. 〈최학신의 일가〉는 미국의 자유주의 이념과 종교에 대한 가치를 믿는 목사 최학신이 가족과 함께 평양에 남아 있다가 집안이 풍비박산나면서 미군의 실체를 알게 된다는 반미를 주제로 한 작품이다. 〈최학신의 일가〉의 줄거리는 다음과 같다.

주민들로부터 신임이 두터운 목사 최학신은 후퇴하자는 권유를 마다하고 미국의 자유주의 이념과 종교에 대한 신념을 믿고 평양에 남는다. 가족과 함께 남아있던 최학신은 뜻밖에 두 사람을 만난다. 한 사람은 최학신의 맞아들 성근이었다. 서울로 미술 공부하러 간 다음 소식이 끊어졌던 최학신의 아들 성근은 국군 대위가 되어 고향으로 돌아온 것이었다. 다른 한 사람은 미국인 리차드 목사였다. 리차드 목사는 해방전

---

20) 최성호, 「위대한 사랑속에 태여난 대문호: 작가 백인준선생에 대한 이야기」, 『조선예술』 6호, 1999.6, 17쪽.

평양에서 선교활동으로 하다 미국으로 돌아간 최학신의 오랜 친구이자 동생이나 다름없는 인물이었다. 최학신은 리차드 목사를 통해 미국이 선진국이며, 민주주의 제도가 발달된 지상낙원으로 생각하였지만 리차드의 생각은 달랐다. 미 정보국 요원인 리차드는 주민들의 존경을 받는 최학신을 이용하여 공산주의자들을 회유하려 하였다. 최학신은 리차드 목사의 말을 듣고 주민들을 설득해보지만 주민들은 최학신의 말을 듣지 않는다. 또 미군들은 공산주의자를 잡는다면서 주민들을 잡아들이고, 미군 장교인 '킹그스터'는 최학신의 딸 성희를 욕보이려다 실패하자 죽여 바다에 버린다. 국군 장교가 된 성근은 어릴적 자신을 돌보아 주었던 종지기 노인을 처형하라는 명령을 듣고는 고민하다 결국 리차드를 죽이고 죽음을 맞는다. 집안이 풍비박산난 최학신은 공산당 지하조직 책임자를 찾아가 "악마같은 미국놈들을 소멸해 달라"고 울부짖는다.

〈최학신의 일가〉는 원래 1955년 연극 무대에 올랐던 작품이었다. 연극 〈최학신의 일가〉에 대한 평가는 부정적이었다. 미국과 기독교에 대한 비판적인 내용으로 하였지만 계급성 논쟁에 빠졌다. 〈최학신의 일가〉의 계급성이 약하다는 것이었다.21) 〈최학신의 일가〉에서는 계급성 문제가 된 것은 '미술학도를 꿈꾸다 국군 장교가 된 최성근이 미군에게 총을 겨누고 스스로 목숨을 끊는다'는 설정 때문이었다. 내용은 이렇다. 최학신의 아들 최성근은 미술학도를 꿈꾸었지만 혼란한 시기에 미술대신 군대를 선택하였다. 장교가 되어 평양으로 들어온 최성근은 '미군의 만행'을 눈앞에서 보게 된다. 최성근의 시집간 누이는 미군 장교 리차드의 겁탈을 피

---

21) 목원대학교 국어교육과 엮음, 「북한의 '위대한 작가'들에 대한 이야기」, 『북한문학의 이해』, 국학자료원, 2006 참조.

하려다 총에 맞아 죽는다. 그리고 자신도 빨치산 활동을 한 누이 때문에 빨갱이로 몰린다. 최성근에게 빨갱이가 아니라는 것을 증명할 기회가 주어졌다. 어릴 적 자신을 업어 주면서 키워준 종지기 노인을 죽이라는 것이었다. 어릴 적 기억과 함께 미군에게 당했던 수모, 미군에 의해 죽어간 누이를 생각하면서 최성근은 깊은 고뇌에 빠진다. 마침내 최성근은 총구를 돌려 미군 킹그스터를 죽이고는 스스로 목숨을 끊는다. 이러한 설정에 대해서 당시 연극계에서는 "국군 대위인 최성근이 계급적인 각성을 하고 미군 장교를 향해 총을 겨누는 것은 계급성이 없다"고 평가하였다.

또한 인물 형상화에서도 비판을 받았다. '부정적 인물'에 대해서는 '정열적으로 심혈을 다하여 형상을 부각'하면서도 긍정적인 인물에 대해서는 '극히 무성의하고, 무감동적'으로 형상하였다는 것이다. 그 결과 '인간 증오의 사상', '인간에 대한 멸시 및 저주의 빠포스로 일관'되어 있다는 것이다.[22)]

백인준의 희곡 〈최학신의 일가〉는 백인준에 대한 비판으로 이어졌다. 마침내 백인준은 '반동작가'라는 비판을 받기에 이르렀다.

〈최학신의 일가〉는 원쑤에 대한 우리의 최종적인 승리가 원쑤와의 치열한 계급투쟁을 필연적으로 동반하게 된다는 것을 보여줄 대신에 미 제국주의자 호상간(킹그스터와 리챠드) 또는 미제와 그에 대한 광신자 호상간(미제와 최학신 최성근 등)의 내부적 싸움이 그들을 멸망에로 이끌고 있기 때문에 우리에게는 계급 투쟁의 필요성이 제기되지 않는 듯한 안일 무사적인 무저항주의 사상으로 그 빠포스가 일관되였으며 또 한편에 있어서는 조국 통일 위업에 있어서 우리 대렬을 공고화하기

---

22) 황철, 『생활과 무대』, 국립출판사, 1956, 24쪽 참조.

위하여 일체 가능한 력량을 통일시키려고 하는 것이 아니라 조선 인민의 민족적 긍지에 손색을 주며 관객들이 모욕을 느낄 수 있을 정도로 주인공 최학신을 민족 배신자로 또는 음폐된 기회주의자로 미제의 정신적 노예로 만들어 원수의 발바닥을 핥게 함으로써 로동자의 조국 통일 전선 정책의 원대한 목적에 상반되는 견해를 류포한 작품이었다.23)

〈최학신의 일가〉에 대한 비판은 북한 연극계 내부의 노쟁으로 이어졌다. 황철은 〈최학신의 일가〉에 대해서 긍정적으로 평가하였던 기석복·전동혁·정률에 대해 비판하였다. 황철의 비판은 〈최학신의 일가〉와 같은 '비계급적인 반동문학'에 대하여 '예찬'하고 좋은 작품에 대해서는 '잘못된 작품'이라고 평가한 것, 자체가 잘못이라는 것이었다.

림화 도당의 무당파적 문학과 비계급적인 반동문학사상을 례찬하여 나선 기석복, 전동혁, 정률 동무들의 옳지 못한 행동들이 폭로 비판되였다. 특히 정률 동무는 작가 동맹의 극문학 창작 활동을 감소시키는 한편 우리 극장들의 연극 창조 사업에 막대한 지장을 주었으며 우수한 작품은 나쁘다고 하였으며 그릇된 작품은 『좋은 것』이라 『칭찬』하면서 우리의 문학예술 발전에 저해를 주었던 것이다. 실례를 들자면 연극 〈최학신의 일가〉는 매우 교묘하게 우리 사회에서 계급 투쟁의 필요성을 거부하거나 약화시킨 그릇된 작품이였음에도 불구하고 이를 찬양하면서 신인 작가 김재호 동무에 의하여 창작된 〈생명〉과 같이 우수한 작품은 엄중하게 잘못된 작품이라고 배격하였다.24)

---

23) 앞의 책, 23쪽.
24) 위의 글.

황철의 평가는 비단 황철 개인만의 견해는 아니었다. 리령 역시 〈최학신의 일가〉에 대한 날카로운 비판의 날을 세웠다. 리령은 〈최학신의 일가〉가 '부르죠아 사상' 잔재가 남아 있는 작품이므로 사상투쟁의 대상이 되어야 한다고 비판했다.25)

이러한 비판이 힘을 얻은 것은 사회주의적 사실주의 때문이었다. 이때까지만 해도 북한 연극이 주목한 것은 사회주의 개혁이었다. 공연예술을 비롯하여 광복 이후 북한문학예술계 전반에 제기된 과업은 '일제 잔재 청산'과 '새로운 형식의 창작'이었다. '일제 잔재 청산'은 형식주의, 자연주의와 통하는 일제의 잔재를 없애는 것이고, '새로운 형식의 창작'은 사실주의적 창작 방식을 확립하는 것이었다. 사회주의적 사실주의 창작 방법은 작품에서 계급투쟁으로 나타났다. 즉 인민대중이 적대적 계급과의 치열한 투쟁을 통해 승리자로 성장하는 과정을 그리는 것으로 규정되었다. 그런데 〈최학신의 일가〉에서는 이 과정이 빠졌기 때문에 비판받았던 것이었다. 〈최학신의 일가〉는 사회주의적 사실주의 창작에 필요한 계급적인 갈등이 드러나지도 않았으며, 인물형상화에서도 전형을 형상화하지 않았다는 점에서 비판을 받았다. 이러한 사실은 북한 내부에서 치열하게 전개되었던 '고상한 사실주의' 논쟁에서 사회주의적 사실주의가 중심을 이루고 있었으며, 내부적인 치열한 논쟁이 진행되고 있었음을 의미한다.

---

25) 리령, 『빛나는 우리 예술』, 조선예술사, 1960, 85~86쪽. "연극 〈가족〉, 〈최학신의 일가〉 기타 등에서 발로되였던 일체 부르죠아 사상 잔재와의 보다 철저한 사상 투쟁을 전개하면서 제 3차 당대회에 드리는 새로운 연극창조에서 빛나는 성과를 이룩함."

2) 사회주의적 사실주의에서 주체사실주의로의 전환과 〈최학신의 일가〉

백인준의 희곡 〈최학신의 일가〉에 대한 비판을 옹호하고 나선 것은 김정일이었다. 김정일은 1966년 12월 27일 문학예술부문 일군 및 창작가들과 한 담화 「예술영화 ≪최학신의 일가≫를 반미교양에 이바지하는 명작으로 완성할데 대하여」를 통해 1955년 공연되었던 〈최학신의 일가〉를 영화로 제작할 것을 지시한다.26) 10년 전에 공연되어 호된 비판을 받았던 작품을 직접 해명하면서, 영화로 창작할 것을 지시한 것은 극히 이례적인 일이었다.

김정일은 연극 〈최학신의 일가〉에서 제기되었던 계급성 문제에 대해서 "계급성 자체의 문제가 아니라 계급성을 설득력 있게 형상하지 못한 것이 문제"라고 하였다. 즉 사상성의 문제가 아닌 예술적 승화의 문제라는 지적이었다. 내용적으로는 문제가 없고, 문제는 영화로 옮기는 기술의 문제라는 것을 분명히 하였다. 백인준에게 씌여졌던 사상문제의 오류라는 굴레를 벗겨준 것이다.

김정일의 이러한 언급은 계급성 자체의 오류가 아닌 창작 방식의 부족함에 대한 지적이었다. 김정일은 "종지기로인을 쏘라고 강요당한 성근이 갑자기 돌아서서 킹스터의 가슴에 권총을 발사하는 장면에서도 그가 그렇게 돌변하게 되는 심리세계를 영화적으로 더 타당성있게 형상하여야 합니다"27)고 강조하였다. 영화 〈최학신의

---

26) 최성호, 「위대한 사랑속에 태여난 대문호: 작가 백인준선생에 대한 이야기」, 『조선문학』 6호, 1999, 20쪽. "위대한 장군님께서는 그가 연극 〈최학신의 일가〉를 쓴후 일부 나쁜놈들에 의해 10년동안이나 ≪반동작가≫ 취급을 당해온 가슴아픈 사연을 몸소 헤아려주시고 작품과 함께 그의 정치적 생명을 구원해주기 위한 대책을 세워주시었다. 그이께서는 학교교육에서가지 반동작품으로 취급되여온 작품 을 영화로 옮길 대담한 작전을 세우시고 영화문학창작을 그에게 맡겨주시였으며 문학단계로부터 완성에 이르기까지 구체적으로 지도해주시였다."

27) 김정일, 「예술영화 ≪최학신의 일가≫를 반미교양에 이바지하는 명작으로 완성할데 대하

일가〉에서는 어린 시절 종기기 노인과의 회상과 미군의 만행, 누이의 죽음 등을 오버랩으로 보여주면서 최성근의 고민을 묘사하는 것으로 처리되었다.[28]

김정일의 적극적인 관심과 옹호 속에서 백인준의 영화문학으로 영화가 완성되었고, 김정일은 예술영화 〈최학신의 일가〉에 대해 '당의 계급 노선을 옳게 반영한 작품'이라는 평가를 내림으로써 계급성 논쟁이 끝을 맺는다.[29] 김정일이 특정 작품에 대하 현지지도가 이루어졌다는 것은 그 만큼 작품의 의미가 크다는 것을 의미한다. 백인준의 영화문학 〈최학신의 일가〉는 백인준에 대한 김정일의 신임이 어느 정도였는지를 보여주는 작품이었다.

김정일이 〈최학신의 일가〉를 통해 10년 동안이나 비판을 받던 백인준을 옹호한 것은 주체 사실주의 문예관의 확산과 관련된 것이었다. 백인준에 대한 김정일의 옹호는 결과적으로 백인준을 비판했던 연극인에 대한 비판이었다. 백인준에 대해 부정적인 평가를 내렸던 황철이나 리영 등이 주목한 것은 사회주의적 사실주의 연극이었다. 백인준에 대해 비난했던 황철은 사회주의적 사실주의 연극의 창작 방법을 확립하기에 소련이 달성한 성과에 주목

여: 문학예술 부문 일군 및 창작가들과 한 담화, 1966년 12월 27일」, 『김정일선집』 1, 조선로동당출판사, 1992, 182쪽. "그전에 연극 ≪최학신의 일가≫를 ≪반동작품≫이라고 규탄한 일부 사람들은 성근과 같은 괴뢰군대위를 돌려세운것을 계급성이 없다고 비난하였는데 이것은 정당한 비판이라고 볼수 없습니다. 문제는 성근을 돌려세운 그자체에 있는 것이 아니라 그의 그러한 행동이 타당성있게 형상되지 못한 데 있었습니다."

28) 김정일, 위의 글.

29) 김일성, 「혁명주제작품에서의 몇가지 사상미학적문제: 예술영화 〈내가 찾은 길〉첫필림을 보고 영화 예술인들과 한 담화 1967년 1월 10일」, 『김일성저작집』 21, 조선로동당출판사, 1983, 27~28쪽. "예술영화 〈최학신의 일가〉는 우리 당의 계급로선을 옳게 반영한 좋은 작품입니다. 이 영화는 종교인들과는 통일전선을 할수 있지만 친미분자들과는 통일전선을 할 수 없다는 것을 잘보여주고있습니다. 작가들의 계급적립장이 확고하고 계급적 관점이 옳게 서야 똑똑한 작품을 만들 수 있습니다."

했다. 황철은 소련에서 달성한 사회주의적 사실주의 연극을 창조적으로 북한에 적용하고자 하였다. 황철이 강조한 사회주의적 사실주의 연극은 '내용과 형식'이 일체가 된 연극이었다.

예술작품에 대한 맑스 - 레닌주의적 미학적 평가의 원칙은 온갖 예술 작품에 대한 미학적 평가와 분석이 형식에 대한 편향 또는 내용과 형식에 대한 불일치된 평가여서는 안된다고 가르치고 있다. 왜냐하면 예술 작품에 대한 미학적 분석이 내용을 제외한 형식의 분석일 수는 없으며 오직 형식을 내용에 비추어서 분석하며 사회 생활의 외부적인 발현을 내부적인 본질의 표현으로 보는 것만이 진정한 미학적 평가의 기초로 될 수 있기 때문이다.[30]

황철이 예술작품의 미학적 평가 기준을 제시한 '내용과 형식의 일체'는 문학에서 한설야가 강조하였던 '예술작품에서 전형화는 일반화와 개성화의 유기적 통일'을 통해 이루어진다는 입장과 다를 바 없다. 이러한 견해는 유일사상 체계 확립과정에서 내용을 우선하는 주체사실주의 입장과는 거리가 있는 것이었다.[31] 김정

---

30) 황철, 앞의 책, 227쪽.

31) 김일성, 「현실을 반영한 문학예술작품을 많이 창작하자: 문학예술부문지도일군들과 한 담화 1956년 12월 25일」, 『김일성저작집』 10, 조선로동당출판사, 1980, 460~461쪽. "창작사업에 대한 당조직의 지도를 못마땅하게 여기거나 ≪창작의 자유≫를 부르짖으며 애상적인 작품을 쓰려고 하는 것은 문학예술에 대한 당의 령도를 거부하는 자유주의, 수정주의적사상 경향의 구체적인 표현입니다. 일부 작가들속에서 이러한 자유주의, 수정 주의적 경향이 나타나는 것은 반당종파분자들이 다른 나라에서 밀수입해온 자본주의, 수정주의의 영향때문입니다. 수정주의자들은 혁명과 건설에 대한 당의 령도를 거부하며 프로레타리아독재를 약화시키려고 책동합니다. (…중략…) 일부 작가들이 우리 당의 문예 정책을 연구 하지 않고 사대주의사상에 사로잡혀 수정주의를 비롯한 기회주의적인 ≪문예리론≫에서 마치나 배울 것이 있는 것처럼 말하는 것도 옳지 않습니다. 작가들이 우리 당의 문예사상으로 튼튼히 무장하지 않고서는 혁명적인 작품을 쓸수 없으며 당과 인민을 위하여 충실히 복무할 수 없습니다. 기회주의적 ≪문예리론≫은 인민들의 계급의식을 마

일의 입장에서는 내용을 우선하는 주체사실주의를 위해서는 기존 연극계의 입장과는 다른 백인준을 새로운 시대의 예술로서 내세울 필요가 있었던 것이었다.

4. 반동 작가에서 대문호가 된 문제적 작가, 백인준

백인준은 50년의 기간 동안 이루어진 창작 활동의 대부분은 수령형상과 김일성 가계 인물에 대한 것이었다. '김일성장군에게 바치는 노래'라는 부제를 단 김일성 찬양시 〈그대를 불러 우리의 태양이라 노래함은〉을 비롯하여, 김일성 60회를 맞이하여 지은 송가 〈수령님의 만수무강을 축원합니다〉를 비롯하여 김정숙을 형상한 서사시 〈영원한 합창〉 등이 대표적인 작품이다. 수령형상화 작품을 창작함으로써 유일사상체계 형성과 관련하여 제기된 핵심문제였던 수령형상의 전형을 제시하였다.

북한에서 수령형상화가 가장 절실했던 시기에 절실한 작품을 창작함으로써 백인준은 수령형상 문학의 대부, '대문호'라는 평가를 받을 수 있었다. 김일성과 김정일은 백인준에 대해 절대적인 배려와 신뢰를 보여 주었다. 백인준 역시 자신의 문학적 여정이 최고 지도자로부터 직접적인 영향을 받았음을 자랑스러워하였다. '수령의 문예전사'로 위상을 정립하기까지 수령의 교시와 문예정책이 결정적이었다는 것을 수시로 강조하였다.

백인준의 영화문학 〈최학신의 일가〉는 백인준에 대한 김정일과

비시키는 반혁명적인 사상조류입니다. 작가들은 기회주의적 ≪문예리론≫을 반대하여 견결히 투쟁하며 그 침해로부터 우리 당의 혁명적문예리론을 철저히 옹호고 수하여야 하겠습니다."

김일성의 신뢰를 보여준 결정적 작품이었다. 〈최학신의 일가〉는 영화에 앞서 1955년 연극으로 공연되었다. 연극 〈최학신의 일가〉에 대해서는 황철을 비롯한 연극인들은 계급성이 없으며, 인물형상화에도 실패한 자본주의 잔재가 남아 있는 작품이라는 부정적 평가를 내렸다. 백인준에게도 '반동작가'라는 비판이 있었다.

연극 공연이 있은 지 10년이 지난 1966년 김정일은 영화 〈최학신의 일가〉에 대한 비판이 잘못되었음을 지적하면서, 예술영화로 만들데 대한 현지지도를 단행하였다. 김정일이 특정한 작품에 대해서 직접 해명하고 나선 것은 백인준을 통해 당시 연극계에서 주장하는 사회주의적 사실주의를 대신하여 주체 사실주의를 새로운 창작 방식으로 확고히하기 위한 조치였다. 유일사상체계 사업이 진행되면서 문화예술 분야에서도 이를 실행할 작가가 필요하였고, 백인준을 통해 수령형상화 작업을 주도하게 한 것이었다.

백인준은 이러한 요구에 맞추어 철저하게 체제에 종속된 문학, 체제가 필요로 하는 작품을 창작하면서 신뢰에 보답했다. 백인준이 북한에서 최고의 작가로 평가받고, 대문호의 칭호를 받게 된 것은 이처럼 최고지도자, 당의 요구를 앞서서 실천하였기 때문이었다.

「백인준동지의 서거에 대한 부고」, ≪로동신문≫, 1999.1.21.

「'위대한 인간' 위대한 스승의 손길로」, 『조선문학』 6호, 1999.6.

「대문호 백인준」, 월간 『조선』 6호, 2009.6.

「위대한 사랑속에 태어난 대문호: 작가 백인준선생에 대한 이야기」, 『조선예술』
　　6호, 1999.6.

「한생을 문학과 함께」, 『천리마』 7호, 1999.7.

「혁명적문학예술창작의 불멸의 대강」, 『조선문학』 11호, 1999.11.

김일성, 「문화선전사업을 강화하며 대외무역을 발전시킬데 대하여: 조선민주주
　　의인민공화국 내각 제21차전원회의에서 한 결론, 1949년 7월 18일」,
　　『김일성저작집』 5, 조선로동당출판사, 1980.

――――, 「혁명교양, 계급교양에 이바지할 혁명적영화를 더 많이 만들자: 조선로
　　동당 중앙위원회 정치위원회 확대회의에서 한 연설, 1964년 12월 8일」,
　　『김일성저작집』 18, 조선로동당출판사, 1982.

――――, 「혁명주제작품에서의 몇가지 사상미학적문제: 예술영화 〈내가 찾은
　　길〉첫필림을 보고 영화예술인들과 한 담화 1967년 1월 10일」, 『김일성
　　저작집』 21, 조선로동당출판사, 1983.

김재용, 「북한 문학계의 '반종파 투쟁'과 카프 및 항일 혁명 문학」, 『역사비평』,
　　1992.

김정일, 「당에 끝없이 충직한 문예전사로 준비하자」, 『김정일선집』 1, 조선로동
　　당출판사, 1992.

――――, 「문학예술작품에 당의 유일사상을 구현하기 위한 사업을 실속있게 할데
　　대하여: 문학예술부문 책임일군들앞에서 한 연설, 1967년 8월 16일」,
　　『김정일선집』 1, 조선로동당출판사, 1992.

――――, 「예술영화 〈최학신의 일가〉를 반미교양에 이바지하는 명작으로 완성할

데 대하여: 문학예술부문 일군 및 창작가들과 한 담화, 1966년 12월 27일」, 『김정일선집』 1, 조선로동당출판사, 1992.

_____, 「청소년들속에서 혁명전통교양을 더욱 강화할데 대하여: 조선로동당 중앙위원회 선전선동부 일군들과 한 담화, 1969년 8월 12일」, 『김정일 선집』 1, 조선로동당출판사, 1992.

김태철, 「순간 속에서 잡아낸 영원, 영원히 살아있는 순간: 북한문학연구/시인 백인준」, 『문학마을』 제5권 2호, 2004.

목원대학교 국어교육과 엮음, 「북한의 '위대한 작가'들에 대한 이야기」, 『북한문 학의 이해』, 국학자료원, 2006.

전영선, 『북한의 문학예술 운영체계와 문예이론』, 역락, 2002.

_____, 『북한의 문학과 예술』, 역락, 2004.

_____, 『북한을 움직이는 문학예술인들』, 역락, 2004.

최성호, 「위대한 사랑속에 태여난 대문호: 작가 백인준선생에 대한 이야기」, 『조선예술』 6호, 1999.6.

「개벽」과 토지개혁※

남원진

1. 「개벽」 연구의 필요성

북조선에서 '토지개혁'이란 어떤 것이었을까? 1945년 11월 말 북조선 주둔 소련군은 토지개혁을 위한 준비작업을 개시했고, 1945년 12월 말 소련 극동군은 북조선의 독자적 정권 기관을 수립하고 토지개혁을 구체화하는 구상을 하고 있었다. 그리고 1946년 2월 8일 북조선임시인민위원회 결성이 정식으로 결정되었고, 이 인민위원회에서는 1946년 3월 5일 '북조선림시인민위원회' 위원장 김일성, 서기장 강량욱의 이름으로 「북조선토지개혁에 대한 법령」을 공포했으며, 3월 8일 '북조선림시인민위원회' 농림국장 리순근의

※ 이 글은 「개벽」과 「토지개혁」, 『한국현대문학연구』 39, 한국현대문학회, 2013.4.30을 수정·보완하여 재수록한 것이다.

명의로 「토지개혁법령에 대한 세칙」을 발표했다.[1] 이 토지개혁은 '무상몰수 무상분배'의 원칙에 따라 단행되었는데, 유례없이 짧은 기간에 완결되었다.[2]

1946년 3월에 실시된 '토지개혁'은 북조선 체제의 정당성을 주장할 때마다 호명되는 대표적인 사건이었다. 이런 토지개혁을 다룬 해방기 대표작은 어떤 것이었을까?

눈 꽃이 휘날리는 북쪽나라의 삼월
갓 풀린 실개천이 해방의 봄노래를 싣고
산기슭을 구비도라 싯서 내릴때
토지는 밭가리 하는 농민이게—
토지개혁의 우렁찬 아우성은
등을 넘고 산비탈을 감도라
드메 산꼴에 까지 산울림 했다.[3]

---

1) 「北朝鮮土地改革에對한法令」, ≪정로≫ 54, 1946.3.8; 「土地改革法令에對한細則」, ≪정로≫ 56, 1946.3.12.

2) 김용복, 「해방 직후 북한 인민위원회의 조직과 활동」, 김남식·이종석(외), 『解放前後史의 認識』 5, 한길사, 1989, 217~227쪽; 이종석, 『(새로 쓴) 현대북한의 이해』, 역사비평사, 2000, 68~69쪽; 和田春樹, 서동만·남기정 역, 『북조선』, 돌베개, 2002, 78~82쪽; 서동만, 『북조선사회주의체제성립사(1945~1961)』, 선인, 2005, 140~161쪽, 327~354쪽.

3) 金友哲, 「農村委員會의밤」, 金常午 외, 『北風』, 북조선예술총련맹, 1946, 18쪽. 필자가 처음 소개하는 1946년 판본 김우철의 「농촌위원회의 밤」은 『나의祖國』(문화전선사, 1947);『서정시 선집』(조선작가동맹출판사, 1955);『김 우철 시 선집』(조선작가동맹출판사, 1957);『해방후서정시선집』(문예출판사, 1979);『1940년대시선(해방후편)』(문학예술출판사, 2011) 등에 수록되어 있다. 다음에서 보듯, 1946년 8월 판본에서 1947년 8월 판본으로 개작되면서 토지개혁의 성과를 강화하는 방향으로 변모하는데, 여러 연구자들이 후대 판본을 제시하여 분석하는 것은 일정한 한계를 갖고 있다.
　　눈꽃이 휘날리는
　　북쪽나라의 삼월달.
　　얼음밑에 숨쉬는 실개천이
　　해방의 봄노래를 돌돌……굴려
　　산기슭을 구비돌아 씻어 내릴무렵.

김우철의 「농촌위원회의 밤」에서는 "갓 풀린 실개천이 해방의 봄노래를 싣고 산기슭을 굽이돌아 씻어 내릴 때, '토지는 밭가리하는 농민에게'라는 토지개혁의 우렁찬 아우성은 등을 넘고 산비탈을 감도라 두메 산골에까지 산울림했다"고, 토지개혁의 성과를 힘주어 시화했다. 이런 토지개혁을 다룬 해방기 대표작으로 호명된 것은 리기영의 「개벽」과 함께 리호남의 「지경돌」,[4] 김광섭의 「감자현물세」[5] 등이었다. 특히 리기영의 「개벽」은 1946년 3월

　토지는 밭가리 하는 농민에게ー
　토지개혁의 우람찬 아우성은
　등을 넘고 비탈길을 감돌아
　두메 산골에까지 산울림 해 왔다.
　ー나라 찾을만 해두 고마운데
　ー땅까지 차지하게 되다니………
　ー이게 모두 꿈인가 생시인가.
　　　　　　ー金友哲, 「농촌위원회의 밤」, 『나의祖國』, 문화전선사, 1947, 34~35쪽.

4) 리호남의 「지경돌」은 『祖國』(함북예술련맹, 1946); 『前哨』(문화전선사, 1947); 『서정시 선집』(조선작가동맹출판사, 1955); 『봄』(조선작가동맹출판사, 1960); 『1940년대시선(해방후편)』(문학예술출판사, 2011) 등에 수록되어 있다.

　아버지 소원못이룬 오막사리
　내 아담한 기와집으로 밧구고
　나의 김장군肖像 더 높이 걸어
　즐거우나 슲으나 마음의 거울삼고
　그리고
　넓은마당에 두틈한 담장쌓고
　어무진일 비림에 끌어
　人民의피가되고 살이되어 民主마당에 꽃이될 現物稅
　내 먼저 바치고
　세ㅅ도남을 노적가리 꽝꽝밟아 가릴
　기꺼운 오늘의 지경돌이다
　　　　　　ー李豪南, 「地境돌」, 申東哲(외), 『祖國』, 함북예술련맹, 1946, 34~35쪽.

5) 김광섭의 「감자현물세」는 북조선문학예술총동맹 산하 '북조선문학동맹' 기관지 『朝鮮文學』 제2집(1947.12); 『前哨』(문화전선사, 1947); 『서정시 선집』(조선작가동맹출판사, 1955); 『해방후서정시선집』(문예출판사, 1979); 『1940년대시선(해방후편)』(문학예술출판사, 2011) 등에 수록되어 있다.

　열섬 감자다
　한알이라도 보람지게하야
　장한힘 도웁는것이 본심이라 하시며
　큰놈으로만 골르시는

25일 결성된 '북조선예술총련맹'의 핵심 과제를 보여준 성과작이었다.

지금까지 리기영 연구는 많은 성과를 내어 왔다.[6] 그럼에도 불구하고 이런 연구 성과들은 식민지 시대에 한정되어 있으며, 또한 북조선에서 활동했던 시기의 작품들도 『땅』과 『두만강』 등의 몇몇 작품에 집중되어 있다.[7] 이러하듯 리기영 또는 리기영 문학의

어머니의 옳은 생각에
미소하시는 아버지였다.

너 부듸 잊이 말어라
金日成장군의 초상 한장 얻어오라 하시구는
페양에도 감자는 잘 되는지……
몸소 장군님을 못뵈옴을
아버지 山을 번지시며 걱정이시다.
　　　　　　　　— 金光燮,「감자現物稅」,『조선문학』 2, 1947.12, 128~129쪽.

6) 權瑜,『李箕永 小說研究』, 태학사, 1993; 이상경,『이기영, 시대와 문학』, 풀빛, 1994; 김상선,『민촌 이기영 문학 연구』, 국학자료원, 1999; 권유,『민촌 이기영의 작품세계』, 국학자료원, 2002; 이선옥,『이기영 여성소설 연구』, 국학자료원, 2002; 조남현,『이기영』, 건국대학교출판부, 2002; 이성렬,『민촌 이기영 평전』, 심지, 2006; 조남현,『그들의 문학과 생애, 이기영』, 한길사, 2008.

7) 曺南鉉,「『두만강』을 통해 본 북한문학: 이기영/「두만강」論」,『문학사상』 200, 1989.6; 김윤식,「李箕永 論: 「고향」에서 「두만강」까지」,『동서문학』 181~183, 1989.8~10; 정호웅,「『두만강』론: 항일무장투쟁에의 길」,『창작과비평』 17-3, 1989; 丘仁煥,「李箕永의 두만강」,『월간문학』 22-12, 1989.12; 曺南鉉,「이기영의 『두만강』 연구」,『동서문학』 191, 1990.6; 김윤식,「이기영의 「땅」론」,『실천문학』 20, 1990; 김외곤,「북한문학에 나타난 민족해방투쟁의 형상화와 그 문제점: 민촌 이기영의 『두만강』을 중심으로」,『문학정신』 66, 1992.4; 류보선,「이상적 현실의 형상화와 소설적 진실: 이기영의 『땅』에 대하여」,『문학정신』 67, 1992.5; 申春浩,「李箕永의 『두만강』研究」,『중원인문논총』(건국대) 15, 1996.8; 김종성,「이기영 소설의 반봉건성과 혁명의식: 『땅』과 『두만강』을 중심으로」, 김종회 편,『북한문학의 이해』, 청동거울, 1999; 이선옥,「설화적 구성과 보수적 여성의식의 내면화: 이기영의 『땅』」,『통일논총』(숙명여대) 17, 1999.12; 박태상,「이기영의 소설문학 연구: 「개벽」과 『땅』에 나타난 북한의 사회현실을 중심으로」,『한국방송통신대학교 논문집』 30, 2000.8; 박태상,「이기영의 농민소설 『땅』에 나타난 북한 토지개혁의 성과」,『북한문학의 동향』, 깊은샘, 2002; 이주미,「이기영 작품론: 전망의 확대와 전형성: 『두만강』과 『땅』을 중심으로」,『북한 문학예술의 실제』, 한국문화사, 2003; 김강호,「이기영의 문학적 행보: 대장편 『두만강』에서 수령형상 장편소설 『력사의 새벽길』까지」, 김중하 편,『북한문학 연구의 현황과 과제』, 국학자료원, 2005; 김동석,「이기영의 「땅」 연구」,『어문논집』 51, 2005.4; 안미영,「이기영의 『두만강』에 나타난 집단주의

전모를 밝히기 위해선 해방 이후 그의 창작 행적을 재구성할 필요성이 있다. 따라서 이 글에서는 북조선에 활동했던 시기의 첫 단편소설인 「개벽」을 중심으로 하는데, 여러 연구에서 생략된 「개벽」의 개작과정의 전모를 확인하는 한편 북조선 문학사의 문제점을 점검해보고자 한다. 이런 번잡한 과정을 거쳐야만이 리기영 또는 리기영 문학의 전모를 확인할 수 있지 않을까.

2. 리기영의 「개벽」 판본과 개작과정

리기영의 「개벽」은 1944년 3월 이후 머물렀던 강원도 회양군 내 금강면 병이무지리(並伊武只里), 농촌 생활의 경험을 바탕으로 창작된 작품이다.[8] 1946년 7월 25일 '북조선예술총련맹' 기관지 『문화전선』 창간호에 실린 이 작품은 토지개혁법령 발표 후의 농촌의 변화된 상황을 담은 단편소설로 말해진다.

〈표 1〉에서 보듯, 리기영의 「개벽」은 여러 판본이 있는데 어떤 개작의 과정을 거쳤을까?

체제와 유교의 예교성(禮敎性) 고찰: '유교적 인간'과 '사회주의 인간'의 친화성 고찰」, 『국어교육연구』 39, 2006.8; 박영식, 「해방시기 북한 장편소설에 나타난 계몽의 변증법: 이기영의 작품『땅』을 중심으로」, 『민족문화논총』(영남대) 35, 2007.6; 박영식, 「이기영의 장편소설 『땅』의 개작 양상 연구: 원작본과 1차 개작본을 중심으로」, 『어문학』 96, 2007.6; 박영식, 「이기영 장편소설 『땅』의 개작 양상 소고: 2차 개작본(1973)을 중심으로」, 『반교어문연구』 23, 2007.8; 임향란, 「조선 이기영의 〈땅〉과 한국 채만식의 〈논 이야기〉 비교고찰」, 『국제언어문학』 22, 2010.10; 윤영옥, 「근현대 농민소설에 나타난 농민의 표상과 민족: 조정래의 『아리랑』과 이기영의 『두만강』에 나타난 사회연결망을 중심으로」, 『국어국문학』 159, 2011.12.

8) 리기영, 「리상과 노력」, 리기영·한설야, 『리상과 노력』, 민청출판사, 1958, 49쪽; 리기영, 「리상과 노력」, 한설야 외, 『작가 수업』, 조선작가동맹출판사, 1959, 82~91쪽; 리기영, 「땅에 대한 사랑」, ≪문학신문≫ 532, 1963.3.5; 韓曉, 「長篇 「땅」에 對하여(1)」, 『문학예술』 3-6, 1950.6, 23~25쪽.

<표 1> 리기영의 「개벽」의 판본

작가	작품	기관지명(저서명)	발행지역	발행소(출판사)	출판 연도	기타
李箕永	「開闢」	『文化戰線』 창간호	平壤	北朝鮮藝術總聯盟	1946.7.25.	
李箕永	「開闢」	『農幕先生』	平壤	朝蘇文化協會 中央委員會	1950.4.5.	
리기영	「개벽」	『개선』	평양	조선작가동맹출판사	1955.6.25.	
리기영	「개벽」	『해방후 단편 소설 선집』	평양	김일성종합대학출판사	1966.4.18.	
리기영	「개벽」	『조선단편집』 2	평양	문예출판사	1978.12.25.	
리기영	「개벽」	『조선문학작품선집』 25	평양	교육도서출판사	1983.8.29.	
리기영	「개벽」	『개선』	평양	문학예술출판사	2011.9.30.	
李箕永	「開闢」	『土地』	서울	雅文閣	1947.7.1.	1946년 판본
리기영	「개벽」	『조선문학사작품선집 (1945.8~1950.6)』 1	東京	학우서방	1981.10.25.	1978년 판본
리기영	「개벽」	『실천문학』 12호	서울	실천문학사	1988.12.10.	1978년 판본
리기영	「개벽」	『북한 문학의 이해』	서울	형성출판사	2001.7.30.	1978년 판본
이기영	「개벽」	『북한문학』	서울	문학과지성사	2007.11.26.	1946년 판본
이기영	「개벽」	『력사의 자취』	서울	국학자료원	2012.6.15.	1946년 판본
이기영	「개벽」	『북한소설선』	서울	작가와비평사	2013.3.30.	1946년 판본

① 1946년 7월 판본 「개벽」

토지개혁 법령(土地改革法令)이 발표되든 며칠뒤 어느날이다.

그날 읍내에서는 예정한대로 시위행렬의 기념행사를 거행하랴고 이른 아침부터 수뇌부가 총출동하야 모든 절차를 서둘렀다.[9]

② 1950년 4월 판본 「개벽」

토지개혁 법령(土地改革法令)이 발표되든 며칠뒤 어느날이다.

그날 읍내에서는 예정한대로 시위행렬의 기념행사를 거행하랴고 이른 아침부터 수뇌부가 총출동하야 모든 절차를 서둘렀다.[10]

---

9) 李箕永, 「開闢」, 『문화전선』 1, 1946.7, 169쪽.

10) 李箕永, 「開闢」, 『農幕先生』, 조쏘문화협회중앙본부, 1950, 229쪽.

③ 1955년 6월 판본 「개벽」

토지 개혁 법령이 발표되던 며칠 뒤 어느 날이다.

그날 읍내에서는 예정한 대로 시위행렬의 기념 행사를 거행하려고 이른 아침부터 수뇌부가 총출동하여 <u>모든 준비 사업을 세밀히 검토하고 집행자들에게 지시를 주었다.</u>11)

④ 1966년 4월 판본 「개벽」

토지 개혁 법령이 발표되던 며칠 뒤 어느날이다. 그 날 읍내에서는 예정한 대로 시위 행렬의 기념 행사를 거행하려고 이른 아침부터 수뇌부가 총 출동하여 모든 준비 사업을 세밀히 검토하고 집행자들에게 지시를 주었다.12)

⑤ 1978년 12월 판본 「개벽」

토지개혁법령이 발표되던 며칠뒤 어느날이다. 그날 읍내에서는 예정한 대로 시위행렬의 기념행사를 거행하려고 이른아침부터 지휘부가 총출동하여 모든 준비사업을 세밀히 검토하고 집행자들에게 지시를 주었다.13)

⑥ 2011년 9월 판본 「개벽」

토지개혁법령이 발표된지 며칠뒤 어느날이다. 그날 읍내에서는 예정한 대로 시위행렬의 기념행사를 거행하려고 이른아침부터 지휘부가 총출동하여 모든 준비사업을 세밀히 검토하고 집행자들에게 지시를 주었다.14)

(모든 밑줄은 인용자)

---

11) 리기영, 「개벽」, 김사량 외, 『개선』, 조선작가동맹출판사, 1955, 16쪽.
12) 리기영, 「개벽」, 리기영 외, 『해방후 단편 소설 선집』, 김일성종합대학출판사, 1966, 3쪽.
13) 리기영, 「개벽」, 리기영 외, 『조선단편집』 2, 문예출판사, 1978, 3쪽.
14) 리기영, 「개벽」, 한설야 외, 『개선』(현대조선문학선집 54), 문학예술출판사, 2011, 36쪽.

위의 「개벽」의 첫 부분에서 보듯, 이 작품은 토지개혁 법령이 발표된 며칠 뒤 어느 날을 배경으로 하는데, 1946년 판본 「개벽」에서 2011년 판본 「개벽」까지의 여러 판본이 별 차이가 없는 듯도 하지만 조금씩 변화되었다. 철자, 띄어쓰기 등의 어문 규정을 제외하고도 여러 변화가 있는데, 리기영은 1946년 판본 「개벽」의 "모든 절차를 서둘렀다"를 1955년 판본 「개벽」에선 "모든 준비사업을 세밀히 검토하고 집행자들에게 지시를 주었다"로 수정했고, 1946년 판본 「개벽」의 "수뇌부"가 1978년 판본 「개벽」에선 "지휘부"로 변경했다. 이러하듯, 1946년 판본 「개벽」에서 2011년 판본 「개벽」으로 변모하면서 문장의 삭제나 추가 등의 여러 부분을 수정했는데, 구체적으로 어떤 것들을 개작했을까? 여러 판본들은 큰 틀만 유지한 채 단어·문장·띄어쓰기뿐만 아니라 여러 부분이 변형되었는데, 특히 1946년 판본 「개벽」에서 1955년 판본 「개벽」과 1978년 판본 「개벽」으로 진행되면서 많은 부분이 개작되었다. 여기서 (일정 부분 수정되기는 했지만) 1946년 판본 「개벽」과 1950년 판본 「개벽」을 동일한 판본이라고 가정한다면, 1955년 판본 「개벽」과 1966년 판본 「개벽」, 그리고 1978년 판본 「개

<표 2> 리기영의 「개벽」 판본 비교 (1)

1946년 판본	1950년 판본	1955년 판본	1966년 판본	1978년 판본	2011년 판본
一	一	1	1	1	1
二	二	2	2	2	2
三	三	3	3	3	3
四	四	4	4	4	4
五	五	5	5	5	5
六	六	6	6		
七	七	7	7	6	6
八	八	8	8	7	7

벽」과 2011년 판본 「개벽」도 동일한 판본이라 할 수 있다.

1946년 판본 「개벽」에서 1966년 판본 「개벽」까지의 세부 항목은 '1~8'까지인데, 1978년 판본 「개벽」이나 2011년 판본 「개벽」은 '5'와 '6' 항목(원 첨지 집에서 일어난 대화 장면)을 합쳐서 '5' 항목으로 만들어서 전체 항목이 '1~7'까지이다. 이 판본들은 세부 항목뿐만 아니라 등장인물도 수정된다.

① 1946년 7월 판본 「개벽」

「여적 못 갖어드린것두 죄송하온데 원발말슴을 다하십니다. 저-그러오나 나무를 해다 팔어야겠사아오니 한장 동안만 더참어 주십시요」

원첨지는 이렇게 진국으로 말하였다 「그럼 그러소. 닷새안으로는 꼭 해오겠나? 변리는 그만두고 말야」

「네, 너무 황감합니다, 변리까지 안 받으신다는데 약조를 어길수야 있겠읍니까 식구가 굶더라두 그안에 해다 드립지요」

두어달전에 원첨지는 황주사한테 오푼변으로 돈 <u>이백원</u>을 빗내 쓴일이 있다 그것은 눈이 많이 싸혀서 나무 장사도 할수없어서 양식말을 구해먹느라고 변돈이라도 안쓸수없었든 까닭이다.15)

⑤ 1978년 12월 판본 「개벽」

≪여적 못갚아드린것두 죄송하온데 원 별말씀을 다 하십니다. 저 그러오나 나무를 해다 팔어야겠사오니 한참동안만 더 참어주십시오.≫

원첨지는 이렇게 진국으로 말하였다.

≪그럼 그렇게 하소. 닷새안으로는 꼭 해오겠나? 변리는 고만두고말야.≫

≪네, 너무 황감합니다. 변리까지 안받으신다는데 말씀을 어길수야

---

15) 李箕永, 「開闢」, 1946, 179~180쪽.

있겠습니까. 식구가 굶더라두 그안에는 해다 드립지요.≫

　두어달전에 원첨지는 황주사한데 5푼 변으로 돈 <u>50원</u>을 얻어쓴 일이 있다.

　그것은 눈이 많이 쌓여서 나무장사도 할수 없기때문에 량식말을 구해먹느라고 변돈이라도 안쓸수가 없었던것이다.16)

위의 부분은 원 첨지가 황 주사에게 5푼 이자를 내기로 하면서 빌린 돈(변돈)에 대해서 대화를 나누고 있는 장면이다. 여러 판본들이 그러하듯, 위의 부분도 동일한 듯하지만 중요한 변화가 있다. 즉, 원 첨지가 황 주사에 빌린 돈이 '200원'17)에서 '50원'18)으로 변화되는데, 그렇게 수정한 이유는 무엇일까?

〈표 3〉 리기영의 「개벽」 판본 비교 (2)

	1946년 판본	1950년 판본	1955년 판본	1966년 판본	1978년 판본	2011년 판본	기타
원 첨지가 황 주사에게 빌린 돈	이백원	이백원	二백원	2백 원	50원	50원	200원→ 50원
황 주사가 명주바지저고리에 넣은 돈	조선은행권 삼만여원	조선은행권 오만원	조선 은행 권 五만원	조선 은행 권 5만원	조선은행 권 5만원	조선은행 권 5만원	3만여원 → 5만원
김 영감이 하루에 막걸리 75사발을 먹은 돈	일흔닷량 (七圓五十錢)	일흔닷량 (七圓五十錢)	일흔닷량 (七圓五〇錢)	일흔닷량 (七圓五〇錢)	삭제	삭제	막걸리 1사발 = 10전
언년이가 술 한병을 사기 위해 준 돈	오원 지전 두장	오원 지전 두장	五원 지전 두장	5 원 지전 두장	5원 지전 두장	5원 지전 두장	술 한병 가격 ≒10원(?)

---

16) 리기영, 「개벽」, 1978, 14쪽.
17) 李箕永, 「開闢」, 1946, 173쪽; 李箕永, 「開闢」, 1950, 239쪽; 리기영, 「개벽」, 1955, 19쪽; 리기영, 「개벽」, 1966, 8쪽.
18) 리기영, 「개벽」, 1978, 8쪽; 리기영, 「개벽」, 2011, 40쪽.

해방 후 황 주사는 100원짜리 조선은행권을 모아서 명주바지저고리에 솜과 함께 받쳐 넣어서 옷을 만들었는데, 무슨 일이 생기면 그 옷을 입고 피신할 계획을 세운다. 여기서 황 주사가 돈으로 만든 옷에 넣은 돈은 1946년 판본 「개벽」에서 '3만여 원'이던 것이 1950년 판본 「개벽」에선 '5만 원'으로 수정된다. 또한 원 첨지가 눈이 많이 쌓여서 나무 장사를 할 수 없어서 양식을 구하기 위해서 황 주사에게 돈을 빌리는데, 여기서 1946년 판본 「개벽」에선 '200원'이던 것이 1978년 판본 「개벽」에선 '50원'으로 변화한다. 이런 두 개작은 현실을 반영한 것으로 추정되는데, 특히 '200원'에서 '50원'으로 수정한 것은 양식을 구하기 위한 것이기에 '200원'보다는 '50원'이 현실적으로 보이기 때문이다. 원 첨지가 5일 동안 나무 장사를 해서 '200원'을 갚기 위해선 하루에 40원 정도를 벌어야 하지만, '50원'을 갚기 위해선 10원 정도가 필요하기에, 이것이 당대 현실에 더 가깝다. 김 영감의 술 이야기와 관련된 일화를 통해서 그때 막걸리 한 사발 가격이 10전이다. 또한 원 첨지의 딸 언년이가 더덕을 캐서 모은 돈이 10원인데, 술 1병을 사기 위해 이 돈을 내놓는다. 이로 볼 때 당대 술 1병의 가격이 대략 10원 정도로 보인다. 이런 측면을 고려할 때 양식을 사기 위해서 '200원'보다는 '50원'을 빌린 것이 더 합리적일 것이다. 즉, 이런 돈과 관련된 개작은 1940년대 당대 상황을 일정 부분 반영한 것이다.[19]

19) 참고로 1946년 3월 '조선공산당 북부조선분국' 기관지 《정로》 1부 가격은 '60전'이며, 1946년 7월 '조쏘문화협회' 기관지 『문화건설』의 정가는 '25원'이며, 1946년 7월 '북조선예술총련맹' 기관지 『문화전선』의 정가는 '35원'이며, 1946년 8월 '북조선예술총련맹'이 간행한 시집 『북풍』과 '김일성장군 찬양특집' 『우리의 태양』의 정가는 '25원'이며, 1946년 8월 '북조선예술총련맹'이 간행한 '8·15해방1 주년기념' 『평론집』의 정가는 '35원'이다.

그런데 김 영감의 '술'과 관련된 일화는 1978년 판본 「개벽」에서는 삭제되는데, 어떤 이유에서일까? 그 이유는 등장인물의 수정과 관련된 것인데, 그 구체적인 양상은 다음과 같다.

① 1946년 7월 판본 「개벽」
작은 아들 <u>동운</u>이가 (…중략…) 큰 아들 동수가 (…중략…)20)

③ 1955년 6월 판본 「개벽」
작은 아들 <u>동준</u>이가 (…중략…) 큰아들 동식이가 (…중략…)21)

① 1946년 7월 판본 「개벽」
떠버리란 별명을 들으면서도 (…중략…)22)

⑤ 1978년 12월 판본 「개벽」
그래 <u>김충걸</u>은 떠벌이라는 별명은 가졌지만 (…중략…)23)

위에 보듯, 1955년 판본 「개벽」과 1978년 판본 「개벽」의 두 판본에선 원 첨지의 아들 이름을 수정하고(1955년 판본), 김 영감의 성명도 밝힌다(1978년 판본).

〈표 4〉에서 보듯, 1946년 판본 「개벽」에서 원 첨지의 네 자식이 큰 아들 동수, 작은 아들 동운, 딸 언년, 꼬매이(꼬맹이)인데, 1955년 판본 「개벽」에선 큰 아들 '동수'는 '동식'으로, 작은 아들

---

20) 李箕永, 「開闢」, 1946, 182쪽.
21) 리기영, 「개벽」, 1955, 26~27쪽.
22) 李箕永, 「開闢」, 1946, 191쪽.
23) 리기영, 「개벽」, 1978, 25쪽.

<표 4> 리기영의 「개벽」 판본 비교 (3)

1946년 판본	1950년 판본	1955년 판본	1966년 판본	1978년 판본	2011년 판본
원첨지	원첨지	원 첨지	원 첨지	원첨지	원첨지
안해	안해	안해	안해	안해	안해
동수	동수	동식	동식	동식	동식
동운	동운	동준	동준	동준	동준
언년	언년	언년	언년	언년	언년
꼬매이	꼬맹이	꼬맹이	꼬맹이	꼬맹이	꼬맹이
황주사	황주사	황 주사	황 주사	함주사	함주사
농민위원장	농민위원장	농민 위원장	농민 위원장	농민위원장	농민위원장
김영감	김영감	김 령감	김 령감	김령감 (김충걸)	김령감 (김충걸)

'동운'은 '동준'을 개명된다. 1946년 판본 「개벽」의 원 첨지의 두 아들은 장편소설 『땅』의 박 첨지의 아들인 '동수(東洙)', '동운(東雲)'[24]과 동일한데, 두 작품의 이름의 중복을 피하기 위해 1955년 판본 「개벽」에선 '동식'과 '동준'으로 수정한 것으로 보인다. 또한 1946년 판본에서 '떠벌이'라는 별명을 가진 '김 영감'은 1978년 판본 「개벽」에선 '김충걸'로 성명을 밝히면서, 김 영감의 술과 관련된 일화와 그의 내력에 대한 부분이 삭제된다.

① 1946년 7월 판본 「개벽」
마침 이럴판에 떠버리 김영감이 드러왔다. (…중략…)
「그럼 성님 근력은 언제나 마찬가진걸 － 우선 약주 자시는걸보지」
원첨지의 말에
「아재 약주야 말할것 뭐있수 일흔댓량집으로 유명하신데. 호호………」
안해가 원첨지를도라 보며 웃는데

---

24) 李箕永, 『땅(上篇開墾)』, 조선인민출판사, 1948, 48~49쪽.

「어듸 인제는 그러케 먹는가」

김영감은 면구스런듯이 빙그레 따러 웃는다.

일흔 댓량집의 출처는 이러하다.－그가한참 시절에는, 기운도 장사소리를 들었지만 술도 그만큼 세여서, 하루에 일흔닷량(七圓五十錢)어치, 막걸리 일흔 다섯사발을 드리컷다는것이다. 그만큼 그는 지금도 한자리에서 막걸리 열사발쯤은 수월하게 집어 삼킨다.

김영감이 이만한 장골이였다면, 어쩌서三十년동안이나, 머섬꾼으로 호래비 생활을 하였든가 사실 그가 막버리로 돈을벌기도 만히했었지만, 버는족족 그는 술을 마시고 말어서 언제나 마찬가진 빈털털이로 지나왔다.

그러나, 그의 내력을 아는 사람은 이근처에 하나도 없다. 그는 원래 이지방 사람이 안이고삼십전에 혼저 떠드러와서 여적지 무의무탁한 생활을 하여왔다. 그의고향이 어딘지도 잘모른다.

<u>필연코 그는 무슨 중대한 이유가있기때문에 그와같은 생활을 하는것같은데, 자기 신상에 대한말은 일체로 입을 담으럿다.</u> 떠버리란 별명을 들으면서도 그것만은 절대로 비밀로 직히는게 수상하다며 수상한일이다. (…중략…)

진풍경(珍風景)을 일우웟다.25)

⑤ 1978년 12월 판본 「개벽」

마침 이런판에 떠벌이 김령감이 의외에 들어왔다. (…중략…)

≪그럼, 성님 근력은 언제나 마찬가진걸.≫

김령감은 그렇게 장골이면서도 일가식솔도 없이 사처를 돌아다니며 30년동안 머슴살이를 하였다 한다.

---

25) 李箕永, 「開闢」, 1946, 189~193쪽.

그래 김충걸은 떠벌이라는 별명을 가졌지만 자기 래력에 대한것은 일체 비밀에 붙이고 아무에게도 말하지 않았었다 (…중략…)

진풍경을 이루었다.26)

1946년 판본이나 1950년 판본, 1955년 판본 「개벽」에선 김 영감의 '일흔댓량집'의 출처에 대한 이야기나 그가 신상에 대해서 말하지 않는다는 부분을 기술하고 있지만 1978년 판본이나 2011 년 판본 「개벽」에선 이런 부분들을 삭제한다. 북조선 체제의 술에 대한 부정적인 인식 때문인지,27) 농민위원장이 술에 취한 상태에 서 열변을 토하는 장면28)과 마찬가지로 김 영감의 '술'과 관련된 부분들이 삭제된다. 또한 김 영감의 내력에 대한 서술 부분도 서 사적 맥락을 고려하여 삭제된다. 1946년 판본 「개벽」에서 김 영 감의 내력에 대해서 말하지 않는 중대한 이유가 있는 것처럼 서술 하지만, 작가는 그 구체적인 내용을 어느 부분에선가 설명해야함 에도 불구하고 그 어디에서도 이에 대한 설명은 없다. 이런 측면 에서 서사적 완결성을 위해서 작가는 이런 불필요한 내용을 삭제 한 것으로 보인다.

---

26) 리기영, 「개벽」, 1978, 24~27쪽.

27) 김일성은 사상혁명을 강조하면서 "우리 나라에는 사람을 때리거나 술을 먹고 주정하는 사람이 없습니다." 또는 "우리 나라에는 술을 먹고 추태를 부리거나 건달을 부리며 놀고 먹는 사람들은 없습니다."라고 말한다(김일성, 「단마르크와 조선사이의 협조관계촉진위원 회대표단과 한 담화 1973년 9월 3일」, 『김일성저작집』 28, 조선로동당출판사, 1984, 465쪽; 김일성, 「조국의 사회주의건설형편에 대하여: 총련의장을 단장으로 하는 총련대표 단과 한 담화 1975년 9월 26일」, 『김일성저작집』 30, 조선로동당출판사, 1985, 496쪽).

28) 1946년 판본 「개벽」의 "농민위원장은 얼근한 김에 열변을 토하기 시작한다."는 1955년 판본에선 "농민 위원장은 흥분한 김에 열변을 토하기 시작한다."로, 1978년 판본 「개벽」 에선 "농민위원장은 흥분한 어조로 열변을 토하기 시작한다."로 수정된다(李箕永, 「開闢」, 1946, 185쪽; 리기영, 「개벽」, 1955, 29쪽; 리기영, 「개벽」, 1978, 20쪽).

① 1946년 7월 판본 「개벽」

농촌 위원회가 조직되는날 아침 – 새로 뽑힌 위원들의 거둥은 참으로 가관이였다./우선 김영감은 세거리 주막에다 사처방을 정해노코, 미구에 행차할 차뷔를 차리였다. (…중략…) 주막 안주인이 어사또의 차림같은 김영감을 보고 한바탕 웃어 드킨다. (…중략…) 그런데, 중대가리 바람에, 훗두루마기를입고 앞장을선 김영감의 뒤에, 원첨지가 회색 삼베주의에 큰갓을 쓰고 따러가는 모양은 정말로 처사행렬과같은 진풍경(珍風景)을 일우웟다./그꼴을 보고, 원첨지의 안해는 아이들과가치, 요절을 하도록 웃어댄다.29)

③ 1955년 6월 판본 「개벽」

농촌 위원회가 조직되는 날 아침, 새로 뽑힌 위원들의 거동은 참으로 장관이였다./우선 김 령감은 세거리 주막에다 사처방을 정해 놓고 미구에 행차할 차비를 차리였다. (…중략…) 주막 안주인이 괴나리봇짐만 졌으면 흡사히 어사또의 차림 같은 김 령감을 보고 한바탕 웃어드킨다. (…중략…) 그런데 중대가리 바람에 홑두루마기를 입고 앞장을 선 김 령감의 뒤에 원 첨지가 회색 삼베 주의에 큰 갓을 쓰고 따라가는 모양은 정말로 처사행렬과 같은 진풍경을 이루었다./그꼴을 보고 원 첨지의 안해는 아이들과 같이 요절을 하도록 웃어댄다.30)

⑤ 1978년 12월 판본 「개벽」

농촌위원회가 조직되는 날 아침, 새로 뽑힌 위원들의 거동은 참으로 장관이였다./우선 김충걸령감은 세거리주막에다 사처방을 정해놓고 미

---

29) 李箕永, 「開闢」, 1946, 192~193쪽.
30) 리기영, 「개벽」, 1955, 34~35쪽.

구에 행차할 차비를 차리였다. (…중략…) 주막 안주인이 괴나리보짐만 졌으면 흡사히 어사또의 차림같은 김령감을 보고 한바탕 웃어드킨다. (…중략…) 그런데 중대가리바람에 홑두루마기를 입고 앞장을 선 김령감의 뒤에 원첨지가 회색 삼베두루마기에 큰 갓을 쓰고 따라가는 모양은 정말로 처사행렬과 같은 진풍경을 이루었다./그 꼴을 보고 원 첨지의 안해는 아이들과 같이 요절을 하도록 웃어댔다.[31]

그런데 이런 김 영감이나 원 첨지를 바라보는 작가의 서술 태도도 일정 부분 변모한다.

<표 5> 리기영의 「개벽」 판본 비교 (4)

1946년 판본	1950년 판본	1955년 판본	1966년 판본	1978년 판본	2011년 판본
가관	가관	장관	장관	장관	장관
진풍경	진풍경	진풍경	진풍경	진풍경	진풍경

작가는 농촌위원회가 조직되는 날 아침, 김 영감과 원 첨지를 비롯한 새로 선출된 위원들의 거동을 '참으로 가관'이라 하거나 김 영감을 따라가는 원 첨지의 모습을 '진풍경'이라 서술한다. 여기서 '가관(可觀)'이란 '남의 언행이나 어떤 상태를 비웃는 뜻'으로 사용되며, '진풍경(珍風景)'은 '구경거리가 될 만한 보기 드문 광경'으로 사용되듯, 작가는 김 영감과 원 첨지를 비롯한 위원들의 행동을 희화적으로 묘사한다. 그런 반면 1955년 판본 「개벽」 이후 '가관' 대신 '장관'이란 말을 사용하는데서 보듯, 여러 부분을 수정하여 원 첨지나 김 영감의 희화적인 면모를 축소해 나간다. "다같은 인민

---

31) 리기영, 「개벽」, 1978, 25~27쪽.

(人民)"32)에서 "인민이 나라의 주인"33)으로 개작되듯, 이는 조선인 민이 주인이라는 사실을 강조하는 상황에서 마냥 원 첨지나 김 영 감을 희화적으로만 표현할 수는 없었던 것이다. 이에 반해 "친일 파", "지주놈들" "왜놈들"34)이란 부정적 어휘를 삽입하듯, 지주인 황 주사에 대해선 "독가비"35)에서 "황금의 도깨비"36)로 표현하여 좀 더 돈에 노예가 된 부정적 인물로 수정한다. 이러하듯, 리기영의 「개벽」은 등장인물에 대한 지속적인 개작을 통해서 긍정적 인물과 부정적 인물의 선명한 이분법적 대립 구도를 만들어간다. 이는 북 조선이 요구했던 부자(지주)와 농민의 대립 관계를 설정하여 사회주 의 체제 또는 북조선 체제의 정당성을 창출하려 했던 것이다.

① 1946년 7월 판본 「개벽」
「저어………어머닌 이따가 아버지 약주잡수실때, 술이나 한잔 따러 드리시우 호호호 하필왜 나한테만, <u>「년」짜를 붙이는게야!</u>」
해서, 그들은 웃기였다.
「망한년 같으니 - <u>네깐년보구 그러면어떠냐</u>, 술은 네가 따러 드리랴 무나」
그러나 모친은 성을 내지안고 그들과 가치 웃었다.
「왜놈의 시대에는 가난방이가 천덕구레기였지만 해방된 지금에는 우리들도 버젓한 조선의 아들딸이라우그러지 안우 큰옵바 - 호………」
「<u>이년아</u>, 듣기 싫다!」

---

32) 李箕永, 「開闢」, 1946, 185쪽.
33) 리기영, 「개벽」, 1978, 20쪽.
34) 리기영, 「개벽」, 1955, 17쪽.
35) 李箕永, 「開闢」, 1946, 178쪽.
36) 리기영, 「개벽」, 1955, 24쪽.

동운이가 주먹을 둘너메는 바람에

「누가 작은 옵바보구 그랬수?………아이, 다시 안하오리다」

하고 언년이는 할수없이 빌어올렸다.37)

⑤ 1978년 12월 판본 「개벽」

≪뭐어… 어머닌 있다가 아버지 약주 잡수실 때 무릎 꿇고 앉아서 술이나 한잔 따라드리시라요, 호호호.≫

≪망할년 같으니… 술은 네가 따라드리랴무나.≫

그러나 어머니는 성을 내지 않고 그들과 같이 웃었다.

≪왜놈의 시대에는 가난뱅이가 천덕꾸레기였지만 해방된 지금에는 우리들도 버젓한 조선의 아들딸이라우. 그렇지 않우. 큰오빠…호…≫

≪듣기 싫다.≫

동준이가 주먹을 둘러메는바람에 언년이는 입을 다물었다.38)

리기영의 「개벽」은 긍정적 인물과 부정적 인물의 변화뿐만 아니라 여성에 대한 부분도 수정된다. 특히 1978년 판본 「개벽」에선 1946년 판본 「개벽」의 "「년」짜를 붙이는게야!"나 "네깐년보구 그러면어떠냐", "이년아" 등의 여성에 대한 부정적 표현들이 삭제된다. 1946년 판본 「개벽」에서 보듯, 원 점지의 딸 언년이는 삭은 오빠에게 '인제는 여자도 권리가 있고', '농민이 토지에서 해방되듯이 여자도 가정에서 해방되야' 하며, 또한 '여자도 회의 때에 참례하고 대통령39)을 뽑을 때는 표를 써낼 수 있다'고 강변한다.40)

---

37) 李箕永, 「開闢」, 1946, 195쪽.

38) 리기영, 「개벽」, 1978, 28~29쪽.

39) 1946년 판본, 1950년 판본, 1955년 판본, 1966년 판본 「개벽」의 '대통령'은 1978년 판본, 2011년 판본 「개벽」에선 '대의원'으로 수정된다.

이런 인식을 반영한 1946년 7월 30일 「북조선남녀평등권에 대한 법령」[41]에선 '남녀가 동등한 권리'를 갖고 있음을 공포했으며,[42] 이런 인식은 여전히 지속되고 있다. 이런 남녀평등에 대한 인식 때문에 1978년 판본 「개벽」에선 여성에 대한 부정적 표현인 '년'과 관련된 위의 부분들이 삭제된다.

① 1946년 7월 판본 「개벽」

「리승만 박사와 김구선생이 지금 대한정부를 꾸미는데 그정부가 중앙정부로 드러서게만 되면 이까짓 평양정부는 깨지지안코 백일줄 아느냐말야!」[43]

③ 1955년 6월 판본 「개벽」

『리 승만 「박사」가 지금 「대한 정부」를 꾸미는데 그 정부가 중앙 정부로 들어서게만 되면 이까진 평양 정부는 깨지지 않고 배길줄 아느냐 말야?」[44]

이런 등장인물이나 여성에 대한 여러 부분이 수정하듯, 특정인의 이름도 어느 순간 사라진다. 위의 인용은 황 주사의 정치적 상

---

40) 李箕永, 「開闢」, 1946, 182~183쪽; 李箕永, 「開闢」, 1950, 261~262쪽; 리기영, 「개벽」, 1955, 27쪽; 리기영, 「개벽」, 1966, 18쪽; 리기영, 「개벽」, 1978, 17쪽; 리기영, 「개벽」, 2011, 50쪽.

41) 「北조선남녀평등권에대한法令」, 『조선여성』 1, 1946.9, 85~86쪽.

42) 박현선, 「반제반봉건민주주의혁명기의 여성정책」, 김남식·이종석 외, 『解放前後史의 認識』 5, 한길사, 1989, 418~425쪽; 박영자, 「북한의 남녀평등 정책의 형성과 굴절 (1945~70): 북한여성의 정치 사회적 지위 변화를 중심으로」, 『아시아여성연구』(숙명여대) 43-2, 2004.11, 300~310쪽.

43) 李箕永, 「開闢」, 1946, 176쪽.

44) 리기영, 「개벽」, 1955, 21~22쪽.

황에 대한 판단을 보여준 말인데, 여기 등장하는 '이승만과 김구'
는 어떻게 변할까?

<표 6> 리기영의 「개벽」 판본 비교 (5)

1946년 판본	1950년 판본	1955년 판본	1966년 판본	1978년 판본	2011년 판본
리승만, 김구	이승만, 김구	리 승만	리 승만	리승만	리승만

'이승만, 김구 반동분자'나 '반동파 이승만, 김구'45)라는 김일성
의 지적이나 윤기정의 '이승만, 김구의 죄상'46)이란 표현에서 보
듯, 1946년 판본 「개벽」에서도 이들은 부정적으로 평가된다.47)

---

45) 김일성, 「북조선 각도인민위원회 정당사회단체 선전원 문화인 예술가 회의에서 진술한
연설(요지): 一九四六년 五월二十四일」, 『조국의통일독립과 민주화를 위하여』(제一권), 국
립인민출판사, 1949, 60·64쪽. "리승만 김구 반동분자"나 "반동파 리승만 김구" 등은
1950년대 중반 개작본에선 "리 승만, 김 구 등 반동 분자들"이나 "리 승만 김 구 등 반동
도배"로 표현된다. 그러나 1960년대 개작 본에선 "리 승만 반동 도당"이나 "리 승만 반동
도배"로, 1970년대, 1990년대 개작본에서도 "리승만반동도당"이나 "리승만반동도배"로
수정된다(김일성, 「문화와 예술은 인민을 위한 것으로 되여야 한다: 一九四六년 五월 二十
四일 북 조선 각 도 인민 위원회, 정당, 사회 단체 선전원, 문화인, 예술인 대회에서 진술
한 연설」, 『문화와 예술은 인민을 위한 것으로 되여야 한다』, 조선로동당출판사, 1956,
4·8쪽; 김일성, 「문화인들은 문화 전선의 투사로 되여야 한다: 북조선 각 도 인민 위원
회, 정당, 사회 단체 선전원, 문화인, 예술인 대회에서 한 연설 1946년 5월 24일」, 『김일
성선집』 1, 조선로동당출판사, 1963(번각·발행: 동경: 학우서방, 1963), 97·100쪽; 김
일성, 「문화인들은 문화 전선의 투사로 되여야 한다: 북조선 각 도인민위원회, 정당, 사회
단체 선전원, 문화인, 예술인대회 에서 한 연설 1946년 5월 24일」, 『김일성저작집』 2,
조선로동당출판사, 1979, 232·235쪽; 김일성, 「문화인들은 문화전선의 투사로 되여야
한다: 북조선 각 도인민위원회, 정당, 사회단체 선전원, 문화인, 예술인대회에서 한 연설
1946년 5월 24일」, 『김일성전집』 3, 조선로동당출판사, 1992, 435·428쪽).
46) 윤기정, 「아오라지나루」, 『문화전선』 1, 1946.7, 70쪽. 1946년 판본의 "김구 리승만의
죄상"은 2006년 판본에선 "리승만의 죄상"으로 수정된다(윤기정, 「아오라지나루」, 『조선
문학』 700, 2006.2, 43쪽).
47) 1946년에는 '이승만'과 '김구'는 풍자의 대상이 되는데, 1948년 남북연석회의 이후 '이승
만'과 '김성수'를 그 비판의 대상으로 삼고 있다(兪恒林, 「개」, 『문화전선』 2, 1946.12,
122쪽; 金史良, 「男에서온便紙」, 강승한 외, 『창작집』, 국립인민출판사, 1948, 127쪽).

그런데 1955년 판본 「개벽」에선 '김구'를 삭제한 채 '이승만'만을 기술한다. 여기서 1948년 4월 19~23일 김구, 김규식 등의 민족주의자들이 참석한 가운데 남조선의 단독 선거를 반대하고 통일정부 수립 문제를 논의하기 위한 '남북조선 제정당 사회단체 대표자 연석회의'가 개최된다.[48] 이 '남북연석회의' 이후 김구에 대한 평가가 서서히 변모하면서 1955년 판본 「개벽」에선 의도적으로 '김구'를 삭제한 것이다. 그런 반면 이런 이승만이나 김구와 달리 김일성에 대한 수사는 지속적인 확장의 과정을 거친다.

① 1946년 7월 판본 「개벽」
「우리 조선의 영웅 김일성장군 만세!」 (…중략…)
해방이 된뒤에도 그들의 생활은 여전히 비참하였다. 그런데 뜻밖에도 농민에게 토지를 분해한다니 이런일은 조선이 생긴뒤에 처음 본다.[49]

② 1950년 4월 판본 「개벽」
「우리 조선민족의 영웅 김일성장군 만세!」 (…중략…)
해방이 된뒤에도 그들의 생활은 여전히 비참하였다. 그런데 뜻밖에도 농민에게 토지를 분해한다니 이런일은 조선이 생긴뒤에 처음 본다.[50]

③ 1955년 6월 판본 「개벽」
『우리 조선 인민의 전설적 영웅인 김 일성 장군 만세!』 (…중략…)

---

48) 박명림, 『한국전쟁의 발발과 기원』 Ⅱ, 나남출판, 1996, 318쪽.
49) 李箕永, 「開闢」, 1946, 169~170쪽.
50) 李箕永, 「開闢」, 1950, 230~232쪽.

위대한 쏘베트 무력으로 일제의 기반에서 해방을 만난지 불과 몇달
이 안되는 오늘, 북조선에서는 농민들에게 토지를 무상으로 분배하는
토지 개혁 법령이 채택되였다.[51]

　④ 1966년 4월 판본「개벽」
　≪우리 조선 인민의 전설적 영웅인 김 일성 장군 만세!≫ (…중략…)
위대한 쏘베트 무력으로 일제의 기반에서 해방을 만난지 불과 몇달
이 안되는 오늘, 북조선에서는 농민들에게 토지를 무상으로 분배하는
토지 개혁 법령이 채택되였다.[52]

　⑤ 1978년 12월 판본「개벽」
　≪우리 조선인민의 전설적영웅이신 김일성장군 만세!≫ (…중략…)
위대한 김일성장군님께서 일제의 통치에서 조국을 해방하신 불과 몇
달이 안되는 오늘 북조선에서는 농민들에게 토지를 무상으로 분배하는
토지개혁법령이 채택되였다.[53]

　⑥ 2011년 9월 판본「개벽」
　≪우리 조선인민의 전설적영웅이신 김일성장군 만세!≫ (…중략…)
위대한 김일성장군님께서 일제의 통치에서 조국을 해방하신 불과 반
년밖에 안되는 오늘 북조선에서는 농민들에게 토지를 무상으로 분배하
는 토지개혁법령이 채택되였다.[54]

---

51) 리기영,「개벽」, 1955, 16~17쪽.
52) 리기영,「개벽」, 1966, 3~5쪽.
53) 리기영,「개벽」, 1978, 3~5쪽.
54) 리기영,「개벽」, 2011, 36~38쪽.

<표 7> 리기영의 「개벽」 판본 비교 (6)

1946년 판본	1950년 판본	1955년 판본	1966년 판본	1978년 판본	2011년 판본
조선의 영웅	조선민족의 영웅	조선 인민의 전설적 영웅	조선 인민의 전설적 영웅	조선인민의 전설적영웅	조선인민의 전설적영웅
해방	해방	위대한 쏘베트 무력	위대한 쏘베트 무력	위대한 김일성장군님	위대한 김일성장군님
×	×	몇달	몇달	몇달	반년

위의 인용에서 보듯, 1946년 판본 「개벽」에서 1955년 판본 「개벽」으로의 개작은 토지개혁법령의 무상분배의 원칙을 강조하는 방향과 함께 '조선 인민의 전설적 영웅'과 같은 김일성에 대한 수사의 확장 등이다. 1955년 판본 「개벽」에서 고정된 '우리 조선 인민의 전설적 영웅'인 '김일성 장군'은 1978년 판본 「개벽」에선 "우리 조선 인민의 전설적 영웅'이신' '김일성'장군"으로 변하는데, 이제 김일성은 높임의 대상뿐만 아니라 글자까지 진하게 강조해야만 하는 존재가 된다. 또한 여기서는 중요한 정치적 상황 변화의 요소도 발견되는데, 이는 '해방의 주체'가 변한다는 것이다.

① 1946년 7월 판본 「개벽」

제이차 세계대전에서 <u>련합국의 승리</u>는 팟쇼의 폐허(廢墟) 위에 인민의 씨를 뿌리였다. 이 인민의 씨는 국제민주노선을 타고 태풍(颱風)에 불려왔다.[55]

③ 1955년 6월 판본 「개벽」

제二차 세계 대전에서 <u>쏘련의 승리</u>는 팟쇼의 폐허 우에 인민의 씨를 부리였다. 인민의 씨는 국제 민주 로선을 타고 태풍을 불려 왔다.[56]

---

55) 李箕永, 「開闢」, 1946, 196쪽.

⑤ 1978년 12월 판본 「개벽」

<u>전설적영웅이신 김일성장군님께서 이끄신 조선인민혁명군의 승리</u>는
이 땅우에 새봄을 가져왔고 이 봄맞은 대지에 인민의 씨는 뿌려졌다.[57]

해방 직후 북조선에서는 미국을 조선해방에 기여한 '자본민주국
가'로 받아들였는데, 해방에 대한 소련의 기여를 강조하면서도 미
국에 대한 일종의 기대감을 갖고 있었다. 그러나 미소공동위원회
가 완전히 결렬된 후, 1947년 말부터 극단적 반미관으로 전환되
었다. 여기서 '1945년 10월'에 창작한 것으로 밝힌, 리기영의 희
곡 「해방」에서도 조선의 독립이 '미국(米國)'과 함께 '붉은 군대'인
소련이 참전한, 즉 연합국의 승리로 서술된다.[58] 다시 말해서 리
기영도 소련을 강조하면서도 조선의 해방이 '연합국의 힘'에 의한
것이라는 사실을 명시한다.[59]

<표 8> 리기영의 「개벽」 판본 비교 (7)

	1946년 판본	1955년 판본	1966년 판본	1978년 판본	2011년 판본
해방의 주체	련합군	쏘련	쏘련	조선인민혁명군 (김일성)	조선인민혁명군 (김일성)

1946년 판본 「개벽」에선 제2차 세계대전을 '연합국의 승리'로
기술되는데,[60] 리기영은 소련군의 역할을 강조하면서도 일종의

---

56) 리기영, 「개벽」, 1955, 37쪽.
57) 리기영, 「개벽」, 1978, 29쪽.
58) 李箕永, 「解放」, 『신문학』 1, 1946.4, 91~112쪽.
59) 李箕永, 「닭싸움」, 『우리문학』 2, 1946.3, 22쪽.
60) 1947년 7월 1일 조선문학가동맹에서 발행한 농민소설집 『토지』에 수록된 리기영의 「개
벽」에서도 '연합국의 승리'를 기술한다. 그런데 1947년 3월에 발표한, 조쏘문화협회
기관지 『조쏘문화』에 게재된 리기영의 글에서는 '소련군대의 결정적 역할'을 강조하면서

연합군에 대한 기대도 드러낸다.61) 그러나 1955년 판본이나 1966년 판본 「개벽」에선 '소련의 승리'만을 서술하며, 더 나아가 1978년 판본이나 2011년 판본 「개벽」에선 '김일성 장군이 이끈 조선인민혁명군의 승리'로 기술한다. 즉, 1946년 판본 「개벽」에선 극단적인 반미관이 형성되지 않아서 해방을 '연합국'의 승리를 서술하지만 극단적인 반미관이 확고하게 정착된 1955년 판본 「개벽」에선 '연합국'이 아니라 '소련'의 승리만을 반영하며, 유일사상체계가 정착된 후인 1978년 판본 「개벽」에선 '연합국'이나 '소련'이 아니라 '김일성이 이끈 조선인민혁명군의 승리'만을 지적한다.62) 이러하듯, 리기영의 「개벽」 판본들은 북조선의 해방에 대한 인식

'연합국의 승리'를 기술하고 있다(李箕永, 「開闢」, 朝鮮文學家同盟 農民部委員會, 『土地』, 아문각, 1947, 59쪽; 李箕永, 「建國思想總 動員運動과 쏘련人民의 勞動生活」, 『조쏘문화』 4, 1947.3, 11쪽).

61) 그러나 반미관이 본격화된 리기영의 1948년 판본 「화병」에서는 '소련군의 참전'만을 지적한다. "일본이 쏘련군대의 참전으로 불과기일에 항복한 결과 조선은 해방을 얻게되었다 한다. (…중략…) 그들은 쏘련군의 위대한 무력과 해방의 은혜를 구가하였다."(民村生, 「花瓶」, 강승한 외, 『創作集』, 국립인민출판사, 1948, 140~141쪽)

62) 남한에서 1988년 발행한 『실천문학』에 개재된 「개벽」은 1978년 개작본을 바탕으로 편집했지만 김일성과 관련된 여러 부분을 생략했고, 위에 인용한 해방과 관련된 부분도 삭제했다. 송기한의 『북한 문학의 이해』(2001)에 수록된 「개벽」에서는 1978년 개작본의 "전설적영웅이신 김일성장군님께서 이끄신 조선인민혁명군의 승리는 이 땅우에 새봄을 가져왔고 이 봄맞은 대지에 인민의 씨를 부려졌다."라는 부분을 실었다. 또한 신형기·오성호·이선미가 엮은 『북한문학』(2007)이나 김종회가 편집한 『력사의 자취』(2012), 유임하가 편집한 『북한소설선』(2013)에 개재된 「개벽」은 1946년 판본의 "제2차 세계대전에서 연합국의 승리는 파쇼의 폐허(廢墟) 위에 인민의 씨를 뿌리었다. 이 인민의 씨는 국제민주노선을 타고 태풍(颱風)에 불려왔다"나 "제이차 세계대전에서 련합국의 승리는 팟쇼의 폐허(廢墟) 위에 인민의 씨를 뿌리었다. 이 인민의 씨는 군제민주노선을 타고 태풍(颱風)에 불려졌다."라는 부분을 수록했다(참고로 『북한문학』이나 『력사의 자취』에서는 리기영의 「개벽」의 출전을 『문학예술』, 1946.3'으로 적고 있으나, '『문화전선』 창간호, 1946.7'로 수정해야 한다).
리기영, 「개벽」, 『실천문학』 12, 1988, 101쪽; 리기영, 「개벽」, 송기한, 『북한 문학의 이해』, 형성출판사, 2001, 110쪽; 이기영, 「개벽」, 신형기·오성호·이선미 편, 『북한문학』, 문학과지성사, 2007, 58쪽; 김종회 편, 『력사의 자취』, 국학자료원, 2012, 46쪽; 유임하 편, 『북한소설선』, 작가와비평사, 40쪽.

변화를 그대로 반영한다.63) 이런 리기영의 1950년대 판본은 냉전체제의 압력 아래에서 소련의 역할을 강조한 반면에, 유일사상체계가 성립된 후인 1970년대 판본에선 김일성 중심으로 역사를 해석한 것이다.

3. 토지개혁과 북조선 문학사의 평가

그러면 북조선 문학사의 토지개혁을 다룬 성과작으로 어떤 작품들을 호명했을까? 또는 어떤 작품들이 북조선의 정전으로 굳어졌을까?

〈표 9〉에서 보듯, 북조선 문학사에서 리기영의 「개벽」, 『땅』, 김우철의 「농촌위원회의 밤」, 리호남의 「지경돌」, 김광섭의 「감자현물세」, 한태천의 「바우」, 백문환의 「성장」 등은 토지개혁과 관련된 작품으로, 지속적으로 호명되는 북조선의 대표적 정전으로 굳어졌다. 그러면 이런 북조선 문학사에서 리기영의 「개벽」은 어떤 위상을 가졌을까?

조선민주주의 인민공화국 과학원 언어문학연구소 문학연구실의 집체작 『조선 문학 통사』하(1959)의 「해방후 문학: 평화적 민주건설 시기의 문학」에서 리기영의 「개벽」은 토지개혁과 관련된 작품으로 '소설' 부분의 첫 자리에서 위치한다. 그런데 유일사상체계가 성립된 후 발간된 사회과학원 문학연구소의 『조선문학사(1945~1958)』(1978)나 박종원, 류만의 『조선문학개관』2(1986), 오정애・

---

63) 남원진, 「미국의 두 표상, '평화적 민주건설'기 미국관」, 『양귀비가 마약 중독의 원료이듯…』, 도서출판 경진, 2012, 107~112쪽.

<표 9> 북조선 문학사의 '토지개혁' 관련 작품 목록

『조선 문학 통사』 하 (1959)	소설	리기영	「개벽」
		리기영	『땅』
	시문학	김우철	「농촌위원회의 밤」
		민병균	「재령 강반에서」
		정문향	「푸른벌로 간다」
		리호남	「지경돌」
		김광섭	「감자현물세」
	희곡	한태천	「바우」
		박영호	「비룡리 농민들」
		백문환	「성장」
『조선문학사(1945~1958)』 (1978)	소설문학	리기영	「개벽」
		황 건	「산곡」
		천세봉	「땅의 서곡」
		리기영	『땅』
	시문학	리 찬	「새소식」
		정문향	「푸른벌로 간다」
		김우철	「농촌위원회의 밤」
		리호남	「지경돌」
		김광섭	「감자현물세」
		한명천	「돌아온 보금자리」
		정문향	「무산령」
		김순석	「벼가을하려 갈때」
		집체작	「밭갈이노래」
	극문학	남궁만	「복사꽃 필 때」
		한태천	「바우」
		백문환	「성장」
		박영호	「비룡리 농민들」
		한 민	「장가가는 날」
		탁 진	「꽉쇠」
『조선문학개관』 2 (1986)	시문학	리 찬	「새소식」
		정문향	「푸른벌로 간다」
		김우철	「농촌위원회의 밤」
		리호남	「지경돌」
		김광섭	「감자현물세」

		김순석	「벼가을하려 갈때」
		집체작	「밭갈이노래」
	소설문학	리기영	「개벽」
		황 건	「산곡」
		리기영	『땅』
	극문학, 영화문학	남궁만	「복사꽃 필 때」
		한태천	「바우」
		백문환	「성장」
『조선문학사』 10 (1994)	시문학	김우철	「농촌위원회의 밤」
		정문향	「푸른벌로 간다」
		안룡만	「파종의 노래」
		리호남	「지경돌」
		김광섭	「감자현물세」
		집체작	「밭갈이노래」
	소설문학	리기영	「개벽」
		천세봉	「땅의 서곡」, 「호랑령감」, 「5월」
		최명익	「공등풀」
		윤세중	「선화리」, 「안골동네」, 「어머니」
		윤시철	「이앙」
		리기영	『땅』
	극 및 영화 문학	남궁만	「복사꽃 필 때」
		한태천	「바우」
		박영호	「비룡리 농민들」
		탁 진	「꽉쇠」
		백문환	「성장」
		한 민	「장가가는 날」

리용서의 『조선문학사』 10(1994) 등에서, 리기영의 「개벽」은 김일성과 관련된 작품이 설명된 후 나중에 소개된다.

다시 말해서 『조선 문학 통사』 하(1959)에서는 '해방 후 사회주의적 사실주의 문학 발전을 위한 당의 정책'을 설명한 후 '소설' 부분에서 토지개혁과 관련된 단편소설로 리기영의 「개벽」을 첫머리에서 기술되며, 김일성의 활동을 형상화한 한설야의 「혈로」나

「개선」은 뒷부분에서 설명된다. 그러나 유일사상체계가 성립된 후 『조선문학사(1945~1958)』(1978)에선 '김일성의 민족문화건설에 관한 방침'이나 '김일성의 역사나 업적', '혁명전통에 대한 문학' 등이 기술된 후에 '반제반봉건민주주의혁명수행을 위한 투쟁을 형상한 작품들의 활발한 창작' 부분의 '소설문학'에서 리기영의 「개벽」을 설명한다. 또한 『조선문학개관』 2(1986)에선 '시문학' 다음에 '소설문학'이 배치되는데, 시문학과 마찬가지로 소설문학도 '김일성을 형상화한 작품'인 강훈의 「장군님을 맞는 날」과 한설야의 「개선」 이후 '민주개혁을 내용으로 한 작품'으로 리기영의 「개벽」이 서술된다. 또한 『조선문학사』 10(1994)에서도 '김일성의 주체적 민족문화건설노선' 등을 설명한 후 '시문학' 다음에 '소설문학'이 배치되는데, 한설야의 「개선」, 강훈의 「장군님을 맞는 날」, 천청송의 「유격대」 등이 설명된 후, 토지개혁과 관련된 작품으로 리기영의 「개벽」이 소개된다. 따라서 리기영의 「개벽」은 유일사상체계 성립 전후 그 위상이 변모되는데, 유일사상체계 성립된 후 그 위상이 축소된다.

그러면 북조선 문학사에서 리기영의 「개벽」은 어떻게 평가되었는가? 『조선 문학 통사』 하(1959)에선 '토지개혁을 중심으로 하여 일어난 빈농민과 지주 계급의 생활상의 심각한 변동'과 '토지개혁 당시의 농민들의 기쁨'을 반영한 작품으로 언급한다.[64] 유일사상체계가 성립된 후 『조선문학사(1945~1958)』(1978)에선 '민주개혁을 주제로 한 첫 소설작품'으로 '위대한 수령님께서 펼쳐주신 토지개혁의 혜택'으로 인한 '농민들의 생활에서 일어난 거대한 전환

---

[64] 조선민주주의 인민공화국 과학원 언어문학연구소 문학연구실, 『조선 문학 통사』 하, 과학원출판사, 1959, 176쪽.

을 형상함으로써 토지개혁의 역사적 의의'를 밝힌 작품으로 평가된다.65) 또한『조선문학개관』2(1986)에선 '민주개혁을 내용으로 한 소설작품' 정도로 언급한 반면,66)『조선문학사』10(1994)에선 '토지개혁의 결과 땅에 대한 세기적 숙망을 실현하게 된 농민들의 감격과 기쁨, 환희를 격동적으로 반영하고, 그들의 사상의식에서 일어난 근본적인 전환을 심오하게 반영한 해방 후 농촌 주제의 첫 작품'으로 상세하게 서술된다.67) 이렇듯, 리기영의「개벽」은 마르크스레닌주의에 입각한『조선 문학 통사』하(1959)에선 '토지개혁을 둘러싼 신구 계급의 처지의 근본적 변화를 가장 사실적으로 묘사한 작품'을 평가했지만,68) 주체사상에 입각하여 서술한『조선문학사(1945~1958)』(1978),『조선문학개관』2(1986),『조선문학사』10(1994)에선 김일성과 관련된 작품에 밀려 그 위상이 축소되었다.

그런데 리기영의「개벽」에 대한 이런 문학사적 평가는 어떤 판본을 가지고 했을까?

① 『조선 문학 통사』하(1959)

≪그들은 만세를 불러도 거저 부르지 않는다.

〈우리들 농민에게 토지를 주신 김 일성 장군 만세!〉

선두에서 이렇게 부를라치면 군중은 일제히 와 - 하고 만세의 함성이 터져 나왔다.

〈조선 자주 독립 만세!〉

그들은 이런 만세를 수 없이 불렀다≫.69)

---

65) 사회과학원 문학연구소,『조선문학사(1945~1958)』, 과학·백과사전출판사, 1978, 75쪽.

66) 박종원·류만,『조선문학개관』2, 사회과학출판사, 1986, 122쪽.

67) 오정애·리용서,『조선문학사』10, 사회과학출판사, 1994, 144쪽.

68) 조선민주주의 인민공화국 과학원 언어문학연구소 문학연구실, 앞의 책, 176쪽.

① 1946년 7월 판본 「개벽」

그들은 만세를 불러도 거저 불르지안는다.

「우리들 농민에게 토지를 주신 김일성장군 만세!』

선두에서 이렇게 불를라치면 군중은 일제히 와－하고 만세의 함성
이 터저나왔다.

<u>「북조선 임시인민위원회 만세!」</u>

「조선 자주독립 만세!」

그들은 이런 만세를 수없이 불었다.70)

② 1950년 4월 판본 「개벽」

그들은 만세를 불러도 거저 불르지않는다.

「우리들 농민에게 토지를 주신 김일성장군 만세!」

선두에서 이렇게 불를라치면 군중은 일제히 와－하고 만세의 함성
이 터저나왔다.

「조선 자주독립 만세!」

그들은 이런 만세를 수없이 불렀다.71)

③ 1955년 6월 판본 「개벽」

그들은 만세를 불러도 거저 부르지 않는다.

『우리들 농민에게 토지를 주신 김 일성 장군 만세!』

선두에서 이렇게 부를라치면 군중은 일제히 와－하고 만세의 함성
이 터져 나왔다.

『조선 자주 독립 만세!』

---

69) 위의 책, 176쪽.

70) 李箕永, 「開闢」, 1946, 170쪽.

71) 李箕永, 「開闢」, 1950, 231쪽.

그들은 이런 만세를 수 없이 불렀다.72)

  1950년대 조선문학을 정리하던 단계에서 발간된 『조선 문학 통
사』 하(1959)에서 인용한 위의 부분은 1946년 판본 「개벽」이 아
니라 1950년 판본 「개벽」이나 1955년 판본 「개벽」에서 인용한
것이다. 즉, 이 문학사에서 인용한 부분은 1946년 판본 「개벽」의
"북조선 임시인민위원회 만세!"라는 부분이 삭제된 1950년 판본
이나 1955년 판본 「개벽」과 동일한데,73) 철자나 띄어쓰기 등의
어문 규정을 가지고 판단한다면 1955년 판본 「개벽」과 동일하
다.74) 이러하듯 『조선 문학 통사』 하(1959)는 원본인 1946년 판

---

72) 리기영, 「개벽」, 1955, 16~17쪽.
73) 참고로 리기영의 장편소설 『땅』도 여러 부분이 개작되는데, 1960년 판본 『땅』에선 "≪북
   조선 공산당 만세!≫"가 추가되며, 1973년 판본 『땅』에선 문장의 순서가 역전된다.
   ① 1948년 5월 판본 『땅』
   「북조선 임시 인민위원회 만세!」
   「조선민족의 위대한 영도자 김일성 장군만세!」
                                   ― 李箕永, 『땅(上篇開墾)』, 조선인민출판사, 1948, 334쪽.
   ② 1955년 2월 판본 『땅』
   『북조선 림시 인민 위원회 만세!』
   『조선 민족의 위대한 령도자 김 일성 장군 만세!』
                       ― 리기영, 『땅』, 조선작가동맹출판사, 1955(복제: 길림성: 연변인민출판사, 1957), 212쪽.
   ③ 1960년 6월 판본 『땅』
   『북조선 림시 인민 위원회 만세!』
   『북조선 공산당 만세!』
   『조선 민족의 위대한 령도자 김 일성 장군 만세!』
                           ― 리기영, 『땅(제1부)』, 『리 기영 선집』 9, 조선작가동맹출판사, 1960, 314쪽.
   ④ 1973년 3월 판본 『땅』
   ≪조선인민의 위대한 령도자 김일성장군 만세!≫
   ≪북조선공산당 만세!≫
   ≪북조선림시인민위원회 만세!≫
                                   ―리기영, 『땅』, 문예출판사, 1973, 201쪽.
   ⑤ 1983년 7월 판본 『땅』
   ≪조선인민의 위대한 령도자 김일성장군 만세!≫
   ≪북조선공산당 만세!≫
   ≪북조선림시인민위원회 만세!≫
                           ―리기영, 『땅』, 『조선문학작품선집』 26, 교육도서출판사, 1983, 188쪽.

본 「개벽」이 아니라 후대 판본을 저본으로 해서 문학사를 평가하는 문제성을 갖고 있다.

2 『조선문학사(1945~1958)』(1978)
≪개벽이야, 이거야 말로 천지개벽이야≫
≪우리 조선 인민의 전설적영웅이신 김일성장군만세!≫75)

① 1946년 7월 판본 「개벽」
「개벽이야……이거야 말로 천지개벽이야!」
「우리 조선의 영웅 김일성장군 만세!」76)

② 1950년 4월 판본 「개벽」
「개벽이야……이거야 말로 천지개벽이야!」
「우리 조선민족의 영웅 김일성장군 만세!」77)

③ 1955년 6월 판본 「개벽」
『개벽이야!…이거야 말로 천지 개벽이야!』
『우리 조선 인민의 전설적 영웅인 김 일성 장군 만세!』78)

---

74) 『조선 문학 통사』 하에서 직접 인용한 "≪개벽이야! ─ 이거야 말로 천지 개벽이야!≫"와 "≪유지 신사(有地身死)다… 정말 지주야 말로 유지 신사다 어떤 놈이 이런 요언(妖言)을 만들어 냈을가!≫"는 1946년 판본, 1950년 판본, 1955년 판본 「개벽」과 동일하지만, 어문 규정을 고려하면 1955년 판본 「개벽」에서 인용한 것이다(조선민주주의 인민공화국 과학원 언어문학연구소 문학연구실, 앞의 책, 176쪽; 李箕永, 「開闢」, 1946, 187, 181 쪽; 李箕永, 「開闢」, 1950, 272, 258쪽; 리기영, 「개벽」, 1955, 30, 26쪽).
75) 사회과학원 문학연구소, 앞의 책, 75쪽.
76) 李箕永, 「開闢」, 1946, 187, 169쪽.
77) 李箕永, 「開闢」, 1950, 272, 230쪽.
78) 리기영, 「개벽」, 1955, 30, 16쪽.

④ 1966년 4월 판본 「개벽」

≪개벽이야! … 이거야 말로 천지 개벽이야!≫

≪우리 조선 인민의 전설적 영웅인 김 일성 장군 만세!≫[79]

⑤ 1978년 12월 판본 「개벽」

≪개벽이야! … 이거야말로 천지개벽이야!≫

≪우리 조선인민의 전설적영웅이신 김일성장군 만세!≫[80]

　유일사상체계가 전면화된 후 발간한 『조선문학사(1945~1958)』(1978)에서 직접 인용한 부분은 기호나 띄어쓰기 등의 어문규정을 제외한다면 1978년 판본 「개벽」과 동일하다. 또한 본문의 원 첨지의 아들 '동준'이나 '김구'를 제외한 '리승만'의 언급을 고려한다면 『조선문학사(1945~1958)』의 저본은 원본인 1946년 판본 「개벽」이 아니라 1955년 판본 「개벽」 이후의 개작본이다. 이런 1946년 판본 「개벽」에서 1978년 판본 「개벽」까지의 여러 판본은 일정 부분 개작되는데, 『조선문학사(1945~1958)』(1978)에선 가장 많이 개작된 후대 판본을 인용하는 문제성을 갖고 있다. 또한 『조선문학사(1945~1958)』의 발간이 '1978년 10월 30일'인데, 『조선단편집』2는 '1978년 12월 25일'에 발행된다. 이런 측면에서 본다면 『조선문학사(1945~1958)』의 평가가 후에 발간된 『조선단편집』2에 영향을 미친 것이라는 문제성도 갖고 있다.

---

79) 리기영, 「개벽」, 1966, 23, 4쪽.

80) 리기영, 「개벽」, 1978, 21, 3쪽.

③ 『조선문학사』 10(1994)

≪봄, 봄! 눈서리와 싸우는 봄! 며칠전에는 청명한 일기가 제법 봄빛을 느끼게 하더니만 어제오늘의 악전투는 봄이 다시 뒤걸음질을 치는 것 같다.

그러나 봄은 확실히 봄이다. 푸른 빛이 서린 강변의 버들숲에도, 보라빛 노을이 하늘가를 물들인 석조에도 봄은 깃들어있고 봄은 스며든다.

이렇게 하루이틀 봄은 물러가는듯 실상은 닥쳐온다. …대세는 어길 수 없고 어기다가는 멸망한 당할뿐이다. 오늘 봄을 막아낼자 그 누구냐? 독일의 히틀러를 보라! 일본의 군벌을 보라! 그들은 파시즘의 부패한 반동사상으로 대세를 거역하다가 전진하는 력사의 수레바퀴에 참혹히 부서지지 않았던가!≫81)

① 1946년 7월 판본 「개벽」

봄, 봄 잔설(殘雪)과 싸우는 봄 – 며칠전에는 청명한 일기가 제법 봄맛을 늑기게 하더니 지금의 악천후는 봄이 다시 뒷걸음질을 치는것 같다.

그러나 봄은 확실히 봄이다. – 푸른빛이 서린 강변의 버들 숲에도, 붉은 놀이 하늘 깃을 물드린 석조(夕照)에도 봄은 깃드려있고 봄은 숨어있다.

이러케 하루 이틀 봄은 물너가는듯 실상은 닥처온다. (…중략…) 대세는 어길수 없고 어기다가는 멸망만 당할뿐이다. 오는 봄을 막아낼자 그 누구냐? 독일의 히틀러를 보라 일본의 군벌들을 보라 – 그들은 파시씀의 부패한 반동사상으로 대세를 거역하다가 전진하는 역사(歷史)의 수레바퀴에 참혹히 바쉬지지 안었든가.82)

---

81) 오정애·리용서, 앞의 책, 143쪽.
82) 李箕永, 「開闢」, 1946, 196쪽.

② 1950년 4월 판본 「개벽」

봄, 봄 잔설(殘雪)과 싸우는 봄! 며칠전에는 청명한 일기가 제법 봄맛을 느끼게 하더니 작금의 악천후는 봄이 다시 뒷걸음질을 치는것같다.

그러나 봄은 확실히 봄이다. 푸른빛이 서린 강변의 버들 숲에도, 붉은 놀이 하늘 깃을 물드린 석조(夕照)에도 봄은 깃드려있고 봄은 숨어있다.

이렇게 하루 이틀 봄은 물러가는듯 실상은 닥쳐오다. (…중략…)83)

③ 1955년 6월 판본 「개벽」

봄, 봄! 잔설과 싸우는 봄! 며칠 전에는 청명한 일기가 제법 봄빛을 느끼게 하더니만 어제 오늘의 악천후는 봄이 다시 뒷걸음질을 치는 것 같다.

그러나 봄은 확실히 봄이다. 푸른 빛이 서린 강변의 버들 숲에도, 보라빛 노을이 하늘 가를 물들인 석조에도, 봄은 깃들어 있고 봄은 스며든다.

이렇게 하루 이틀 봄은 물러가는듯 실상은 닥쳐온다. (…중략…) 대세는 어길수 없고 어기다가는 멸망만 당할 뿐이다. 오는 봄을 막아낼 자 그 누구냐? 독일의 히틀러를 보라! 일본의 군벌들을 보라! 그들은 파시즘의 부패한 반동 사상으로 대세를 거역하다가 전진하는 력사의 수레 바퀴에 참혹히 부서지지 않았던가.84)

④ 1966년 4월 판본 「개벽」

봄, 봄! 잔설과 싸우는 봄! 며칠 전에는 청명한 일기가 제법 봄빛을

---

83) 李箕永, 「開闢」, 1950, 290쪽. '미국립문서기록관리청'의 판본을 MF, PDF로 만든 자료에선 '191~192쪽'이 없어서, 인용의 뒷부분의 정확한 내용은 알 수 없다.

84) 리기영, 「개벽」, 1955, 36~37쪽.

느끼게 하더니만 어제 오늘의 악천후는 봄이 다시 뒤'걸음질을 치는 것 같다.

그러나 봄은 확실히 봄이다. 푸른 빛이 서린 강변의 버들 숲에도, 보라 빛 노을이 하늘'가를 물들인 석조에도 봄은 깃들어 있고 봄은 스며든다.

이렇게 하루 이틀 봄은 물러 가는 듯 실상은 닥쳐 온다. (…중략…) 대세는 어길 수 없고 어기다가는 멸망만 당할 뿐이다. 오는 봄을 막아낼 자 그 누구냐? 독일의 히틀러를 보라! 일본의 군벌들을 보라! 그들은 파시즘의 부패한 반동 사상으로 대세를 거역하다가 전진하는 력사의 수레 바퀴에 참혹히 부서지지 않았던가.85)

⑤ 1978년 12월 판본 「개벽」

봄, 봄! 눈서리와 싸우는 봄! 며칠전에는 청명한 일기가 제법 봄빛을 느끼게 하더니만 어제 오늘의 기후는 돌변하여 봄이 다시 뒤걸음질을 치는것 같다.

그러나 봄은 확실히 봄이다. 푸른 빛이 서린 강변의 버들숲에도, 보라빛노을이 하늘가를 물들인 저녁볕에도 봄은 깃들어있고 봄은 스며든다.

이렇게 하루 이틀 봄은 물러가는듯하면서도 실상은 닥쳐오고있다. (…중략…) 대세는 어길수 없고 어기다가는 멸망한 당할뿐이다. 오늘 봄을 막아낼자 그 누구냐? 독일의 히틀러를 보라! 일본의 군벌들을 보라! 놈들은 파시즘의 부패한 반동사상으로 대세를 거역하다가 전진하는 력사의 수레바퀴에 참혹히 부서지지 않았던가.86)

---

85) 리기영, 「개벽」, 1966, 31쪽.
86) 리기영, 「개벽」, 1978, 29쪽.

⑥ 2011년 9월 판본 「개벽」

봄, 봄! 눈서리와 싸우는 봄! 며칠전에는 청명한 일기가 제법 봄빛을 느끼게 하더니만 어제 오늘의 기후는 돌변하여 봄이 다시 뒤걸음질을 치는것 같다.

그러나 봄은 확실히 봄이다. 푸른빛이 서린 강변의 버들숲에도, 보라빛노을이 하늘가를 물들인 저녁볕에도 봄은 깃들어있고 봄은 스며든다.

이렇게 하루이틀 봄은 물러가는듯 하면서도 실상은 닥쳐오고있다. (…중략…) 대세는 어길수 없고 어기다가는 멸망한 당할뿐이다. 오늘 봄을 막아낼자 그 누구냐? 도이췰란드의 히틀러를 보라! 일본의 군벌들을 보라! 놈들은 파시즘의 부패한 반동사상으로 대세를 거역하다가 전진하는 력사의 수레바퀴에 참혹히 부서지지 않았던가.[87]

박종원, 류만의 『조선문학개관』 2(1986)에선 리기영의 「개벽」을 '해방 후 토지개혁을 주제로 한 단편소설' 정도로 언급만 한다.[88] 이에 반해 『조선문학사』 10(1994)에선 리기영의 「개벽」을 상세하게 서술하는데, "≪개벽이야, 이거야말로 천지개벽이야.≫"[89]와 함께 위의 부분을 인용한다.

오정애·리용서의 『조선문학사』 10(1994)에서의 앞의 인용은 1946년 판본 「개벽」에서 1978년 판본 「개벽」까지의 여러 부분을 혼용하는데, 위의 〈표 10〉은 중요한 개작 사항을 제시한 것이다. 여기서 『조선문학사』 10(1994)의 인용문과 리기영의 「개벽」의 여러 판본을 비교해 보면 매우 흥미로운 사실을 발견할 수 있다. 『조선문학 통사』 하(1959)나 『조선문학사(1945~1958)』(1978)가 그러

---

87) 리기영, 「개벽」, 2011, 61~62쪽.
88) 박종원·류만, 앞의 책, 127쪽.
89) 오정애·리용서, 앞의 책, 142쪽.

<표 10> 『조선문학사(10)』과 「개벽」 판본 비교

조선문학사(10)	1946년 판본	1950년 판본	1955년 판본	1966년 판본	1978년 판본	2011년 판본
눈서리	잔설(殘雪)	잔설(殘雪)	잔설	잔설	눈서리	눈서리
봄빛	봄맛	봄맛	봄빛	봄빛	봄빛	봄빛
어제오늘	지금	작금	어제 오늘	어제 오늘	어제 오늘	어제 오늘
악전투	악천후	악천후	악천후	악천후	기후는 돌변하여	기후는 돌변하여
보라빛	붉은	붉은	보라 빛	보라 빛	보라빛	보라빛
석조	석조(夕照)	석조(夕照)	석조	석조	저녁볕	저녁볕
그들은	그들은	?	그들은	그들은	놈들은	놈들은
독일	독일	?	독일	독일	독일	도이췰란드

했듯, 후대 판본을 인용한 것이라고 쉽게 판단할 수 있지만 직접
여러 판본과 비교해 보면 그렇다고만 할 수 없다. 왜냐하면 1978
년 판본이나 2011년 판본 「개벽」과 비교하면, 『조선문학사』 10(1994)
에선 '기후는 돌변하여'는 '악전투'로, '저녁볕'은 '석조'로, '놈들
은'은 '그들은'으로 변형되어 있기 때문이다. 또한 『조선문학사』
10와 1955년 판본 「개벽」과 비교해 보아도, '잔설'은 '눈서리'로,
'악천후'는 '악전투'로 변형되어 있다. 이런 측면에서 볼 때 『조선
문학사』 10에서 인용한 부분과 정확히 일치하는 판본은 없다. 이
런 사실에서 『조선문학사』 10은 여러 판본을 혼합하여 인용하는
문제성을 드러낸다. 이뿐만 아니라 여러 오류도 발견할 수 있는데,
그 대표적인 예를 들자면, "1947년 7월 ≪문화전선≫ 창간호에
발표된 단편소설"로 리기영의 「개벽」을 언급하지만 사실은 '1946
년 7월' 『문화전선』 창간호에 발표한 작품이며, 해방 직후 "조쏘
친선협회위원장"[90]으로 리기영을 소개하지만, 리기영은 황갑영

---

90) 위의 책, 141쪽.

위원장 이후 1946년 4월91)에 '조쏘문화협회 위원장'으로 취임하여 활동했다.92) 따라서 리기영의 「개벽」이 1946년 판본 「개벽」이후 지속적으로 일정 부분 개작되듯, 북조선 문학사도 후대 판본이나 여러 판본을 혼용하여 문학사적 평가를 내리는 문제성을 갖고 있다. 이런 측면에서 북조선 문학 연구에서 원본과 개작본의 비교뿐만 아니라 문학사적 평가에 대한 점검도 필수적인 항목임은 물론이다.

4. 판본의 수집 및 공동 연구의 필요성

북조선의 정전, 리기영의 「개벽」은 여러 판본이 있었는데, 1946년 판본 「개벽」에서 2011년 판본 「개벽」으로 변모하면서 서사적 맥락을 고려하여 수정되는 한편 세부 항목, 등장인물, 사건 등의 여러 부분이 개작되었다. 특히 1955년 판본 「개벽」은 냉전 체제 아래서 사회주의 체제의 정당성을 증명하는 방향으로 수정되었고, 1978년 판본 「개벽」은 김일성을 중심으로 한 유일사상체계에 입각하여 변모되었다. 이러하듯, 북조선 문학에서는 조선문학에 대한 전반적 정리과정에 있었던 1950년대 중반 이후의 개작 작업과 유일사상체계의 성립된 후 1970년대 개작 작업이 크게 이루어졌다.

〈표 11〉에서 보는 것처럼 1946년 판본 「개벽」에서 2011년 판

---

91) 리충현, 「작가 리 기영 선생의 생애와 활동」, 『아동문학』, 1955.5, 58쪽.
92) 1945년 11월에 창립된 '조쏘문화협회'는 1958년 2월부터 '조쏘친선협회'로 명칭을 변경한다(남원진, 「북조선 문학의 연구와 자료 현황」, 『이야기의 힘과 근대 미달의 양식』, 도서출판 경진, 2011, 63~70쪽).

<표 11> 리기영의 「개벽」 판본 비교

	1946년 판본	1950년 판본	1955년 판본	1966년 판본	1978년 판본	2011년 판본
항목	1~8	1~8	1~8	1~8	1~7	1~7
인물	동수	동수	동식	동식	동식	동식
	동운	동운	동준	동준	동준	동준
	김 영감	김 영감	김 령감	김 령감	김충걸	김충걸
	리승만, 김구	이승만, 김구	리승만	리승만	리승만	리승만
돈	200원	200원	200원	200원	50원	50원
	3만여 원	5만 원	5만 원	5만 원	5만 원	5만 원
해방	연합군	?	소련	소련	조선인민혁명군(김일성)	조선인민혁명군(김일성)

본 「개벽」에 이르기까지 일정 부분이 개작되었듯, 북조선 문학사도 후대 개작본을 바탕으로 하거나 여러 판본을 혼합하여 문학사적 평가를 내리는 문제성을 갖고 있었다. 이런 리기영의 「개벽」 판본의 문제성에서 보듯, 북조선 문학 연구에선 판본 문제뿐만 아니라 문학사적 평가에 대한 점검까지도 아울러 검토해야 하는 번잡한 과정을 거쳐야 한다. 따라서 미국이나 러시아 등의 국외에 산재된 자료 수집뿐만 아니라 이런 번잡한 과정에 대한 검토는 개인 연구자의 노력만으로는 어려운 작업이기에 여러 연구자들의 공동 연구가 필요함은 물론이다. 이런 여러 연구자의 공동 연구 작업을 바탕으로 한 성과물이 나올 때 북조선 문학에 대한 연구도 한 단계 진전된 결과물을 창출할 수 있다.

참고문헌

1. 기본 자료

「北조선남녀평등권에대한法令」, 『조선여성』 1, 1946.9.

「北朝鮮土地改革에對한法令」, ≪정로≫ 54, 1946.3.8.

「土地改革法令에對한細則」, ≪정로≫ 56, 1946.3.12.

金光燮, 「감자現物稅」, 『조선문학』 2, 1947.12.

리기영, 「개벽」, 『실천문학』 12, 1988년 겨울.

_____, 「땅에 대한 사랑」, ≪문학신문≫ 532, 1963.3.5.

李箕永, 「開闢」, 『문화전선』 1, 1946.7.

_____, 「建國思想總動員運動과 쏘련人民의 勞動生活」, 『조쏘문화』 4, 1947.3.

_____, 「닭싸움」, 『우리문학』 2, 1946.3.

_____, 「解放」, 『신문학』 1, 1946.4.

리충현, 「작가 리 기영 선생의 생애와 활동」, 『아동문학』, 1955.5.

兪恒林, 「개」, 『문화전선』 2, 1946.12.

윤기정, 「아오라지나루」, 『문화전선』 1, 1946.7.

_____, 「아오라지나루」 『조선문학』 700, 2006.2.

韓 曉, 「長篇「땅」에 對하여(1)」, 『문학예술』 3-6, 1950.6.

강승한 외, 『서정시 선집』, 조선작가동맹출판사, 1955.

_____ 외, 『前哨』, 문화전선사, 1947.

_____ 외, 『創作集』, 국립인민출판사, 1948.

김사량 외, 『개선』(단편소설집), 조선작가동맹출판사, 1955.

金常午 외, 『北風』, 북조선예술총련맹, 1946.

金友哲, 『김 우철 시 선집』, 조선작가동맹출판사, 1957.

_____, 『나의祖國』, 문화전선사, 1947.

김종회 편, 『력사의 자취』, 국학자료원, 2012.

리기영, 『땅』, 문예출판사, 1973.

_____, 『땅』, 조선작가동맹출판사, 1955(복제: 길림성: 연변인민출판사, 1957).

_____, 『리 기영 선집』 9, 조선작가동맹출판사, 1960.

_____, 『조선문학작품선집』 26, 교육도서출판사, 1983.

_____ 외, 『조선단편집』 2, 문예출판사, 1978.

_____ 외, 『해방후 단편 소설 선집』, 김일성종합대학출판사, 1966.

李箕永, 『農幕先生』, 조쏘문화협회중앙본부, 1950.

_____, 『땅(上篇開墾)』, 조선인민출판사, 1948.

리기영·한설야, 『리상과 노력』, 민청출판사, 1958.

리호남, 『봄』, 조선작가동맹출판사, 1960.

申東哲 외, 『祖國』, 함북예술련맹, 1946.

신형기·오성호·이선미 편, 『북한문학』, 문학과지성사, 2007.

정서촌 외, 『해방후서정시선집』, 문예출판사, 1979.

조기천 외, 『1940년대시선(해방후편)』, 문학예술출판사, 2011.

朝鮮文學家同盟 農民部委員會, 『土地』, 아문각, 1947.

한설야 외, 『개선』, 문학예술출판사, 2011.

_____ 외, 『작가 수업』, 조선작가동맹출판사, 1959.

2. 단행본

권 유, 『민촌 이기영의 작품세계』, 국학자료원, 2002.

權 瑜, 『李箕永 小說硏究』, 태학사, 1993.

김남식·이종석(외), 『解放前後史의 認識』 5, 한길사, 1989.

김상선, 『민촌 이기영 문학 연구』, 국학자료원, 1999.

김윤식, 『한국 현대 현실주의 소설 연구』, 문학과지성사, 1990.

김일성, 『김일성선집(1)』, 조선로동당출판사, 1963(번각·발행: 동경: 학우서방, 1963).

────, 『김일성저작집』 2, 28, 30, 조선로동당출판사, 1979, 1984, 1985.

────, 『김일성전집』 3, 조선로동당출판사, 1992.

────, 『문화와 예술은 인민을 위한 것으로 되여야 한다』, 조선로동당출판사, 1956.

────, 『조국의통일독립과 민주화를 위하여』 1, 국립인민출판사, 1949.

김종회 편, 『북한문학의 이해』, 청동거울, 1999.

김중하 편, 『북한문학 연구의 현황과 과제』, 국학자료원, 2005.

남원진, 『양귀비가 마약 중독의 원료이듯…』, 도서출판 경진, 2012.

────, 『이야기의 힘과 근대 미달의 양식』, 도서출판 경진, 2011.

박명림, 『한국전쟁의 발발과 기원』 II, 나남출판, 1996.

박종원·류만, 『조선문학개관』 2, 사회과학출판사, 1986.

박태상, 『북한문학의 동향』, 깊은샘, 2002.

사회과학원 문학연구소, 『조선문학사(1945~1958)』, 과학·백과사전출판사, 1978.

서동만, 『북조선사회주의체제성립사(1945~1961)』, 선인, 2005.

송기한, 『북한 문학의 이해』, 형성출판사, 2001.

오정애·리용서, 『조선문학사』 10, 사회과학출판사, 1994.

유임하 편, 『북한소설선』, 작가와비평사, 2013.

이상경, 『이기영, 시대와 문학』, 풀빛, 1994.

이선옥, 『이기영 여성소설 연구』, 국학자료원, 2002.

이성렬, 『민촌 이기영 평전』, 심지, 2006.

이종석, 『(새로 쓴) 현대북한의 이해』, 역사비평사, 2000.

이주미, 『북한 문학예술의 실제』, 한국문화사, 2003.

조남현, 『그들의 문학과 생애, 이기영』, 한길사, 2008.

조남현, 『이기영』, 건국대학교출판부, 2002.

조선민주주의 인민공화국 과학원 언어문학연구소 문학연구실,『조선 문학 통사』
하, 과학원출판사, 1959.

和田春樹, 서동만·남기정 역,『북조선』, 돌베개, 2002.

3. 논문

丘仁煥,「李箕永의 두만강」,『월간문학』22-12, 1989.12.

김동석,「이기영의 「땅」 연구」,『어문논집』51, 2005.4.

김외곤,「북한문학에 나타난 민족해방투쟁의 형상화와 그 문제점」,『문학정신』
66, 1992.4.

김윤식,「李箕永 論」,『동서문학』181~183, 1989.8~10.

_____,「이기영의 「땅」론」,『실천문학』20, 1990년 겨울.

남원진,「미국의 두 표상」,『한국문예비평연구』36, 2011.12.

류보선,「이상적 현실의 형상화와 소설적 진실」,『문학정신』67, 1992.5.

박영식,「이기영 장편소설『땅』의 개작 양상 소고」,『반교어문연구』23, 2007.8.

_____,「이기영의 장편소설『땅』의 개작 양상 연구」,『어문학』96, 2007.6.

_____,「해방시기 북한 장편소설에 나타난 계몽의 변증법」,『민족문화논총』
35, 2007.6.

박영자,「북한의 남녀평등 정책의 형성과 굴절(1945~70)」,『아시아여성연구』
43-2, 2004.11.

박태상,「이기영의 소설문학 연구」,『한국방송통신대학교 논문집』30, 2000.8.

申春浩,「李箕永의『두만강』硏究」,『중원인문논총』15, 1996.8.

안미영,「이기영의『두만강』에 나타난 집단주의 체제와 유교의 예교성(禮敎性)
고찰」,『국어교육연구』39, 2006.8.

윤영옥,「근현대 농민소설에 나타난 농민의 표상과 민족」,『국어국문학』159,
2011.12.

이선옥, 「설화적 구성과 보수적 여성의식의 내면화」, 『통일논총』 17, 1999.12.

임향란, 「조선 이기영의 〈땅〉과 한국 채만식의 〈논 이야기〉 비교고찰」, 『국제언어문학』 22, 2010.10.

정호웅, 「『두만강』론」, 『창작과비평』 17-3, 1989년 가을.

曺南鉉, 「「두만강」을 통해 본 북한문학」, 『문학사상』 200, 1989.6.

_____, 「이기영의 『두만강』 연구」, 『동서문학』 191, 1990.6.

전후복구시기 북한 노동계급의 성격화 양상

: 윤세중의 『시련속에서』(1957)를 중심으로

오창은

1. 노동의 '활력', 문학의 '생동'

1953년 7월 27일 휴전협정이 조인된 이후, 8월 5일 조선노동당 중앙위원회 제6차 전원회의가 개최되었다. 이 회의에서 '인민경제의 복구와 건설을 위한 3단계 방안'이 결정되었고, 1954년부터는 '인민경제 복구 발전 3개년 계획(1954~56)이 추진되었다. 제6차 전원회의는 휴전 이후 전쟁을 결산하고, 피폐해진 경제를 어떤 과정을 걸쳐 복구할 것인가에 관해 논의하는 자리였다.

3년 1개월여에 걸친 한국전쟁으로 남북한에서 150만 명의 사망자와 360만 명의 부상자를 냈고, 한반도 전역이 피폐화되었다.[1] 자료에 의하면, 8,700여 개의 공장과 기업이 파괴되어 1953년의

---

1) 강만길, 『고쳐 쓴 한국현대사』, 창작과비평사, 1994, 226쪽.

생산수준이 1943년에 비해 74%로 떨어졌다고 한다. 전쟁 이후 북한의 생산력은 1949년도에 비해 전력 26%, 연료 11%, 야금생산 10%, 화학생산 22%로 하락했다. 또한 철광석·선철·천연구리·천연납·모터변압기·코크스·황산·화학비료·카바이드·가성소다·시멘트 등의 생산 시설은 완전히 파괴되었다.[2]

조선노동당 중앙위원회 제6차 전원회의의 의제는 이러한 폐허 상태의 북한을 어떻게 재건할 것인가로 모아졌다. 이 회의 이후 김일성은 전후 복구를 위해 9월 10일부터 25일까지 소련을 방문해 10억 루블의 원조를 받아냈고, 11월 12일부터 22일까지 중국을 방문해 8만 억 원(구화폐)의 원조를 제공받았다. 이 원조는 대부분 김책제철소·성진제강소·남포제련소·수풍발전소 등과 같은 국가 기간 사업과 평양방직공장, 육류종합공장 등 소비재 산업 부문의 복구 및 신설에 사용되었다. 이러한 일련의 복구 및 건설과정은 눈이 부실 정도로 대단한 것이었다. 중공업 위주의 전후 복구는 '사회주의적 공업화'의 추진과 '중공업 우선과 경공업·농업의 동시 발전'이라는 방침에 따른 것이었고, 생산 분야에서 괄목할 만한 성장으로 이어졌다. 이 시기 남한을 추월한 경제 성장은 다양한 지표를 통해서도 여실히 드러난다. 1961년을 기준으로 해서 북한은 남한보다 석탄에서는 2 : 1, 전기에서는 5.7 : 1, 철에서는 16 : 1, 비료에서는 10 : 1, 면직에서는 1.7 : 1, 어획고에서는 1.4 : 1, 시멘트에서는 4.3 : 1로 각각 앞섰다.[3]

---

2) 엘렌 브룬·재퀴스 허쉬, 김해성 옮김, 『사회주의 북한: 북한 경제발전 연구』, 지평, 1988, 65~66쪽.

3) 이는 김학준이 '1967년 조순승(趙淳昇) 교수의 논문'을 인용해 제시한 지표이다(김학준, 『북한50년사』, 두산동아, 1995, 206~207쪽). 덧붙여 김학준은 "1954~60년 기간에 연평균 20.3%의 높은 성장을 과시하면서 1960년대에 도달되는 북한 경제 전성기의 기초"를 형성했고, "북한의 모든 주민에 대한 무상 치료제가 모든 지역에서 실시"되었다고

수치상으로 나타나는 이런 성장의 이면에는 열정적인 대중운동이 있었음을 유추할 수 있다. 대중의 자발적 동의와 합의를 거쳐 이루어진 '전후 복구 시기의 비약적 경제발전'은 북한사회의 성장 원동력이었다. 이 시기 북한사회의 활력은 대중운동과 더불어 이뤄진 것이며, 문화영역에서의 다양한 합의 기제들이 작동했기에 가능했다. 흔히들 1950년대 북한 대중 동원은 '천리마 운동'과 같은 국가 기구의 총동원 시스템만을 주목하는 경향이 있다. 천리마 운동이 1956년 12월 전원회의에서 제기되었다는 사실에 비춰볼 때, 초기 공장 조직 내에서의 군중동원이나 실상에 대한 논의는 상대적으로 소략하다. 그 논의를 북한문학 영역에서 구체적으로 살필 경우, 북한사회의 활력이 어떤 문학적 생동과 연결되어 있는지를 확인할 수 있을 것으로 보인다.

　윤세중의 『시련속에서』(1957)[4]는 1950년대 북한문학을 대표하는 작품이며, 남북한 문학사를 통틀어서도 주목할 만한 '노동문학'으로 꼽을 수 있다. 이 작품은 북한의 전후 인민경제 복구 3개년 계획 시기에 중공업 분야에서 전개된 '제철소 복구' 과정을 소재로 삼았다. 한국전쟁 이후 북한 노동현장의 풍경을 사실적으로 담고 있을 뿐만 아니라, 생동하는 인물 형상이 돋보이는 작품이기도 하다. 북한문학사는 이 작품을 높은 문학적 가치가 있는 1950년대의 대표작으로 꼽는다. 『시련속에서』는 "사회주의 건설을 위하여 악전 고투하는 로동 계급의 영웅적 형상"을 담았을 뿐만 아니라[5], "강철생산을 둘러싸고 사람 속에서 벌어지는 새것과 낡은것 사이

　그 시기 경제 계획의 성과를 높이 평가했다(위의 책, 207쪽).

4) 윤세중, 『시련속에서』, 조선작가동맹출판사, 1957.

5) 조선민주주의 인민공화국 과학원 언어 문학연구소 문학연구실, 『조선문학통사』하, 과학원출판사, 1959, 287쪽.

의 심각한 투쟁을 보여주고 있으며 새것은 반드시 승리한다는 것을 예술적으로"6) 그려낸 작품으로 평가한다. 이러한 평가는 비교적 일관된 것으로 "해방후 새로 자라난 인테리들이 전후복구건설에서 얼마나 큰 역할을 하는가를 잘 보여"7)준 작품으로 일컬어진다. 또한, "이 시기(전후복구건설시기) 문학에서 일부 나타났던 도식주의적, 기록주의적 경향을 극복하고 로동계급의 생활과 투쟁을 그리는데서 새로운 사상예술적 경지를 개척하였으며 우리 소설문학의 형상 수준을 한단계 끌어오리는데 기여한 의의있는 작품"8)으로 고평되고 있다.

남한에서 윤세중의 『시련속에서』에 대한 연구는 많지는 않지만 지속적으로 이뤄져왔다. 서경석은 1950년대 북한문학을 윤세중의 작품을 중심으로 살피면서 처음 『시련속에서』에 대한 관심을 표명했다.9) 『시련속에서』는 아니지만, 홍혜미는 윤세중이 1930년대를 시대적 배경으로 평범한 아내였던 황을숙이 노동자로 성장해 가는 과정을 그린 『아내』(1965)를 대상으로 인물의 갈등양상을 분석한 바 있다.10) 『시련속에서』에 대한 남한 연구자의 신랄한 비판으로는 신형기의 논의를 꼽을 수 있는데, 그는 이 작품은 "충실한 상투형"이며 도식적이라고 비판했다.11)

이러한 다양한 논의에도 불구하고, 『시련속에서』에 대한 보다

---

6) 사회과학원 문학연구소, 『조선문학사(1945~1958)』, 과학백과사전 출판사, 1978, 304쪽.

7) 박종원·류만, 『조선문학개관』 2, 사회과학출판사, 1986, 210쪽.

8) 리기주, 『조선문학사』 12, 사회과학출판사, 1999, 121쪽.

9) 서경석, 「1950년대 북한문학의 한 양상: 윤세중의 소설을 중심으로」, 『1950년대 문학연구』, 예하, 1991.

10) 홍혜미, 「인물의 갈등 양상으로 본 윤세중의 〈아내〉」, 『인문논총』 제9집, 창원대학교 인문과학연구소, 2002.

11) 신형기, 『북한문학사』, 평민사, 2000, 190쪽.

진전된 논의가 필요하다. 이 작품은 1950년대 북한문학의 대표적인 성과작으로 꼽힌다. 또한, 남북한문학사를 통틀어 노동문학의 한 성취를 보여주고 있고, 실제 체험에 입각해 1950년대 북한 노동현장의 풍경과 인물들을 그려내고 있다. 무엇보다 『시련속에서』는 1950년대 후반 북한문학 내에서 벌어졌던 '공산주의 전형 창조' 논쟁의 핵심적인 텍스트이다. 이 작품에 대한 논의를 통해 북한문학 내에서 '사회주의적 인간형, 노동계급의 성격화'가 어떤 방식으로 이뤄졌으며, 이에 대한 북한문학사의 논쟁이 지향했던 바를 파악할 수 있다. 또한 전후복구시기 북한 내부에서 대중의 자발적 동의와 참여가 이뤄지는 방식, 노동현장에서 당의 지도가 관철되는 양상을 문학텍스트를 통해서 살필 수 있다. 논의를 진전시키기 위해 윤세중의 작가적 이력을 북한 문헌을 통해 재구성한 후, 노동계급의 성격화와 갈등의 양상, 그리고 『시련속에서』를 둘러싼 컨텍스트에 관해 고찰하고자 한다.

2. 식민지 시대의 작가에서 '노동자들이 사랑한 작가'로

작가 윤세중(1912~1965)은 1912년 1월 4일 충남 논산에서 태어나, 10세 때 부모를 따라 함경북도 선봉지방으로 이주했다. 그는 간도의 영신중학교에서 수학했으며, 국경지대에서 교원생활을 하기도 했다.12) 이후 문학에 뜻을 두고 상경하여 모종의 사건에

---

12) 윤세중은 『인문평론』 창간 1주년 기념 '현상대모집'에서 장편소설 부문 '생산소설'에 장편 『白茂線』이 당선되었다. 그의 약력은 『인문평론』 1940년 11월에 다음과 같이 기록되어 있다. "作家略曆 明 治四十五年 論山에서 出生함. 十世에 咸北으로 轉居. 間島 永新中學을 하고 國境地帶에서 敎員生活 을 하다가 文學에 뜻을 세우고 二十二才 上京 「深求」, 「新時代」等의(壽命은 짧렀으나) 同人을 거쳐 昭和十一年 「朝鮮文學」新春懸賞文

연루되어 서대문형무소에서 복역했다. 북한문학사는 윤세중의 감옥생활이 김일성의 영향 아래 조직된 '조산반일청년회' 활동 때문인 것으로 보고 있다. '조산반일청년회'는 라선시 조산리에서 조직된 단체를 지칭한다. 그의 감옥생활도 "무기생산, 적정탐지, 삐라 살포 등 반일 투쟁을 적극 벌리다가 일제놈들에게 체포되어 약 4년간 서대문형무소에서 감옥생활"을 한 것으로 기록한다.13)

윤세중은 1936년 『조선문학』 신춘응모문예에 「그늘 밑 사람들」이 당선되어 등단했다. 이 작품은 1년여 동안의 감옥생활 경험이 있었기에 창작할 수 있었던 작품이라고 한다. 「그늘 밑 사람들」은 장춘단 고개를 넘어 다니는 '인부'가 주인공으로 등장한다. 이 노동자는 한 때 사상운동을 하다가 감옥살이를 한 이력을 지닌 인물로, 시대와 타협하지 않고 하층 노동자의 길을 선택했다. 이 소설은 함께 사상운동을 했던 친구가 그에게 '현실과 타협'을 권하지만 이를 거부하고, 동지의 유언을 되새기는 내용을 담고 있다. 윤세중은 자신의 등단작을 회고하며, 그 작품이 "서울에서 일본인이 벌려 놓은 건축 공사장에 다녔는데 한번은 일본인 주임과 충돌이 생"겨 그 때 착상하게 되었다고 밝혔다. 그 때의 굴욕감과 민족적 멸시감이 작품 창작을 자극했다는 것이다.14) 그는 「그늘 밑 사람들」에 이어 「명랑」(1937), 「로변」(1939) 등을 발표했으나, 문단의 주목을 그다지 받지는 못했다.

윤세중이 주목을 받기 시작한 것은 장편 『白茂線』이 『인문평론』

藝에 『그늘밑사람들』이 當選. 以後同十二年까지에 同誌에 『明 朗』『路邊』外 二三의 短篇을 냈다. 그後, 朝文誌의 停刊과 더부러 별반 作品行動이 없이 今日에 이르다."(『인문평론』 2권 11호, 인문사, 1940.11, 60쪽).

13) 리기주, 앞의 책, 111쪽.

14) 윤세중, 「처녀작을 쓰던 때」, 『창작과 기교』, 조선문학예술총동맹출판사, 1965, 104쪽.

창간 1주년 기념 현상공모에 뽑히면서였다. 심사위원으로 김남천·임화·이원조·최재서가 참여했고, '생산소설' 부문 장편소설에 당선되었다. 장편 『백무선』은 『인문평론』이 1941년 4월호 폐간되자, 연재가 중단되었다. 당시, 『인문평론』의 작품공모가 "생산소설: 農村이나 鑛山이나 漁場이나를 勿論하고 씩씩한 生産場面을 될 수있는대로 報告的으로 그리되 그 生産場面에 나타나있는 國策이 있으며 그것도 考慮할 일"15)이라고 명기되어 있다.

해방 후, 그의 작가 생활은 만만치 않은 도전에 직면했다. 윤시철의 기록에 의하면, 1947년경 젊은 작가들이 모인 자리에서 윤세중은 "당신은 새 세대의 작가일 수 없지 않은가?"라는 질문을 받았다고 한다. 황건·박웅걸·리상현 등이 모여 있던 이 자리에서 윤세중은 1940년대부터 작품 발표를 해 왔던 현경준·리동규·최인준과 같은 연배 있는 작가로 취급되었던 것이다.16) 해방 직후 북한문단은 윤세중을 식민지 시대 작가로 간주했다. 윤세중은 이 와중에서 북한에서의 토지개혁을 긍정적으로 그려낸 「선화리」(1947), 「안골동네」(1948), 「어머니」(1949) 등을 창작했고, 전쟁 시기에는 종군작가로 활동하며 「분대장」(1951), 「편지」(1951), 「구대원과 신대원」(1952), 종군기 「〈삼심령〉〈함정골〉」(1952) 등을 발표했다.

윤세중이 북한문학사에서 조명을 받기 시작한 것은 장편소설 『시련속에서』(1957)를 내놓으면서부터였다. 『시련속에서』는 대중적으로도 크게 성공한 작품으로 제철소노동자들의 반응이 뜨거웠다. 김선려의 논문에 의하면, 제철소 노동자들은 이 작품을 읽고

---

15) 인문사, 「창간1주년 기념 현상대모집」, 『인문평론』 2권 3호, 인문사, 1940.3, 204~205쪽.
16) 윤시철, 「윤세중의 작품 세계」, 『조선문학』 11호, 조선작가동맹출판사, 1960.11, 113쪽.

"작품에 나오는 부정인물인 박봉서가 어느 한때 직공장을 하던 누구와 비슷하다고 수군거렸"다고 하며, "어느날 박봉서라고 지목된 그 로동자가 한밤중에 윤세중의 집문을 두드렸는데 그 때 작가는 문학작품의 전형이란 어떤 것인가에 대하여 이야기해주느라고 진땀을 뺐다"고 한다.17) 그의 다음 장편인 『용광로는 숨쉰다』(1960)도 1956년 가을부터 1958년 5월까지를 시간적 배경으로 황해제철소의 노동자들이 자력갱생의 정신으로 전후복구 사업을 완료하는 과정을 그려냈다. 이 작품도 천리마 시대 노동계급의 영웅적 행위를 그려낸 작품으로 고평된다.

그 외에도 그의 작품으로 대안전기공장 생활을 그린 장편소설 『끝없는 열정』(1965)과 여성노동자의 성장을 그린 장편소설 『아내』(1965) 등이 있다. 북한에서 윤세중은 노동자와 함께 한 작가로 기억된다. 1965년 12월 24일, 윤세중이 세상을 떠나자 이 소식이 가장 빨리 전해진 곳은 '황해제철소'였다. 황해제철소는 작가가 1954년경부터 '창작기지로 정하고 5년여의 기간 동안 생활'했던 곳이었다. 황해제철소 노동자들은 작가의 임종 소식을 듣고 몰려들었으며, 영구도 직접 메며 그의 죽음을 애도했다고 한다.18) 그의 대표작인 『시련속에서』와 『용광로는 숨쉰다』가 바로 황해 제철소를 배경으로 한 작품이었다. 그는 이 작품들을 통해 북한 노동자들이 사랑한 작가로 거듭난 것이다.

---

17) 김선려, 「작가 윤세중의 창작에서 전형화의 특성」, 『사회과학원보』 2005년 제1호, 사회과학출판사, 2005, 29쪽.
18) 윤종성 외, 『문예상식』, 문학예술종합출판사, 1994, 230~231쪽.

3. 이상화된 주인공과 이상적 주인공

윤세중의 『시련속에서』는 총12장으로 구성된 원고지 1천 7백 매 분량의 장편소설이다. 이 소설의 시대적 배경은 정전 한 달 후 인 1953년 8월경부터 이듬해인 1954년 가을까지이다. 공간적 배 경은 대부분 대동강이 바라다 보이는 '××제철소'로 설정되어 있 다. '××제철소'는 작가 윤세중이 1955년부터 만 2년 동안 있었 던 '황해제철소'로 보아도 무방할 듯하다.

이 소설은 전후복구시기 폐허로 변한 제철소를 재건하기 위한 노동자들의 헌신적인 노력을 그리고 있다. 이 시기 노동자들의 자 발성이 어떤 이념적 합의에 근거하고 있으며, 그 원천적 힘은 어 디서 나오는가가 이 소설에는 사실적으로 형상화되어 있다. 소설 에는 크게 두 가지 사건이 등장하는데, 그 하나는 제철소 평로를 일제강점기에 만들었던 기존의 50톤로로 복구할 것인가, 아니면 새로운 기술 도입을 위해 100톤로로 확장할 것인가. 다른 하나 는 T번호 특수강 생산을 둘러싸고 벌어지는 '낡은 것'과 '새것'의 투쟁이다. 이 투쟁은 림태운을 중심으로 한 김유상·유갑석 등의 애국적 열정과 김대준을 중심으로 박봉서·리재호의 보수주의, 경 험주의, 공명출세주의의 충돌로 극적 긴장을 형성한다. 이 소설은 1950년대 시대가 요구하는 '중공업을 우선적으로 발전시키고자 했던 당의 정책을 제철소에서 관철시킨' 노동자의 노력을 형상화 한 상투적인 작품으로 볼 수도 있다.

그런데 북한문학사에 이 작품이 높이 평가되는 이유는 그리 간단 치 않다. 즉, 이 작품은 '복구 건설'을 그렸다는데 의의가 있는 것 이 아니라, 노동계급의 성격과 행동을 사회주의적 사실주의 창작 방법에 의해 그려냈다는 의의가 있다는 것이다. 『시련속에서』가 간행된 직후, 본격적인 작품론을 발표해 고평한 윤세평은 "≪시련속에서≫는 평로 복구 건설에 관한 이야기인 것이 아니라 평로를 복구 건설하는 사람들의 이야기"[19]라고 짚어냈다. 실제로 이 작품은 인물의 형상이 핍진하고, 성격화가 구체적이어서 사실성이 뛰어나다. 이러한 사실주의적 경향으로 인해 『시련속에서』는 1950년대 북한문학의 '사회주의적 사실주의의 성취작'으로 꼽힌다.

『시련속에서』가 포착한 1950년대 인물 군상은 작가의 현장경험과 밀접한 관련이 있다. 작품이 출간된 직후, ≪문학신문≫ 기고문에서 윤세중은 다음과 같이 심정을 토로한 바 있다.

> 지난 일년은 나의 창작 ○○에서 어느 때보다도 의의 있는 해라고 생각한다. 그것은 해방 후로는 첫 장편인 ≪시련속에서≫를 완성할 수 있었기 때문이다.
>
> 이 장편을 쓰기 위해 나는 황해 제철소에 나가 만 2년 동안 있었다. 이 사이 나는 많은 새로운 것을 보았으며 새로운 인간들과 사귀었다. 나는 이 형상들을 빨리 작품화하고 싶어 견딜 수 없었다. 그러나 내가 지난 2월에 황해 제철소를 떠나게 되었을 때 나는 겨우 300매의 초고를 썼을 따름이었다.
>
> 나는 초조한 대로 쓰던 초고 뭉텅이를 들고 량강도로 왔다. 혜산으로 오자 나는 병에 눕게 되었다. 나의 초조는 정점에 올랐다. 나는 의사의 충고도 무시하고 자리우에 일어나 앉아 배개를 포개 놓고 이불을 뒤집어 쓰고 집필을 계속하였다. 하루 30매를 넘기지 않으면 눕지를 않았다. 정말 내깐엔 기적적인 정열이 솟아났다. 1천 7백 매의 초고가

---

19) 윤세평, 「사회주의적 로동의 주제와 형상 문제: 장편소설 ≪시련속에서≫를 중심으로」, 『조선문학』 7호, 조선작가동맹출판사, 1958.11, 139쪽.

거의 끝날 무렵 병도 나았다.

　나의 책상 우에는 지금 이 해에 실천하지 못한 여러 장의 원고 의뢰서가 그대로 놓여 있다.

　그 원인은 현지를 떠나 열 달이 되는데 그새에 벌써 내 머리 속은 뽀얀 안개가 끼여지고 있기 때문이 아닌가! 이 안개를 벗기기 위하여 새해가 되면 현실 탐구에 더욱 충실해야겠다.

　현지를 떠나서는 내 창작 생활은 생각 할 수 없기 때문이다.[20]

　이 짤막한 글은 『시련속에서』의 창작배경을 유추할 수 있도록 해 준다. 윤세중은 황해 제철소에서 만2년 동안 노동자들과 함께 생활했다. 이는 정전 직후인 1953년 9월에 소집된 '전국 작가 예술가 대회'에서 토의된 내용에 따라 결정된 '작가 현지 파견 사업'의 일환으로 보인다. '전국 작가 예술가 대회'에서는 사실주의적 전형과 새 것과 낡은 것의 갈등과 모순을 생동감 있게 그리기 위해 '근로 인민의 생활과 사업 속으로 들어'갈 것을 작가들에게 요구했다. 이 노력의 최고 성과작으로 윤세중의 『시련속에서』가 꼽혔다.[21] 작가는 이 현장 경험을 통해 평로공들을 근거리에서 관찰하며, '사고하는 것, 언어들, 취미들, 마음쓰는 것들'까지 세심하게

---

20) 윤세중, 「시련속에서」, ≪문학신문≫, 1957.12.26, 3면.

21) "또 이와 함께 작가들을 공산주의적 당성과 로동 계급의 사상으로 무장시키기 위하여 당의 적절한 조치로 작가들의 현지 파견 사업을 더욱 개선하며 작가들이 직접 창조적 로동에 참가하여 근로자들의 사상 감정에 침투하게 하였다. 이리하여 태반의 작가들이 공장과 광산, 농촌과 어촌 등 사회주의 건설의 현장에 파견되어 창조적 로력에 직접 참가함으로써 자기들의 창작과 생활과의 련계를 더욱 밀접 하게 하였다. (…중략…) 로동 계급을 주제로한 작품들 중 윤 세중의 장편 소설 ≪시련속에서≫를 비롯한 많은 단편 소설들에는 우리 나라 로동 계급의 영웅적 성격과 사회주의 건설을 완성하기 위한 그들의 불요불굴의 정신 세계가 예술적 화폭 속에 진실하게 반영되었다."(조선민주주의 인민공화국과학원 언어문학연구소 문학연구실, 앞의 책, 280~281쪽)

살폈다. 이를 통해 김유상·유갑석·서만덕·박봉서 등과 같은 구체적 인물 형상이 그려졌다. 이는 현실에 대한 사실적 접근이 이뤄낸 성취라고 볼 수 있다. 하지만, 초창기 『시련속에서』가 발표되었을 때, 이러한 사실주의적 경향 때문에 만만치 않은 논쟁에 휩싸이기도 했다.

앞에서 언급한 윤세평의 평론은 『시련속에서』의 성취가 '생산현장'의 포착이 아닌, '고투하는 인간의 형상'에 있음을 분명히 함으로써, 노동자의 성격화, 공산주의적 인간 형상'의 문제에 관한 논쟁을 불러일으켰다. 김재하는 윤세평의 논의를 이어받아 당 위원장 박창민의 형상이 "당 일군으로서의 개성이 뚜렷하지 못하다"는 비판을 가했다. 김재하는 "당 위원장의 형상은 그 개체의 의의로서 끝나는 것이 아니라, 우리의 당을 보여 주며 우리 시대의 리상과 그의 실현을 위한 영웅적 조선 인민의 투쟁의 진면모를 밝힘에 있어서도 의의가 있는 것이다"라는 다소 경직된 주장을 펼쳤다.[22] 이어 연장렬은 림태운의 성격화에 대해서도 문제제기를 함으로써 『시련속에서』에 대한 비판을 전면화했다. 연장렬은 "로동자 출신의 새로운 형의 기사 — 즉, 자기 계급과 혈연적으로 련결되고 로동자 대중에 의거하지 않을 수 없는 그런 혁명적이며 락관적인 새형의 기사의 모습 대신에 다만 하나의 인테리, 즉 로동자 생활이란 해보지도 못하던 그런 사람이 공장으로 찾아 온 것 같이 표현"되었다고 지적했다.[23] 림태운의 형상이 노동자 계급의 전형을 획득하지 못하고 있으며, 당적 인간이 지녀야 할 내면세계와

---

22) 김재하, 「로동의 주제에서 제기되는 몇 가지 문제」, 『조선문학』 2호, 조선작가동맹출판사, 1959.2, 141쪽.

23) 연장렬, 「시대의 영웅: 로동 계급의 긍정적 주인공」, 『조선문학』 3월호, 조선작가동맹출판사, 1959.3, 134쪽.

행동세계를 보여주지 못했다는 것이 연장렬의 주장이다. 김민혁도 림태운이 "보다 용감하고 완강한 성격과 불요불굴의 투지의 소유자"였다면 더 좋았을 것이라는 아쉬움을 표현했다.24)

김재하·연장렬·김민혁은 소설에서 형상화된 인간형을 '공산주의적 이상'에 맞춰 평가하려는 경직성을 드러냈다. 그들은 '전형'을 현실 속에서 구현해야 한다고 보기보다는 '이념' 속에서 도출해 내야 한다고 주장했다. 이렇다보니 경직된 시선으로 『시련속에서』에 형상화된 당일꾼의 형상을 평가했고, 이러한 태도가 문학에까지 '교조적 이념'을 강요하는 방향으로 이어질 개연성을 갖고 있었다. 이는 1950년대 북한문학비평의 한 경향이었다고 할 수 있다. 그런 의미에서 김하명의 논의는 사려깊은 측면이 있다.

김하명은 이러한 경직된 비판에 대해 반박하며 새로운 의견을 제시했다. 그는 우선 '이상화된 주인공'과 '이상적 주인공'을 구분해야 한다고 주장했다. 그가 주장하는 '이상적 주인공'은 "개별적 행동, 태도와 사색이 모두 모범적이여야 한다는 의미에서가 아니며, 이미 완성된 성격을 념두에 두고 있는 것이 아니다"라고 말한다. 그것은 "많은 난관과 애로를 극복하는 그의 투쟁과정의 묘사나, 또 그 투쟁 행정에 체험하는 희비애락의 묘사를 배제하지 않"는 존재인 것이다.25) 이상화된 주인공으로서 완벽한 인물이 아니라, 고뇌하며 투쟁하는 인물이 '이상적 주인공'이라는 것이 김하명의 주장이다. 김하명은 연장렬과 김민혁의 『시련속에서』에 대한 비판을 반박하며, "노동자 출신 인테리로서의 새로운 기질"26)이

---

24) 김민혁, 「문학의 현대성 문제와 로동 계급의 집단적 영웅주의」, 『조선문학』 5호, 조선작가 동맹출판사, 1959.5, 135쪽.

25) 김하명, 「공산주의 문학 건설과 긍정적 주인공의 형상화에서 제기되는 몇 가지 문제」, 『조선문학』 6호, 조선작가동맹출판사, 1959.6, 129쪽.

온당하게 표현되어 있다고 윤세중을 옹호했다. 연이어 엄호석이 김하명의 논의를 긍정하고, 연장렬과 김민혁의 논의를 비판함으로써 '공산주의적 전형'에 대한 논쟁은 일단락되었다.[27]

김하명의 주장은 도식주의적 경향으로 흐를 수 있는 문학에 대한 성찰을 촉구하고 있기에 의미가 있다. 문학적인 것과 정치적인 것의 첨예한 대립 양상을 이 시기 평론가들의 논의에서 확인할 수 있다. 김재하·연장렬·김민혁의 논의는 이념형에 충실한 현실 정치의 영역에서 문학을 평가하고 있는 측면이 강하다. 그들은 1950년대 문학이 감당해야 할 '공산주의적 인간형' '노동계급의 성격'을 완벽한 전형으로 설정했다. 이러한 전형은 '완성형의 인간'이기에 '결여형의 인간'보다는 덜 매력적일 수밖에 없다. 또 다른 측면에서 인간과 현실의 상관성을 고려하지 않은 채, 인간의 성격화만을 논한 것이기에 낭만적 측면까지 안고 있다고 할 수 있다.

완벽한 주인공에 대한 열망이 오히려 현실을 왜곡할 수 있다는 측면에서 김하명의 주장은 타당한 것이다. 김하명은 '이상화된 주인공'과 '이상적 주인공'의 구분을 통해, 사회주의 사회에서도 지속적으로 논의되어야 할 '인간에 대한 문학적 탐구'의 폭을 넓혔다. 그는 『시련속에서』라는 구체적 텍스트를 통해 '혁명적 낭만주의'에 침윤되었던 1950년대 후반 북한 평론계의 흐름을 비판하는 냉정한 태도를 견지했다. 이는 다른 측면에서 볼 때, 『시련속에서』가 '중공업 중심의 전후 복구' 이념에 대한 서사화에도 불구하고 인간형의 형상화에서는 사실주의적 측면이 돋보였음을 보여주는 것이기도 하다.

---

26) 위의 글, 131쪽.

27) 엄호석, 「공산주의적 교양과 창작의 질적 제고를 위하여」, 『조선문학』 8호, 조선작가동맹출판사, 1959.8.

4. 시대와 인간: 『시련속에서』의 인물 성격화 양상

그렇다면, 『시련속에서』에 등장하는 인물군상들은 어떤 특징을 지니고 있을까? 이에 대한 구체적 논의를 통해 1950년대 북한사회의 실상과 무의식적 열망을 읽어내고자 한다. 이 소설의 기본적인 갈등은 신세대 노동자와 구세대 노동자, 그리고 당일꾼 사이에서 발생한다. 여기에다 새것과 낡은 것, 일본으로부터 전수받은 것과 소련에서 새로 유입된 것, 애국주의와 출세주의의 대립이 어우러져 있다.

주인공 림태운은 제철노동자 출신으로 해방 후 공화국 유학생으로 제일 첫 그룹에 뽑혀 소련 대학에서 6년 동안 수학한 인텔리이다. 그는 전쟁시기에 귀국해 대학 야금과 교원으로 1년여 동안 재직했으나, 정전 이후 복구 현장에서 활동하기를 열망한다. 노동자 출신의 인텔리라는 림태운의 이력은 북한사회가 '이상화한 주인공'의 성격을 일정부분 갖고 있다. 그는 노동자의 집안에서 태어나 '지천꾸러기' 어린 노동자로 성장했다. 해방과 함께 기술 야간 학교에 진학했고, 김일성대학 예비과에 추천되어 합격한 후 '제1기 소련 유학생' 대열에 합류했다. 사회주의 조국 북한이 키운 노동자 출신의 엘리트가 림태운인 것이다.

공학연구소 가공과 연구사 겸 대학 학장인 리진수 교수는 림태운을 아끼며, 대학을 떠나지 말라고 권유한다. 리진수가 태운의 현지 파견을 주저한 것은 "학문을 대하는 그의 태도"가 "건실성, 불굴성"을 지니고 있었으며, 무엇보다 "과학을 탐구하는 사람들에게 자칫하면 결여되는 풍부하고도 너그러운 인간성"을 지녔기 때문이다.28) 하지만, 스물일곱 살이며 제철노동자 출신인 열혈 청년 림태운은 "보람 있는 일은 대학보다도 공장에 더 있"다는 신념에서 제철소로 가기를 고집한다.29) 대학 내에서는 임태운이 '영웅주의, 자유주의'를 지녔기에 공명심 때문에 공장에 가려한다는 쑥덕거림이 나돌고, 대학 조교 윤선주에게 실연당해 공장으로 떠나려한다는 소문까지 나돈다. 실제로, 임태운과 윤선주 사이에는 미묘한 교감이 있었으나, 김대준의 개입으로 연애감정이 무위에 그치고 말았다.

림태운은 발전하는 인물이며, 성장하는 인물로 그려져 있다. 그는 '××제철소'에 배치된 이후, 원칙주의적 모습을 보이며 직장장 리재호 등과 갈등했다. 그는 100톤로 확장 복구를 착안하고, 기술적 신념을 갖고 이를 관철시키려 한 원칙주의자였다. 하지만, 직장장 권한 대행을 맡아 업무를 수행하면서부터는 '경험'의 가치를 인정하는 책임 있는 모습으로 점차 발전해 나간다. 그는 패기만만한 기술 엘리트에서, 공장 내의 운영 메커니즘을 점차 이해해나가는 합리적 지도자로 형상화된다.

소설 전체에서 부정적 인물로 그려진 김대준은 림태운과 사사건건 맞선다. 그는 일제 때 고등공업을 나왔으며, 제철소에서 기사로 일한 경력을 갖고 있다. 서른다섯의 나이에 벗겨진 이마가 특징적인 김대준은 욕망의 화신이다. 그는 술수를 써 윤선주와 약혼하고, 림태운이 대학을 떠나도록 대학내에 나쁜 소문을 퍼뜨림으로써 자신의 입지를 강화하려 한다. 또한, '××제철소'에 배치된 이후에는 박봉서 등을 부추겨 림태운이 좌천되도록 여론을 조성하고, 심지어는 'T번호 특수강' 시험 용해에 첨가물을 넣어 실험을 실패하도록 조작하기까지 한다. 김대준이 림태운을 적대시하는 데는 몇

---

28) 윤세중, 앞의 책, 11쪽.
29) 위의 책, 38쪽.

가지 이유가 있다. 그의 아버지는 일제 경찰에서 경부(警部, 경찰서 장급)를 지낸 친일파였다. 한 때 김대준은 "남반부로 갈까 생각"[30]도 했으나, 고향인 북반부를 떠나지 않기로 결심하고 과거의 이력을 숨긴 채 교원생활을 해 왔다. 그가 적대감을 갖게 된 것은 림태운이 자신의 과거 이력을 알고 있으리라는 불안감 때문이었다. 태운은 열일곱살 때 대준이 기사로 있던 공장에서 일한 적이 있고, 해방 이후에는 기술 야간학교에서 선생과 학생으로 만난 적도 있었다. 이 소설에서 김대준은 1950년대 북한사회가 가상의 적으로 설정했던 '악'을 상징한다. 그는 일제의 고등기술학교에서 배운 지식에 집착하는 '낡은 존재'이며, 경찰간부였던 아버지 슬하에서 자란 '친일 잔재'이기도 하다. 또한, 자유주의와 입신출세주의에 젖어 있는 '타락한 자본주의의 형상'이다. 김대준은 미국이나 남한과 조직적으로 연계되어 있지 않을 뿐, 당의 정책을 훼손하는 '파괴분자'이다. 그럼에도 불구하고, 김대준이 일제강점기의 이력을 숨긴 채 당원이 되었다는 설정은 특이하다. 이는 당원 내부에도 이러한 '파괴분자'가 있을 수 있다는 불안의식의 표현일 수 있고, 당원 내부에 있는 입신출세주의가 '파괴분자'와 동일하다는 작가의 태도를 드러내는 것일 수도 있다.

림태운과 김대준의 대립구도라는 단순한 서사가 될 뻔 했던 이 소설은 '제철소 노동자'들의 생생한 형상으로 극적 긴장이 높아진다. 실제로 림태운의 시련은 '경험 부족'과 숙련노동자와의 갈등 때문에 발생하곤 한다.

제대군인 출신의 유갑석은 패기넘치는 신세대 노동자이며, 림태운의 조력자이기도 하다. 그는 황해남도 송화 태생으로 전쟁 전에

---

30) 위의 책, 27쪽.

는 리 인민위원회 서기장을 맡았던 책임일꾼이었다. 인민군대에 입대해 소성 하나를 단 군관으로 전쟁에서 공을 세웠으나, 가족들이 모두 학살당했다는 사실을 알게 되면서 복수심에 불탄다. 그는 제철소에 배치된 이후에는, 힘든 일에 스스로 발 벗고 나서는 과단성을 보여줌으로써 북한사회가 염원하는 '노력영웅'의 형상을 그대로 보여준다. 모두가 두려워하는 '불발 상태로 방치 된 시한탄'을 단신으로 제거하는가 하면, 볼트와 너트 자재가 부족하여 조립 공정이 중단된 상태에서 혹한의 추위에도 불구하고 파철 무지에서 볼트와 너트를 회수해내는 사업을 일궈내기도 한다. 그는 김유상에게 "똑똑하고 대담하고 열정이 있어 어딘지 모르게 마음 꼭드는, 무슨 일에든지 피로를 느낄 줄 모르는 쇳덩이 같은 의지의 젊은이"라는 평가를 듣는다.31) 하지만, 1950년대 북한사회가 열망한 '이상화된 인물'로 형상화됨으로써 생동감 있게 살아 있는 인물로 표현되지 못하고 만다. 그는 뛰어난 노력영웅이기는 하지만, 변화가 없는 '이데올로기화된 노동자'이다. 실재한다기보다는 실재하기를 염원하는 형상에 가까운 유갑석은 '이상화된 인물'이기에 오히려 문학적으로는 '죽은 형상'에 가깝다고 평가할 수 있다.

작품 속에서 높은 비중을 차지하는 김유상·박봉서·서만덕 등은 뛰어난 숙련공 출신이다. 이들은 일제 강점기에 만들어진 '××제철소'에서 함께 성장해 온 동료들이며, 일반 노동자들을 이끄는 지도자들이기도 하다. 이들은 각자 개성이 뚜렷하여, 일상생활의 모습이나 삶의 태도 등이 생동감 있게 전달된다. 이는 윤세중이 실제 노동 현장체험을 통해 구체적 인물들을 모델로 형상화한 때문일 것이다.

---

31) 위의 책, 78쪽.

용해공 출신인 김유상은 열아홉 살이던 1928년경부터 제철소 일을 배워온 노련한 숙련노동자이다. 그는 구세대이면서 신세대와 교감하는 긍정적 인물의 전형으로 그려진다. '제철소 복구사업의 현장정리 책임'을 맡아 일을 하며 7개월 만에 로를 복구해 쇳물을 뽑아내겠다는 의지를 불태운다. 김유상은 일제강점기, 해방기, 전쟁기를 모두 거치면서 '주인의식을 가진 숙련 노동자'로서의 자부심을 갖게 됐다. 그는 젊은 노동자 유갑석을 아끼며, 자신의 모든 기술을 전수하려 할 정도로 안목이 높고 품이 넓다. 사실, 김유상의 내면에도 새것에 대한 두려움이 있었다. 그는 "까놓고 말하면 우리 늙은 사람들에게는 계속 새것, 새 방법, 하고 나오는 것이 제일 두렵습니다. 익은 재주는 하나 밖에 없는데 자꾸 새것 새것 하니까요"라고 심정을 토로한 후, "당 앞에 인민 앞에 죽는 날까지 새것을 배우다가 죽겠다"고 결심하게 된다.[32] 그 자신이 민청 브리가다(부대)의 책임자가 되어 림태운이 주장하는 새로운 기술을 누구보다 먼저 도입하려고 시도한다.

반면, 전쟁 시기 후퇴할 때까지는 평로 직공장이었던 박봉서는 자존심과 출세욕이 강한 인물이다. 20여 년을 김유상과 함께 평로에서 일한 그는 '평로의 귀신'을 자처한다. 그는 해방 직후에는 제강 기사 없이도 평로 일을 총괄한 경험을 갖고 있으며, 소련 고문 앞에서도 당당히 자기 의견을 내놓음으로써 조선의 자존심을 세운 인물이기도 하다. 그런 그가 "직위가 탐이 나"[33]서 김대준과 작당해 과오를 저지르고 만다. 그는 림태운을 직장장 대리에서 기술부로 좌천시키는데 앞장서고, T번호의 강(鋼) 생산을 위한 시험 용해

---

32) 위의 책, 400쪽.
33) 위의 책, 385쪽.

에 반대한다. 소설 말미에서 그는 자신이 어리석었음을 스스로 깨닫고, 참회를 함으로써 제철소 구성원들에게 용서를 받는다. 박봉서의 형상은 서만덕이 김대준의 유혹에 맞서 "우리 노동자들은 일부러 생산을 망치지 못합니다"[34]라며 당당히 선언한 것과 대비된다.

김유상·박봉서·서만덕은 자존심이 강한 숙련노동자들이다. 이들의 과도한 자존심·자부심으로 인해 림태운을 비롯한 젊은 세대와 갈등하고, 때로는 새로운 기술의 도입을 방해하기도 한다. 그들은 표면적으로는 림태운과 대립하고 있는 듯하지만, 실제로는 공장의 당조직과도 갈등하는 양상을 보인다. 그 당조직은 상층부에서 이뤄지는 성의 명령이고, 당위원장 박창민이며, 때로는 당원이며 기술엘리트인 림태운이기도 하다. 이 부분을 주목할 경우, 1950년대 전후복구시기 북한 공장 내부에서 발생한 변화를 포착해낼 수 있다.

신세대 노동자, 구세대 노동자, 당일꾼의 갈등을 적극적으로 해석할 경우 새로운 텍스트의 이면 읽기가 가능해진다.

국가 주도의 생산결정은 과연 공장 조직 내의 반발 없이 그대로 관철될 수 있었을까? 이에 대한 세밀한 독해를 위해서는 북한의 공장 조직을 이해할 필요가 있다. 북한의 공장 내 조직은 세 부분으로 분리될 수 있다. 생산의 영역을 담당하는 지배인이 있고, 그 밑에 직장장과 생산 조직이 있다(생산영역). 다음은 공장에서 당의 정치와 이념 부문을 책임지는 당위원장 조직이 있는데, 이는 당원들을 통해 그 지도가 관철된다(당영역). 그리고 나머지 하나는 노동자 조직인 직업동맹으로, 노동자들의 권익을 옹호하는 것이 그 주요 목적이다(노동자 영역).[35]

---

34) 위의 책, 348쪽.

당위원장과 박창민과 지배인 허진은 소설 속에서 입장이 갈리는 경우가 빈번하다. 또한 숙련공 출신인 직장장 리재호·박봉서·서만덕 등이 성의 작업 명령과 당위원장의 지도에 반발해 토론하는 경우도 자주 발생한다. 이는 전후복구시기 기업소에서 당이 지도하는 정치조직과 생산조직 사이에 갈등이 존재했음을 드러낸다. 당위원장 박창민은 문제에 봉착했을 때마다 "결국은 사상문제입니다. 생산을 올리지 못하는 것도 선진기술을 도입하지 못하는 것도 모두가―모두가 사상문제입니다"[36]라며 당의 지도력 관철의 필요성을 강력히 제기했다.

이들의 대립을 정치조직과 생산조직의 갈등으로 보았을 때, 문제는 의외로 복잡해진다. 당영역, 생산영역, 노동자영역 사이에서 발생하는 갈등이 림태운이라는 기술 엘리트의 노력에 의해 극복되는 서사로 『시련속에서』를 읽을 수 있다. 그렇다면, 『시련속에서』에 나타난 숙련노동자들의 문제제기는 생산 영역을 매개로 노동자들의 자율성을 옹호하기 위한 투쟁으로 해석할 수 있다. 이러한 기층 노동자들의 저항을 당이 신흥 기술엘리트들과 민청 조직과 같은 청년 정치 조직을 통해 억압하고, 당의 지도 이념을 관철시켜나가는 서사가 이 소설에는 담겨 있는 것이다. 이러한 복잡한 서사가 김대준이라는 부정적 인물의 개입으로 윤리적 문제라는 흑백논리로 귀결됨으로써 북한 공장 조직 내부의 갈등이 은폐된 것으로 해석할 수도 있다.

---

35) 김연철, 『북한의 산업화와 경제정책』, 역사비평사, 2001, 50쪽.
36) 윤세중, 앞의 책, 363쪽.

5. 노동현장의 시련속에서

『시련속에서』의 초반부에 등장하는 림태운과 유갑석의 대면 장면은 인상적이다. 부임하자마자 폐허가 된 평로를 관찰하고 있는 림태운에게 산소 절단을 하고 있던 젊은 노동자(유갑석)가 다가와 '증명서' 제시를 요구한다. 림태운은 마뜩치 않은 태도로 "성에서 왔소"37)라며 그 노동자를 무시하려 한다. 하지만, 젊은 노동자는 '이상하다고 인정될 때는 누구나 신분을 확인할 의무가 있다는 현장 규율'을 내세워 기어이 림태운의 증명서를 확인한다. 언뜻 보면 사소할 수 있는 이 장면은 전후 북한사회의 활력이 어디에서 오는가를 단적으로 보여준다. 림태운이 일제강점기에 청년 노동자로 있을 때는 '노동자'가 현장에서 당당한 태도로 '관리자'를 대하는 것은 상상할 수도 없었다. 증명서를 요구하는 유갑석의 굳은 태도에서 림태운은 "오늘의 공화국 로동자의 모습"을 보게 되고, "진정 직장의 주인다운 젊은 로동자의 태도가 마음에 들었"다고 말한다.38)

전후 복구 시기에 북한사회가 이뤄낸 놀랄 만한 경제 성장은 노동자를 주인으로 내세우며, 노동자의 자존심을 세워주는 '사회주의적 풍토'에 기인한다. 이들의 주인의식은 직장 내에서 이뤄지는 끊임없는 학습과 토론 속에서 진작된 것이었다. 하지만, 앞에서도 살펴보았듯이 노동자들의 자율적이면서 주인적인 태도가 당조직에 의해 억압되면서, 북한 노동자의 형상은 상투화되는 경향을 보인다. 그 대표적인 예가 1957년경부터 제기된 '천리마 운동'이다.

37) 위의 책, 34쪽.
38) 위의 책, 36쪽.

북한사회는 공장 조직을 민주적으로 운영하는 문제보다는 생산시간을 단축시키는 속도를 중시하고, 생산의 합리화를 통해 생산량을 늘리는 데만 골몰했다. 이렇다 보니, 노동자들은 공장 운영을 책임지는 주체로서 자기 정체성을 갖지 못하게 되었고, '생산력을 고양시키는 노력영웅'이 되기를 강요당했다.

윤세중은 노동현장에서 발생하는 이러한 갈등을 '황해제철소'에서 2년여 동안 생활하면서 목격했을 것이다. 작품에 등장하는 인물군은 실제 모델이 있어서 생동하는 형상성을 지닌다. 이 시기 윤세평·김하명 같은 평론가들도 이 작품이 '노동 현장만을 그린 것이 아니라, 노동자들의 정신적 특질을 그려냈다'고 고평한 것도 이러한 사실성 때문일 것이다. 이렇다 보니, 이 작품은 1950년대 초중반의 제철소와 같은 공장의 내부적 진실을 포착할 수 있었고, 더불어 당시 신세대 노동자, 구세대 노동자, 당일꾼 사이의 갈등도 징후적으로 드러낼 수 있었던 것이다.

텍스트에 대한 적극적 읽기를 통해, 작품을 이면을 읽어낼 경우 『시련속에서』에 대한 적극적인 해석이 가능해진다. 전후복구시기 공장 조직 내에서 당의 지도가 기술 엘리트와 연결되어 관철됨으로써, 숙련노동자를 중심으로 한 노동자들의 자율적 힘은 약화되는 양상을 이 소설은 포착하고 있다. 숙련 노동자들의 공장내 지도력은 '입신출세주의 혹은 보수주의'로 비판 받았고, 때로는 당과 국가의 명령에 나태하게 대응하는 태도로 규정되기도 했다. 그런 의미에서 북한사회가 1950년대에 가졌던 활력은 노동자들의 자율성에 기반한 것이었고, 이후 침체기를 걷게 된 것은 당의 지배를 중심으로 한 유일사상체계가 확립됨으로써 노동자들의 자율성이 약화된 때문이었다고 유추할 수 있다.

참고문헌

인문사, 『인문평론』 2권 11호, 인문사, 1940.11.

강만길, 『고쳐 쓴 한국현대사』, 창작과비평사, 1994.

김민혁, 「문학의 현대성 문제와 로동 계급의 집단적 영웅주의」, 『조선문학』 5호, 조선작가동맹출판사, 1959.5.

김선려, 「작가 윤세중의 창작에서 전형화의 특성」, 『사회과학원보』 제1호, 사회과학출판사, 2005.

김연철, 『북한의 산업화와 경제정책』, 역사비평사, 2001.

김재하, 「로동의 주제에서 제기되는 몇 가지 문제」, 『조선문학』 2호, 조선작가동맹출판사, 1959.2.

김하명, 「공산주의 문학 건설과 긍정적 주인공의 형상화에서 제기되는 몇 가지 문제」, 『조선문학』 6호, 조선작가동맹출판사, 1959.6.

김학준, 『북한50년사』, 두산동아, 1995.

리기주, 『조선문학사 12』, 사회과학출판사, 1999.

박종원·류만, 『조선문학개관(2)』, 사회과학출판사, 1986.

사회과학원 문학연구소, 『조선문학사(1945~1958)』, 과학백과사전출판사, 1978.

서경석, 「1950년대 북한문학의 한 양상: 윤세중의 소설을 중심으로」, 『1950년대 문학연구』, 예하, 1991.

신형기, 『북한문학사』, 평민사, 2000.

엘렌 브룬·재퀴스 허쉬, 김해성 옮김, 『사회주의 북한: 북한 경제발전 연구』, 지평, 1988.

엄호석, 「공산주의적 교양과 창작의 질적 제고를 위하여」, 『조선문학』 8호, 조선작가동맹출판사, 1959.8.

연장렬, 「시대의 영웅: 로동 계급의 긍정적 주인공」, 『조선문학』 3호, 조선작가동맹출판사, 1959.3.

윤세중, 「시련속에서」, ≪문학신문≫, 1957.12.26.

_____, 『시련속에서』, 조선작가동맹출판사, 1957.

_____, 「처녀작을 쓰던 때」, 『창작과 기교』, 조선문학예술총동맹출판사, 1965.

윤세평, 「사회주의적 로동의 주제와 형상 문제: 장편소설 ≪시련속에서≫를 중심으로」, 『조선문학』 7호, 조선작가동맹출판사, 1958.7.

윤시철, 「윤세중의 작품 세계」, 『조선문학』 11호, 조선작가동맹출판사, 1960.11.

윤종성 외, 『문예상식』, 문학예술종합출판사, 1994.

인문사, 「창간1주년 기념 현상대모집」, 『인문평론』 2권 3호, 인문사, 1940.3.

조선민주주의 인민공화국과학원 언어문학연구소 문학연구실, 『조선문학통사』 하, 과학원출판사, 1959.

홍혜미, 「인물의 갈등 양상으로 본 윤세중의 〈아내〉」, 『인문논총』 제9집, 창원대학교 인문과학연구소, 2002.

제2부

역사와 장르

왜곡과 은폐의 북한문학사, 시인 '이찬'을 소화한 방식

김수복·강민정

1. 문학사적 내러티브와 시인 이찬(李燦)

이찬(李燦)은 1928년 8월 시전문지 『新詩壇』에 시 「봄은 간다」, 「이러진 花園」을 발표하면서 등단하여, 1930년대 사회주의 문예 이론에 입각한 시작활동을 주도적으로 전개했다. 그러다 해방 전 일제 식민지 강압이 절정에 달할 무렵에는 스스로 '아오바 가오리 (青葉薫)'로 창씨개명하고 친일시, 친일희곡작품을 발표하였으며, 해방 후에는 북한에서 〈북조선예술총연맹〉을 시작으로 북한 시단 의 중심인물로 활동하면서 혁명 시인으로 추앙받는 시적 역정을 걸어왔다. 그의 이러한 '프로시→친일시→혁명시'라는 시적 전환 은 근대의 과정을 능동적으로 대응해 온 한 개인의 내적 세계 의 지가 반영된 결과로 볼 수 있다. 식민지 경험과 분단의 역사라는 특수한 상황 속에서 동시대의 문인들은 '제국주의'라는 폭력적 타자로 인해 근대에 유입된 여러 모순들을 문학적 상상력을 통해 극복하고자 하였다. 그러나 근대로부터 파생한 모순에 대한 반응이나 전망 등이 각자 달랐으며, 이러한 인식의 차이는 서로 각축을 벌이며 하나의 당대적 담론을 만들어 가는 추세로 이어졌다. 따라서 어느 것은 탈락하고, 어느 것은 유지되는 문학이념의 기로와 길항의 상황에 놓이게 되었다. 이찬의 시적 변모도 이러한 근대화 과정을 극복 해결하기 위한 문학사적 내러티브의 하나로 이해할 수 있을 것이다.

사실 남한문학사에서 이찬의 친일이나 재북 이력은 논의하기에 민감한 성격을 가지고 있다.[1] 그렇다고 이찬과 같은 친일이나 재북(월북)의 이력을 지닌 문인들이 근대문학사에 실존했던 사실마저 간과할 수 없는 일이다. 따라서 이들 문인의 문학적 사실을 문학사적으로 규명하고 통일문학사적 인식을 통해 그들 문학의 내외적 논리를 상세하게 규명하여 한국문학사적 소통과 출구를 검토할 필요성이 요청되는 현실에 이르렀다고 판단된다.

북한에서 이찬은 '혁명시인'이라는 칭호를 받으며, 북한 초기 시문학의 새로운 단계를 열었다는 평가를 받았으며, 1996년 〈민족과 운명〉의 시리즈인 '카프작가 편'의 주인공으로 등장하면서 북한의 주요 카프 문인으로 상징화되기도 하였다. 이처럼 민감한 이력으로 남한에서 문학사적 내러티브로 수용되기 힘들었던 '이찬'은, 해방 이후 북한의 문학사적 내러티브로 전격 수용되며, 분단문

---

1) 남한에서 1980년대 이루어진 이찬 연구는 북한 연구에 대한 제도적 제약과 자료 접근의 어려움으로 그의 북한 이력을 의도적으로 삭제하여 해방 전 발표한 시들만 간간이 연구되었다. 1990년대에 들어서 이찬의 북한 시가 연구대상으로 포함되기 시작하였고, 소수의 연구자들에 의해 이후 이찬의 시적 특성이 연구되었다. 이러한 대표적 연구서들로는 김응교, 『이찬과 한국근대문학』(소명출판, 2007)과 이동순·박승희 편, 『이찬 시전집』(소명출판, 2002) 등을 예로 들 수 있다.

학사·통일문학사에서 그 연구적 의미와 중요성이 확대되었다.

따라서 그간 남한에서 논외 시 되었던 이찬의 재북 이후 문학적 활동과, 그에 대한 북한문학사에서의 가치 평가의 변화를 보다 상세하게 규명할 필요가 있다. 이때 북한문학사와 문학선집에 기록된 '이찬'에 대한 서술은 앞으로 논의가 확대될 통일문학사 논의에서 그의 재북 이후 문학적 활동과 그에 대한 사적 평가를 파악할 수 있는 중요한 문학사적 사료가 되기 때문이다.

이내 북한문학사와 문학선집이 북한의 '제제문학' 속성을 반영한 공식 담론이라는 점에서 체제와 이념을 보다 충실하게 반영한다는 것을 전제하지 않을 수 없다. 따라서 북한문학사나 문학선집의 기록들은 그만큼 정치적 상황 아래 존재할 수밖에 없을 것이다. 그런 측면에서 북한문학사의 기술체계와 구체적 내용의 변화상은, 북한사회가 규정하는 문학의 정의와 역할에 대한 공식적 입장을 확인할 수 있는 유용한 대상이 될 것이다. 그러므로 예술이 정치적 이데올로기 아래 종속되어 있는 특수한 상황의 북한에서 '이찬'에 대한 서술이 그들의 의도에 맞추어 일부 왜곡되었음을 확인하고, 정치적 변화에 따라 이찬과 그의 시에 대한 가치평가가 계속적으로 어떻게 변화해 왔는지를 통해 북한문학사의 서술 인식을 확인할 필요가 있다.

2. '프로시' 활동과 초기 북한문학사의 평가

이찬의 카프 활동은 등단 1년 후인 1929년 3월 경성 제2고보를 졸업하고 일본으로 건너가 일본 와세다 대학에 입학하면서, 당시 이미 도쿄에 있던 시인 임화(林和)를 만나 〈무산자사〉 동인으로 가입하면서부터이다. 그는 그해 『朝鮮詩壇』 4월호에 「病床通情」과, 12월호에 「동모여」, 「아츰의 어느 시악씨에게」를 발표하였다.

이후 '무산자사'의 동인으로 적극 활동하였으며, 조선프롤레타리아예술동맹에 가입하였다. 특히 임화·김남천·김두용·이북만 등이 발행했던 좌익 계몽잡지 『무산자』의 발매가 금지되면서 '무산자사'는 그 이후 활동이 불가능해졌다. 이러한 과정을 안타깝게 지켜본 그는 비판적이고 현실적인 성격을 담아내는 프로시를 쓰기 시작한다. 일본을 유학 중이던 자신을 비판 성찰하고, 식민지 지배구조의 현실적 모순을 비판하는 시를 발표하기도 했다.

그는 이듬해 2월 말 귀국하였다가 1931년 4월 연희전문에 입학과 더불어 5월 다시 일본으로 건너가, 11월 연구단체 '동지사'의 편집위원으로 활동한다.[2] '동지사'는 일본 프롤레타리아문화연맹과 조선의 카프를 적극 지지하기 위하여 창립되었지만 일국일당(一國一黨)의 원칙에 따라 해체를 결정하고, '일본 프롤레타리아문화연맹'에 흡수되기로 결의한다. 1932년 2월 '일본 프롤레타리아문화연맹' 산하 '코프(KOPF)조선협의회'로 발전적으로 해체되자 일본에서 프롤레타리아문학운동이 점점 어려워질 것을 예측하고 1932년 5월 다시 귀국하였다.

이무렵 한국에서는 먼저 귀국하였던 임화를 중심으로 카프의 침체된 조직을 재정비하는 움직임이 일어나고 있었다. 이찬은 1932년 5월 16일 카프 중앙집행위원회의 임시총회를 개최할 때 신임 중앙위원회로 임명되었다.[3] 카프 중앙위원 활동과 함께 그는 프로동맹의 시적 기법과 이념이 담긴 프로시 「가구야 말려느냐」를 『매

---

2) 이찬의 '동지사' 참여와 카프 참여과정은 다음의 연구서에 자세하게 설명되고 있다. 권영민, 『한국 계급문학 운동사』, 문예출판사, 1998, 238~247쪽.

3) 권영민, 『한국 계급문학 운동사』, 문예출판사, 1998, 241쪽.

일신보』5월 6일자에, 「아내의 죽음을 듣고」를 『신여성』12월호
에 각 발표하였다. 이 시들은 식민지 수탈의 열악한 노동환경 속
에서 살아가는 노동자의 모습을 구체적으로 묘사하고 있다.

가구야 말려느냐
順아
너는 참 정말 가구야 말려느냐

산길로 삼백리 물길로 륙십리
저 낯선 마을 낯선 거리 실 뽑은 공장으로
가구야 가구야 말려느냐

응－가난한 네 집을 위해서거든
가난한 네 집 살림을 위해서거든
칠순에 풍 나 누운 네 아버지와
육순에도 품팔이하는 네 어머니를 위해서거든

(…중략…)

내 만일에 고용살이하는 신세가 아니었던들
고용살이로 삼사 명 식솔을 기르는 신세가 아니었던들

하더라도 하더라도
네가 가려는 그곳이
네가 가려는 그 공장이
그의 말같이 그 모집원의 말같이

"일 헐하고 돈 많이 나고 대우야 아주 좋고-"하다 하면야 했으면야

順아 그런 데가 단 하나인들
지금의 이 어느 곳에 있다구 하디

(…중략…)

오오 샛별같은 네 눈초리
붉은 네 볼-조그만 네 손길
일후 일후 만나두 다시 볼수 없겠구나 찾아볼 수 없겠구나
오 오 가구야 말려느냐
順아 順아
너는 너는 참 정말 가구야 말려느냐
　　　　　　　　　　-「가구야 말려느냐」 부분 (『매일신보』, 1932.5.6)

　　당대 카프시 창작의 대표적 방법인 단편서사시의 형식으로 쓰인
이 시는 이찬의 프로시의 특성과 한계를 동시에 드러낸다. 시적
화자는 순이라는 여인이 낯선 마을의 '실 뽑는 공장'으로 떠나는
순이를 말리고 싶지만 '고용살이 신세'와 '삼사명 식솔'을 길러야
하는 노동자인 자신의 처지를 생각해 말리지 못한다. 그저 화자는
그녀가 가려는 공장이 좋은 조건이기를 바랄 뿐이다. 그러나 그런
이상적인 조건의 공장이야말로 이 세상 '어느 곳에'도 없다는 부정
적 시각을 놓지 않고 순이가 앞으로 겪게 될 고생들을 떠올린다.
이러한 비극적 인식은 다시는 그녀의 '샛별'같은 눈을 만날 수 없
게 될 것 같다는 결론으로 가닿는다. 이처럼 당시 이찬의 프로시
는 직공들의 열악한 노동조건을 폭로하고, 식민지 공장생활의 애

환을 구체적으로 형상화하는 데 비중을 두며 내용적인 면과 형식적인 면에서 한 단계 발전하지만, 본래 단편서사시가 지닌 화자의 구체적 삶과 서사적 진실성이 약하다는 한계를 지닌다.

1932년 11월 이찬은 박동수가 기획한 『문학건설』 창간에 참여하였다가 '별나라 사건'으로 신고송과 함께 체포되었고, 2년 정도의 감옥 생활을 한다. 1933년 카프가 2차 검거사건을 겪으면서 급속도로 와해되기 시작하였다는 소문을 들은 이찬은 좌절한다.[4] 결국 경찰의 압력으로 그는 1934년 9월 출소 후 바로 고향인 북청으로 돌아간다.

오 모든 것은 지나간 세월과 함께 자최도 없는 꿈인든가
어이없다 기가 차다 내 오늘날 한 개의 가라지 신세될 줄이야.

참으로 참으로 나는 한 개의 가라지
죽도 밥도 못되는 한 개의 가라지
　　　　　　　　　　　　－「가라지의 설움」 부분 (『조선문학』, 1936.6)

1935년 5월 카프의 공식 해체의 소식으로 더욱 절망한 그는 '죽도 밥도 못되는' 자신의 처지를 빗대어 바람에 이러 서리 흔들리는 '가라지', 즉 강아지풀의 처지와 동일시하기도 한다. 이후 그는 국경을 떠돌며 북방 정서를 담은 많은 시들을 발표하였다. 1937년 시집 『待望』이 중앙서관에서 발간되었고, 1938년에 시집 『焚香』이 한성도서주식회사에서, 1940년 시집 『忙洋』이 박문서관

---

4) 윤여탁, 「이찬 시의 현실인식과 변모과정에 대한 연구」, 『한국현대리얼리즘시인론』, 태학사, 1990, 91쪽.

에서 각 발간되었다. 이렇게 1937년부터 1940년까지 무려 3권의 시집을 출간하며 왕성한 창작욕을 보인 그는 1945년 해방 소식을 듣고 잠시 서울로 와서 프롤레타리아예술동맹에 가담하기도 했다.

이러한 카프 맹원으로서의 그의 시적 역정은 문학적 이념과 신념의 총체적 의지를 담고 있으나, 초기 북한문학사에서 적극적 평가의 대상이 아니었다.

1959년에 출간된 최초의 북한문학사라 할 수 있는 『조선문학통사』5)에 이찬의 1920~1930년대 프로시 활동에 대한 논의와 언급이 전혀 없다는 것은 이를 잘 반증하고 있다. 『조선문학통사』에 동시대 김창술·류완희·박세영의 프로시 활동이 집중 조명된 것에 비해 이찬에 대한 기록은 오로지 1950년대 초 창작한 친소 시편에 대한 평가와 『리찬 시전집』의 출간만 언급되어 있는 점이 그것이다.

사실 『조선문학통사』의 주요 서술 원리가 맑스-레닌주의적 방법이기에 사회주의 사실주의방법에 부합되는 계급투쟁 문학과 카프 중심의 프로문학에 대한 찬양이 주된 특징이었음에도 불구하고 이찬에 대한 프로시 활동이 언급되지 않았다는 사실은, 『조선문학통사』 출판 당시였던 1959년까지만 해도 북한 문단에서 이찬이 주류 카프문인으로 평가받지 못하였으며, 따라서 1920~30년대 북한문학사적 서술을 근거로 할 때 그의 카프 활동은 주목의 대상에 속하지 않았던 것으로 판단된다.

그러나 1년 후 1960년에 출간된 〈현대조선문학선집〉 11 6)에서 이찬은 1930년대 활동 시인 중 하나로 재평가 되어 소개되고 있다. 그의 시 10편 7)도 함께 수록되어 있다. 다음은 〈현대조선문학

---

5) 과학원 언어문학연구소 편, 『조선문학통사』, 과학원출판사, 1959.
6) 현대조선문학선집 편찬위원회, 〈현대조선문학선집〉 11, 조선작가동맹출판사, 1960.
7) 그가 1930년대 발표한 시들이 분명한데, 〈현대조선문학선집〉에서는 이찬 포함 시인들의

선집〉 11의 서론의 일부이다.

이 시인들의 목소리는 당시의 ㉠ <u>카프의 핵식점 작가들과 시인들의 전투적 목소리에 화답하고 보충</u>하면서 ㉡ <u>항일무장투쟁 대오에서 개화된 혁명적 문학을 포함</u>한 30년대의 조선 현대문학의 ㉢ <u>사회주의적 사실주의 전통의 내용을 더욱 풍부화</u>하는 데 기여하고 있다.[8] (밑줄은 인용자)

이 선집에는 30년대의 현대 시가 분야에서 거둔 성과의 일단이 포함되었다. 특히 1930년대 ㉣ <u>김일성동지를 위시한 공산주의자들에 의하여 조직 지도된 항일무장투쟁</u> 속에서 창작된 ㉤ <u>혁명가요들이 수록</u>된 것은 이 선집이 ㉥ <u>조선 시가 발전</u>에도 중요한 자리를 차지하게 한다.[9] (밑줄은 인용자)

위의 글은 〈현대조선문학선집〉 편찬위원회가 1930년대를 대표할 시인과 시 작품을 선택하는 나름의 기준을 확인할 수 있다. 그들은 1930년대를 대표할 시인으로 ㉠ 카프의 핵심적 작가를 보충할 문인, ㉡ 과거의 작품 성격이 항일무장투쟁의 성격을 담았다고 왜곡할 수 있는 문인, ㉢ 과거의 행적이 사회주의적 사실주의 전통을 훼손하지 않는 범위에 놓여 있는 문인이 요구되고 있다. 따라서 1959년 출간된 『조선문학통사』는 1920~30년대 활동한 문인들로 핵심적 카프문인들을 주로 언급하였던 반면에 1960년에 출간된 〈현대조선문학선집〉 11에서는 비핵심적 카프문인이더

시를 포함한 모든 시들이 '혁명가요'라는 항목 아래 소개되고 있다.
8) 위의 책, 30쪽.
9) 위의 책, 9쪽.

라도 초기 북한이 지향하는 바를 잘 수용할 수 있는 새로운 유형의 문인들을 찾아내어 공식화하려는 과정을 상세하게 드러낸 것이다.

이때 이찬의 경우가 대표적이다. 1959년 『조선문학통사』에서 그의 프로시 활동은 전혀 기록되지 않았던 반면, 〈현대조선문학선집〉 11에서는 1930년대 프로시 활동을 인정받고 있으며 김일성의 지도를 받아 혁명가요를 쓴 카프문인으로 재조명 받게 된 것이다. 이처럼 1년 만에 '이찬'에 대한 서술의 급격한 변화가 보이는 것은, 사실 북한문학이 "1958~1959년의 부르주아 잔재와의 투쟁과정을 거쳐 공산주의 문학 건설이라는 슬로건 아래 1959년 항일혁명문학에 대한 강조가 한층 강화"10)되었기 때문이다. 특히 1959년 제2차 항일혁명 답사단이 구성되어 또 한 차례 답사가 진행되었던 것도 이와 무관하지 않다.

〈현대조선문학선집〉 11에서 이찬에 대한 서술을 살펴보면, 1930년대 '카프 사건으로 투옥'11)된 그의 경험에 관하여 큰 비중을 두어 서술하고 있다. 그의 옥중 경험을 두고 항일혁명에 대한 시 정신이 발현된 근간으로 파악하고 있는 것이다. 이처럼 이찬의 프로시 활동이 1년 만에 갑자기 북한문학사에서 인정을 받게 된 것은, 북한문학의 전통성을 지녔을 카프문인들이 ㉣김일성의 지도 아래 ㉤혁명가요를 창작하였다고 왜곡하기 위해서다. 이때 혁명가요가 ㉥조선 시가 발전에 중요한 역할을 하였다는 서술 또한 1959년과 달라진 '항일혁명문학'의 위상을 살필 수 있는 대목이며, 이러한 과정에서 1960년 갑작스레 이찬은 1930년대 카프문인으로 재평가 받게 되었다.

---

10) 김재용, 『북한 문학의 역사적 이해』, 문학과지성사, 155쪽.
11) 위의 책, 24쪽.

3. '친일문학' 활동의 은폐와 '프롤레타리아 국제주의' 문학

이찬의 친일문학 활동은 1942년 『조광』 6월호에 「어서 너의 키
-타를 들어」를 발표하면서 시작되었다. 이후 시 「병정」을 『신세
대』 1943년 6월에, 「송 출진학도」를 『매일신보』 1944년 1월 29
일자에, 「송 출진학도」를 『신세대』 1944년 2월호에, 일본어로 발
표한 「아이들 놀이」(『국민문학』, 1944년 2월호)와 「그나마 잘 죽어
서」(『동양지광』 3월호)를, 「잔사」를 1944년 10월 『동광』에, 희곡작
품으로 「세월」을 『조광』(1943년 6~8월호), 「보내는 사람들」을 『신시
대』(1944년 8월호)에 발표하였다.12)

해방 전까지 이찬은 북청으로 귀향하여 관납상회와 북청문화주
식회사에서의 인쇄업 및 양조장 등에서 일을 하면서 시를 쓰곤 하
였다. '별나라 사건'으로 감옥에 있을 때 이미 카프 해산 소식을
들었던 이찬은 더 이상 전망이 보이지 않던 프롤레타리아 운동에
좌절하였고, 출소 이후 가족들이 자신의 빈자리 때문에 생활고를
겪는 것을 직접 보며 장남으로의 책임감을 느끼면서 자기 비관이
깊어진 상태였다. 이 시기 이찬은 지금까지 추구해오던 프로시를
창작하지 않고 북방 정서가 담긴 시들을 주로 창작하였다.13) 그러
다 1943년 6월 『조광』지에 다음의 친일시를 발표한다.

---

12) 이찬의 친일문학에 관한 논의로는 김응교, 「이찬의 일본어 시와 친일시」(앞의 책, 103~
148쪽)를 참조.

13) 이찬의 변방의식과 북방정서에 관한 연구로는 김응교, 「주관적 감상주의와 변방의식」,
『1950년대 남북한 문학』, 평민사, 1991; 최두석, 「1930년대 후반의 낭만적 시경향」,
『시와 리얼리즘』, 창작과비평사, 1996; 김용직, 「국경의식과 계급시: 李燦」, 『한국현대
시인연구(上)』, 서울대학교출판부, 2000; 이동순, 「우리 시의 변방체험과 북국정서」, 『이
찬 시전집』, 소명출판, 2002 등에서 논의되었다.

戰勝의 깃발 나부끼는 다양한 하늘을 나의 날이 풍선처럼 부풀어 올라

놓아다오 놓아다오
내 진정 날고프노라 날고프노라

불타는 적도직하 무르녹는 야자수 그늘 올리브 코코아 바나나 파인
애플 훈훈한 향기에 쌓인

그것은 자바라도 좋다 하와이라도 좋다
그것은 호주라도 좋다 난인이라도 좋다
나는 장군도 싫노라 총독도 싫노라
나는 다만 지극히 너와 친할 수 있는 한 개 에트랑제-로 족하노니

깜둥이 나의 여인아
어서 너의 기타를 들어……

미친 듯 정열에 뛰는 손끝이여
우는 듯 웃는 듯 다감한 음률이여

들려다오 마음껏-해방된 네 종족의
참으로 참으로 기쁜 그 노래를
오 오래인 인고에 헝클어진 네 머리칼을 쓰다듬으며 쓰다듬으며
나도 아이처럼 즐거워보련다 이웃 잔칫날처럼 즐거워보련다
　　　　　　-「어서 너의 기-타를 들어」 전문(『조광』, 1942.6)

이 시가 발표된 『조광』지는 소위 '대동아공영권'을 주창하며 태

평양전쟁을 독려하고자 하는 목적으로 간행된 잡지였다. 이 무렵 『조광』지는 "只今 全國民의 感激속에서 南方共榮圈建設의 大事業은 着着進行되고 있다."14)는 1942년 4월호의 「서문」을 보면 이 잡지의 발간 목적이 분명하게 드러난다. 「너의 키-타를 들어」는 이러한 '남방공영권건설'을 표방하는 일제의 태평양전쟁 찬양을 목적으로 한 『조광』지 6월호 발표되었다. 이 작품의 4연에 등장한 지바·히외이·호주·인도네시아는 사실 일본의 초전 전승지역이었다. 따라서 이 시는 '대동아공영권'을 열망하는 이찬의 친일시적 찬양의식이 담겨 있다. 특히 '대동아공영권'을 결성하여 아시아에서 서양 세력을 몰아내야 한다는 일본의 슬로건 아래 광대한 지역의 정치적·경제적인 공존·공영을 도모하는 블록화야말로 '해방'의 길이라고 주장하게 된다. 이러한 찬양에는 『조광』 서문에 담긴 "新嘉坡를 爲始하여, 스마트라, 안다람島, 자바, 比律賓이 이미 陷落되었고, 코레히돌마저 皇軍의 掌中으로 드러올 것은 다만 時間問題로 남았으며 그들의 最後據點 濠洲가 또한 世界無比의 帝國航空家앞에 오직 戰慄에 싸여있다"15)는 전승 소식과 깊은 연관이 있음을 확인할 수 있다.

사실 이찬의 친일시 창작 배경에는 프롤레타리아 운동이 더 이상 사회변혁을 일으킬 수 없다는 좌절감에서 시작된 것으로 추측할 수 있다. 그 시기 일제의 탄압으로 프롤레타리아 운동을 할 수 없었던 이찬은, 대동아공영권을 추구하는 잘못된 국제주의로 그 열망을 대체하였던 것이다.

이찬의 친일문학 활동에 대해서는 남한에서 2002년 민족문학작

---

14) 「北方을 守護하자」, 『조광』, 1942년 4월호, 21쪽.
15) 위의 글, 21쪽.

가회의가 발표한 친일문학 작품 명단에 그의 시 7편과 희곡 2편을 포함한 바, 그의 친일 이력을 밝히려 노력 중에 있다.16) 그러나 북한문학사에서는 이찬에 대한 친일문학 활동에 대한 논의를 어디에서도 찾아볼 수 없다. 이것은 그들이 그의 친일문학 활동을 의도적으로 은폐하고 있음을 확인할 수 있는 대목이기도 하다.

해방 이후 이찬은 일제 치하 국제주의를 사칭한 국수주의로부터 벗어나 '프롤레타리아 국제주의'를 지향하였다. 이 시기 북한은 국가 형성 초기 '부르주아 민족주의'에 입각한 세계주의에 대응하고자 1949년 '프롤레타리아 국제주의'를 전면에 내세우기도 하였다. 해방 이후 북한은 소련을 비롯한 제반 민주주의 문화를 섭취하는 것에 대해 목소리 높여 강조하였는데, 이는 한 나라의 민족문화가 발전하려면 외국의 선진문화를 수용하는 문제는 매우 중요한 관건이었기 때문이었다. 따라서 국가 형성기였던 초기 북학은 기본적으로 소련을 중심으로 한 모든 국제적 민주주의 문화에 대해서 열린 입장을 고수하려 하였다. 그러므로 한 나라의 문화를 물신화시키는, 일제 치하 국수주의에 대해서 비판을 가하였다.17) 이러한 북한에서 이찬의 친일문학 이력은 인정할 수 없는 것이 되었으며, 스스로도 드러낼 수 없는 이력이 되었음이 분명하다.

이후 북한은 냉전 심화현상에 따라 미국을 비롯한 자본주의 진영의 문화를 퇴폐적인 것으로 일방적으로 몰아붙이기 시작하면서 아예 이전의 국제적 민주주의 문화에 대한 유연한 시각을 버리게 된다. 이분법적 사고 아래 미국을 거부하고 소련을 열렬히 지지하

---

16) 민족문학작가회의가 발표한 성명서 「모국어의 미래를 위한 참회: 친일문인 명단 및 친일문학 작품목 록을 발표하며」(2002.8.14)에 이찬은 전쟁동원과 내선일체를 잣대로 한 42명의 친일작가 명부에 이름이 올라 있다. 「친일문학 작품목록 최초공개」, 『실천문학』, 2002년 가을호, 참조.

17) 김재용, 앞의 책, 110쪽 참조.

게 된 것이다. 따라서 이찬이 지향하는 국제주의는 유연한 시각에서 비롯되기보다는 소련과의 연대의식을 열망하는 것으로 대체되었다.

> 몽몽한 초연 속에
> 컵은 마구 찧기고
> 텐트가 무너질 듯 광장을 울려 드는
> 붉은 군대와 군중의 호나호 소리여
>
> 우라 쏘베트 로씨야
> 우라 쏘베트 로씨야
> 조선 독립 만세!
> 근로 인민 해방 만세

−「축연」 부분(『리찬시전집』, 73~75쪽)

이 시는 북한에 진둔하는 소련군에 대해 쓴 시로, 소련군이 있음으로 민족해방과 계급해방이 가능해졌다는 식의 국제주의적 시각이 고스란히 드러나는 시이다. 특히 마지막 연에서 '조선 독립'과 '근로 인민 해방'을 가능케 할 것이란 믿음으로 소련군에게 '우라(만세라는 뜻)'라고 외치며 환영하는 대목은 그가 소련을 해방군으로 인식하고 있으며 소련을 적극 지지하여 사회주의 연대를 염원하고 있음을 보여주는 대목이기도 하다.

그러므로 1959년 출간된 『조선문학통사』에 이찬의 1930년대 프로시 활동에 대한 언급이 기록되지 않은 반면 1950년대 그가 창작한 친소 시편이 소개되고 있다는 점에 주목할 필요가 있다. 당시 북한에서 이찬의 국제주의적 시각이 중요하게 다뤄질 필요가 있었다는 의미로 해석된다. 따라서 이찬의 국제주의적 시각이 초기 북한문학의 모범적 형태로 간주되었던 것으로 판단할 수 있다. 이후 1년이 지나 1960년 출간된 『현대문학선집』을 살펴보면 이찬의 이력에는 의도적인 오류가 가해지고 있다. 영문학 전공자 이찬을 노문학 전공자로 기록한 것이다. 이찬의 친소 시편 게재나 노문학 정공자로의 이력 왜곡을 통해 결과적으로 북한은 초기 북한문학의 형성과정에서 경직된 냉전 논리에 입각하여 미·소 대립 구조를 강력하게 인식하며, 전적으로 소련을 지지하려는 국제주의를 초기 북한문학의 대표적 특징으로 내세우고 있음을 확인할 수 있다. 이후 이찬의 영문학 전공 기록은 현재까지 북한에서 은폐되고 있으며, 러시아 전공자라는 왜곡된 기록만이 남아 있다. 이러한 노문학 전공 기록은 당시 북한사회의 분위기를 잘 반영하고 있다.

이상에서 북한문학사가 이찬의 친일문학 활동 은폐와 전공 바꿔 기록하기, 그의 친소 시 부각 등의 왜곡으로 이루어져 있음을 확인했다. 특히 이찬은 그의 친일문학 활동에도 불구하고 그것을 은폐하고 북한문학사에서 조기천·김혁과 함께 '혁명시인'으로 칭송되고 있다. 이는 사실상 그가 1946년 4월 함흥시 만주회관에서 낭송한 「김일성 장군 찬가」와 직접적인 관련이 있음을 확인할 수 있다. 그는 「김일성 장군 찬가」 낭송 이후 김일성과 김정숙의 후광 아래 1947년 4월 25일 조선인민혁명군 창건 15주년 기념식장에서 '인문정권이 주는 첫 표창'을 수위하였다. 결국 이찬의 친일 시에 대한 비판적 평가는 북한문학사에서 은폐되고, 식민지 시기 발표했던 그의 시들은 김일성 주체사상의 혁명을 예고하는 작품으로 개작되었으며, 그는 북한문학사에서 '항일혁명시인'으로 평가를 받게 된다.[18]

4. 항일혁명문학으로의 왜곡과 수령형상문학으로의 부각

1967년 북한사회는 주체사상을 유일사상체계로 하는 전일화된 사회로 바뀌게 된다. 북한사회의 이러한 변화는 문학에서도 예외가 아니었다. 북한문학계에서도 유일사상체계가 자리를 잡았는데 항일혁명문학과 관련된 문제에 있어서 그것을 북한의 유일한 혁명적 문예 전통으로 평가하게 되었다는 점이다.[19]

앞서 논의한 바대로 1959년 『조선문학통사』에서 북한은 문예전통을 카프로만 인정하였고 당시 카프문인이었던 이찬은 배제되었다. 그의 프로시가 주류로 인정받지 못했기 때문이다. 이후 1960년 『현대문학선집』에서 이찬은 혁명시인으로 조명되었고, 그에 대한 문학사적 위상이 격상되었다. 이 시기 북한은 카프와 항일혁명문학이라는 두 개의 혁명적 문예 전통을 적용하고 있었다. 그러던 것이 1967년 이후 항일혁명만이 유일한 혁명적 문예전통으로 평가받기 시작하였고 때문에 이찬에 대한 평도 다음과 같이 변화한다. 유일사상 성립 이후 항일혁명문학의 중요성이 대두되면서 1967년 이후 출간된 『조선문학사』[20]나 『문학예술사전』,[21] 『문학대사전』[22] 등에서 이찬의 시들은 대거 항일혁명문학에 편입되어 논의되고 있으며 다음과 같이 비중 있게 다뤄졌다.

1920년대 말부터 시창작의 길에 들어서 처음부터 진보적인 시를 썼

---

18) 김응교, 앞의 책, 125쪽.
19) 김재용, 앞의 책, 209쪽.
20) 류만 외 3인, 『조선문학사(1926~1945)』, 과학·백과사전출판사, 1981.
21) 과학백과사전종합편집위원회, 『문학예술사전』(上), 1988.
22) 사회과학원, 『문학대사전』 2, 사회과학출판사, 2000.

다. 창작초기에 발표한 서정시들인 〈아침〉, 〈기계같던 사나이〉, 〈그대들을 보내고〉 등에서 당대사회의 불합리성을 폭로하고 투쟁의 길에 들어선 사람들을 찬양하였으며 새날이 오기를 바라는 사상적 지향을 표현하였다. 『카프』의 맹원으로 활동하다가 일제경찰에 체포되어 수년동안 서대문형무소에서 감옥생활을 하였다. 옥중에서 그는 위대한 김일성장군님에 대한 전설같은 이야기를 듣고 수령님에 대한 깊은 흠모의 마음을 간직하게 되었으며 출옥한 후에는 백두산부근에 가서 혁명의 총소리를 들으며 참된 노래를 지으려는 념원을 안고 혜산, 삼수 등지에서 주로 인쇄업에 종사하면서 시창작을 진행하였다.23)

북한에서 주체문학론 등장 이후 프로시의 지위와 역할이 변화한 것은, 혁명문학의 절대화에 따라 프로시가 과거 유산으로만 논의되어지고, 북한 시의 특질로는 이해받지 못한다는 증거이다. 그러므로 북한에서 이찬의 카프 활동과 그 시기 창작한 프로시들은 그것의 시적 수준과 상관없이 우수한 과거문학유산에 속하기도 한다. 이찬은 조선예술 영화촬영소에서 제작한 다부작 예술영화 〈민족과 운명〉의 시리즈 '카프작가 편'에서 주인공으로 등장하였으며 북한의 대표적인 카프문인으로 형상화되기도 하였다.

그러나 이찬이 1967년 이후에 더욱 북한에서 주목 받은 것은, 그의 시들 중 항일혁명문학으로 편입된 대표적 시로 일컬어지는 「국경의 밤」과 「눈내리는 보성의 밤」 때문이었다. 본래 이들 시는 항일혁명문학으로 처음부터 쓰인 시가 아니었다. 추후 김일성 항일투쟁화 과정을 형상화한 작품으로 개작되었고, 항일혁명문학으로서의 가치를 인정받게 된 것이다. 이는 『조선문학사』에서 두 시를

---

23) 『문학대사전』 2, 152쪽.

모두 항일혁명문학이라고 왜곡하여 평가한 것으로 파악할 수 있다.

10월 중순이언만 함박눈이 펑펑
보성의 밤은 한치 두치 적설속에 깊어만 간다
깊어가는 밤거리엔 누구냐 소리 잦아가고
압록강굽이치는 물결 귀가에 옮긴듯 우렁차다

강안에 착잡하는 경비등 경비등
그 속에 번쩍이는 삼엄한 총검
포대는 산벼랑에 숨죽은듯 엎드리고
그 기슭에 나룻배 몇척 언제나의 도강을 정비하고있다

오, 북만의 15도구 말없는 산천이여
어서 크낙한 네 비밀의 문을 열어라
여기 오다가다 깃들인 설음 많은 한 사나이
들어 목메던 그 빛 그 소리로 한껏 즐거워보려니
　　　　　　－「눈 내리는 보성의 밤」 전문(『리찬시전집』, 195쪽)

이 시기에 창작한 많은 시들 가운데서 주체 26(1937)년에 발표한 「국경의 밤」과 1938년에 발표한 「눈내리는 보성의 밤」에는 위대한 수령님께서 령도하시는 항일무장투쟁에 대한 열렬한 동경과 조국광복에 대한 확신이 암시적으로 노래되여있다.24)

---

24) 이찬의 항일무장투쟁에 관한 시편 소개 부분은 『문학예술사전(上)』과 『문학대사전 2』이 동일하다. 과학백과사전종합편집위원회, 앞의 책, 632쪽; 위의 책, 152쪽.

삼엄한 경비진과 견고한 포대에 둘러싸여 밤은 점점 깊어가나 원쑤들은 더욱더 커가는 공포심과 불안감으로 하여 잠못 이룬다. 시는 원쑤들의 이러한 당황망조한 몰골을 통하여 항일무장투쟁의 불패의 위력과 그에 대한 인민들의 확고한 믿음과 기대와 희망의 감정을 노래하고 있는 작품이다.[25]

북한에서 이러한 시들을 "수령의 위대함을 찬양한 시, 즉 자주 위업 수행에서 특출한 공헌을 하는 위대한 대상에 대한 열렬한 칭송의 문학"[26]이라고 하며 모두 송가로 규정되었다. 이러한 송가류에 강력한 의미가 부여된 것은 1967년 유일사상 성립 이후의 일이다. 1967년 전만해도 문학작품 속에 그려진 수령의 형상이 보여주는 수령의 지혜와 덕성은 수령 혼자의 것이 아니라 무수한 공산주의 혁명가의 우수한 특성을 종합한 것이었다. 그러나 유일사상 성립 이후 수령이 지닌 모든 덕성은 수령 내면에 간직된 고유한 천품으로 간주되며, 이는 수령형상의 성격이 단순한 전형 또는 대표단수가 아닌 북한문학의 유일한 주인공으로 격상되었음을 의미한다. [27] 다음의 이찬에 대한 『문학대사전』의 기술은 이러한 수령형상문학의 업적을 추앙하려는 목적을 총체적으로 평가한 것으로 파악할 수 있다.

리찬은 1974년 1월 4일 병으로 세상을 떠났다. 위대한 수령님께서는 1974년 1월 9일에 리찬 동무는 해방후 많은 일을 하였다고 높이 평가하여 주시고 뜨거운 온정을 베풀어주시었다. 위대한 령도자 김일

25) 『조선문학사』, 1981, 462~464쪽.
26) 천재규·정성무, 『조선문학사 14』, 사회과학출판사, 1996, 120쪽.
27) 오성호, 『북한시의 사적 전개과정』, 도서출판 경진, 2010, 132쪽.

성 동지께서는 불멸의 혁명 송가 〈김일성 장군의 노래〉를 비롯하여 사상예술적으로 우수한 시들을 많이 창작한 시인 리찬은 주체의 혁명위업수행에 크게 공헌하였다고 하시면서 그에게 〈혁명시인〉이라는 고귀한 칭호를 안겨주시고 그의 묘를 애국렬사릉에 안치하도록 해주셨을 뿐만 아니라 그의 시집을 출판하도록 크나큰 사랑과 배려를 돌려주시었다. 1982년에 40여년간 그가 창작한 시작품들 중에서 65편을 묶은 시집 『태양의 노래』가 출판되었다.[28)

이찬에게 '혁명시인'이라는 칭호를 수여한 북한문학사의 평가는 주체사상을 문학 기조로 삼았던 수령형상문학에 대한 절대적 인식을 담고 있다. 그의 시들이 주체사상과 수령형상문학으로의 창작 기법에 충실하게 대부분 개작되었으며, 이 시들을 대상으로 하고 있음을 주시할 수 있다. 이는 앞서 논의된 「눈내리는 보성의 밤」이나 「국경의 밤」에서 확약하게 드러난다.[29) 특히 「국경의 밤」은 1936년 시집 『대망』에 수록된 원작을 1958년에 개작하여, 1937년에 쓴 시로 바꾸어서 김일성의 '보천보 전투' 상황을 담고 있는 것으로 왜곡 평가하였다. 즉, 시적 화자의 확신에 찬 어조를 "위대한 수령님께서 조직 전개하신 항일무장투쟁에 의한 조국광복의 그날에 대한 당시 우리들이 확고한 신념을 반영하고 있는"[30) 작품으로 평가한 것이다. 북한의 이찬 시에 대한 이러한 문학사적 평가는 주체사상 이후 수령형상문학의 모본으로 삼기 위한 문학의 도

---

28)『문학대사전』 2, 앞의 책, 152쪽.
29) 이들 시의 개작에 대한 논의는 김응교, 앞의 책, 223~233쪽에 심도 있게 다루어져 있다. 김응교는 북한문학사가 항일투쟁문학사로 출발하는 당시의 시원을 알리는 프롤레타리아 문학운동의 작가로 이찬의 북방정서가 담긴 시들을 주목하게 된 것으로 보고 있다.
30) 김하명 외 3명, 『조선문학사』, 과학·백과사전출판사, 1981, 462쪽.

구화에 따른 왜곡의 시선을 담고 있다.

이러한 이찬의 혁명 송가나 김일성 수령형상문학에 대한 북한문학사적 평가는 「김일성장군의 노래」에 와서 절정을 이룬다. 그의 「김일성장군의 노래」31)는 1946년 『문화전선』 창간호에 게재된 「金將軍 노래」가 원본이었다. 그 후 이 작품은 1972년 『문화예술사전』에서 〈김일성장군의 노래〉 판본과, 2002년에 리찬 작사, 김원균 작곡의 〈김일성장군의 노래〉로 불리는 『조선예술』의 가사는 동일하게 불리고 있다. 이 〈김일성장군의 노래〉는 유일사상의 정치 체계가 완성된 후 혁명 송가로 수령형상문학의 새로운 단계로 진입했다는 평가를 받게 되었다. 이러한 문학사적 평기는 이찬의 문학에 대한 북한체제의 옹호에 의해 그의 위상이 격상되었음을 단적으로 보여준다. 그의 문학사적 평가 격상은 1946년 8월 북조선공산당과 조선신민당의 통합과 동시에 창당된 북조선로동당의 출범과 깊은 관계가 있다. 이는 이찬의 「金將軍의 노래」가 발표된 약 한 달 후였다.

장백산 줄기줄기 피어린 자욱
압록강 굽이굽이 피어린 자욱
오늘도 자유조선 꽃다발 우에
역력히 비쳐주는 거룩한 자욱

---

31) 〈김일성장군의 노래〉의 창작은 북한에서는 김정숙의 심혈의 노고로 인해 창작된 것으로 되어 있다. 다음의 글에서 이를 확인할 수 있다. "항일의 녀성영웅 김정숙동지께서는 김책동지의 말을 긍정해주 시며 인민의 념원담아 우리 장군님에 대한 노래를 어서 빨리 짓자고 말씀하시었다. (…중략…) 어느날 시인을 만나주신 김정숙동지께서는 시인이 쓴 가사를 여러번 주의깊게 읽어보시었다."(천명길, 「시인의 뜨거운 인사」, 『조선문학』, 2007년 11호, 13쪽)

아－아－그 이름도 그리운 우리의 장군
아－아－그 이름도 빛나는 김일성 장군

만주벌 눈바람아 이야기하라
밀림의 긴긴밤아 이야기하라
만고의 빨찌산이 누구인가를
절세의 애국자가 누구인가를

아－아－그 이름도 그리운 우리의 장군
아－아－그 이름도 빛나는 김일성 장군

－리찬 사, 김원균 곡, 〈김일성장군의 노래〉

　북한 체제의 출범과 함께 김일성 우상화의 신호탄으로 수록된
이 작품은 체제옹호의 기치를 담고 표방되었다고 볼 수 있다. 그
러나 이 노래에 대한 북한문학사의 초기 평가와 달리 1959년『조
선문학통사 下』에 와서 "위대한 수령 김일성동지의 영광찬란한 혁
명력사"를 형상화한 작품으로 칭송되기에 이른다.
　〈김일성장군의 노래〉에 대한 북한문학사적 평가는 1978년에
와서 "주체사상내용의 거대한 의의와 높은 사상예술성"을 담고 있
는 노래로 평가 되고, 1994년에는 "해방후 수령형상문학의 새로
운 단계를 열었다"는 큰 의의를 담고 있는 것으로 서술된다.

　해방후 우리 시문학의 첫장을 위대한 수령님에 대한 끓어넘치는 흠
모와 충성의 마음으로 빛나게 장식한 영생불멸의 혁명송가『김일성장
군의 노래』(1946)는 그 대표적인 작품이다. (…중략…)『김일성장군의
노래』는주체사상적 내용의 거대한 의의와 높은 사상예술성으로 하여

우리 인민들을 경애하는 수령님에 대한 끝없는 충실성으로 교양하며 주체의 혁명위업의 완성을 위한 투쟁에로 불러일으키는 혁명의 노래, 투쟁의 노래로 힘있게 불리워지고 있다.32)

혁명송가『김일성장군의 노래』는 심오한 사상성과 높은 형상성, 평이성과 통속성을 가지고 있는 것으로 하여 혁명송가의 빛나는 모범으로 되고 있다. 〈김일성장군의 노래〉는 위대한 수령님에 대한 전인민적인 칭송의 감정을 품위있게 노래한 혁명송가로서 해방후 수령형상문학의 새로운 단계를 열어놓았다는데 그 커다란 의의가 있다.33)

이러한 북한문학사의 평가는 이찬의 문학사적 의의를 총체적으로 서술하면서 수령형상문학의 전범이 되는 작품으로 〈김일성장군의 노래〉를 칭송하고 있는 셈이다. 이는 유일체제의 정치성을 최고의 문학 덕목으로 내세우고 있는 북한의 문학사적 인식을 단적으로 표방하고 있다고 하겠다. 그것은 〈김일성장군의 노래〉가 '불멸의 혁명송가'로 '세계 수억만 인민들의 흠모와 존경의 노래'로 1978년『조선문학사』판본으로 확장되어 발간된 것에서도 확인된다.34)

---

32) 박종원·류만,『조선문학개관(2)』, 사회과학출판사, 1986, 105~106쪽.
33) 오정애·리용서,『조선문학사(10)』, 사회과학출판사, 1994, 59~60쪽.
34) 〈김일성장군의 노래〉의 개작과정에 관한 연구로는 남원진의 연구에서 깊이 있게 다루어졌다. 남원진은 〈김일성장군의 노래〉는 해방 전 김혁의 〈조국의 별〉이 해방 후의 이찬의 〈김일성장군의 노래〉로 확장되어 역사적 사실과 허구가 합쳐져 발견된 것으로 분석하였다(남원진,「리찬의 〈김일성장군의 노래〉의 '개작'과 '발견'의 과정 연구」,『한국문예비평연구』 제32집, 2010, 148~149쪽).

5. 북한문학사가 시인 이찬을 소화한 방식

이찬 시문학에 대한 북한의 문학사적 평가의 시기적 변천과정을
살펴보았다. 이찬의 '프로시 – 친일시 – 혁명시' 등으로의 시적 변
모에 대한 북한문학사의 인식은 초기의 북한의 문학사 서술에서부
터 유일사상 성립 이후 즉 주체문학사적 통합으로의 사적 변화에
따라 평가의 시각이 극단적으로 바뀌었음을 확인할 수 있었다.
1959년의 북한 초기의 문학사인『조선문학통사』의 평가에서 그
는 일제 치하 프로시 활동에 대한 언급이 기록되지 않았을 정도로
북한에서 이찬의 프로시는 시적 가치를 높게 평가 받지 못했으며
주류 시인에 속하지 않았다. 특히『조선문학통사』의 프로시에 대
한 사회주의 리얼리즘 인식에 입각한 계급투쟁 문학과 카프 중심
의 프로문학에 대한 문학적 찬양이 주를 이루고 있을 때에도 카프
문인이었던 그의 프로시에 대한 문학적 서술은 없고, 대신에 오히
려 그의 1950년대 친소 경향의 시들과『리찬 시선집』출간에 대
한 단평적 언급이 대신 기록되어 있을 뿐이다. 그러나 1년 후 1960
년에 출간된 〈현대조선문학선집〉 11에서 이찬은 1930년대 활동
시인 중 하나로 재평가 되어 소개되었고, 1959년 불과 1년 만에
달라진 '항일혁명문학'의 위상으로 인해 갑작스레 이찬은 1930년
대 카프문인으로 재평가 받게 되기도 한다.

그러나 1960년대 이르러 그는 항일혁명문학으로 재평가되면서
항일혁명시 정신에 투철한 혁명시인으로 인식되기 시작한다. 특히
초기의 문학사에서 그를 주류시인에서 배제한 것에 비해 1967년
이후 출간된『조선문학사』나『문학예술사전』,『문학대사전』등에
서 유일사상 성립 이후 항일혁명문학이 주창됨과 동시에 이찬의
시들은 개작을 통해 왜곡되기 시작하며 이것이 항일혁명문학의 전

통으로 재평가되며 비중 있는 북한의 시인으로 다뤄지게 되었다.

이후 그의 시에 대하여 북한문학사는 〈金將軍의 노래/김일성장군의 노래〉를 등에서 수령형상문학의 새로운 단계를 열었다고 평가한다. 이는 그의 시들이 북한의 '체제문학'이라는 북한문학의 공식 담론인 통치체제와 이념을 보다 충실하게 반영하였다고 인식한 것이다. 언제까지나 북한문학은 그만큼 정치적 상황에 민감할 수밖에 없으며, 북한문학사의 기술체계의 변화는 북한사회가 규정하는 통치문학의 이념과 기능을 수용하는 공식적 담론이라고 볼 수 있다. 따라서 1970년대 이후 북한문학사에서 '이찬'의 문학 활동은 그들의 문학 이념과 체제 수호의 의도에 맞추어 격상되었을 뿐이다. 이는 정치적 변화에 따라 그의 문학 활동을 수령형상문학으로서의 체제 문학으로 옹위하는 정치수호의 문학사적 인식에 따른 것으로 확인된다. 이로써 북한문학사는 작가가 창작한 작품에 대한 문학적 의미 파악이나 질적 가치 평가보다 왜곡과 은폐의 방식을 활용한 공식적 담론 및 문학적 전통 구축에 대한 급급함을 드러내고 있다.

참고문헌

1. 기본 자료

이 찬, 『대망(待望)』, 풍림사, 1937.

_____, 『분향(焚香)』, 한성도서주식회사, 1938.

_____, 『망양(茫洋)』, 대동출판사, 1940.

_____, 이동순·박승희 편, 『이찬 詩 전집』, 소명출판, 2003.

_____, 『이찬 시선집』, 조선작가동맹출판부, 1958.

_____, 『태양의 노래』, 문예출판사, 1982.

2. 국내 자료

김재용, 『북한 문학의 역사적 이해』, 문학과지성사, 1994.

김응교, 『사회적 상상력과 한국시』, 소명출판, 2002.

_____, 『이찬과 한국 근대문학』, 소명출판, 2007.

남원진, 「리찬의 「김일성장군의 노래」의 개작과 발견의 과정 연구」, 『한국문예비평연구』 32, 한국현대문예비평학회, 2010년도.

박승희, 「이찬의 북한 시와 남북한 문학의 단절」, 『배달말』 30, 배달말학회, 2002년도.

유성호, 「문학·문화: 이찬 시의 낭만성과 비극성」, 『비교문화연구』 19, 경희대학교 비교문화연구소, 2010년도.

최현식, 「북한문학에서 프로시의 위상과 가치」, 『한국근대문학연구』 21, 한국근대문학회, 2010년도.

최성침, 「이찬론(李燦論)」, 『동악어문논집』 21, 동악어문학회, 1992년도.

3. 북한 자료

사회과학원 주체문학연구소 편, 『문학예술사전』, 과학백과사전종합출판사, 1998.

사회과학원 편, 『문학대사전·1(ㄱ~ㄷ)』, 사회과학원출판사, 2000.

───── 편, 『문학대사전·2(ㄹ~ㅂ)』, 사회과학원출판사, 2000.

김정일, 『주체문학론』, 조선로동당출판사, 1992.

김일성, 『김일성저작집·2』, 조선로동당출판사, 1979.

────, 『김일성저작집·3』, 조선로동당출판사, 1979.

────, 『김일성저작집·5』, 조선로동당출판사, 1980.

────, 『김일성저작집·6』, 조선로동당출판사, 1980.

────, 『김일성저작집·10』, 조선로동당출판사, 1980.

────, 『김일성저작집·15』, 조선로동당출판사, 1981.

북한미술의 기원

: 카프미술, 항일혁명미술, 그리고 조선화

홍지석

1. 기원 찾기, 또는 기원 만들기

해방 후 북한에서는 북한식 문학예술의 기원 – 정통성을 찾는
작업이 활발히 진행됐다. 이는 북한 체제에 부합하는 새로운 문예
사 서술의 기초 작업이었을 뿐만 아니라, 체제가 원하는 문학예술
의 전형을 제시하기 위한 선결 작업이기도 했다. 그 과정에서 문
제가 된 것이 카프와 항일혁명문학예술이다. 해방 후 북한에서는
카프와 항일혁명 문학예술 양자 가운데 어느 쪽을 가장 중심적인
문예사 전통으로 내세울 것인가가 첨예한 문제로 대두됐다. 우리
학계에서 이 문제는 김재용·김성수 등 문학사가들에 의해 구체적
으로 검토된 바 있다. 이들은 북한문학 담론의 역사적 변천에서
'카프전통론에서 항일혁명문학예술전통론으로의 변모'를 발견했
다.[1] 예컨대 김성수에 따르면 1940년대 후반에서 1950년대 북한

에서는 카프를 중심으로 한 프롤레타리아 문학예술이 문예사의 가장 중심적인 전통으로 평가됐지만 1950년대 후반부터 항일혁명 문학예술에 대한 발굴, 담론화 작업이 시작됐고 1967년 이른바 주체사상의 유일체계가 확립되면서 항일혁명 문학예술이 유일전통으로 굳어졌다. 1990년대 부분적으로 카프가 복권되었지만 그것은 어디까지나 제한적인 복권으로 전면적 복권과는 거리가 먼 것이다.[2]

김재용과 김성수의 논의는 북한의 주요 관련 문헌에 대한 철저한 검토에 기초한 것으로 상당한 설득력을 지닌다. 그것을 문학이외의 다른 영역에 적용하면 어떨까? 이 글은 이러한 문제의식에서 출발한다. 구체적으로 이 글에서는 북한 미술 분야에서 전개된 기원-전통성 찾기 작업을 검토해 보고자 한다.[3] 그 과정에서 문학사가들이 관찰한 담론의 역사적 전개가 전체 북한문예사 차원에서 검증·보완될 수 있을 것이다. 하지만 미술에는 문학과는 다른 특별한 사정이 존재한다는 점을 염두에 두어야 한다. 문학과는 달리 카프(프로) 미술가들, 또는 이른바 항일혁명미술가들은 미술사 서술에서 각별히 부각될 뛰어난 작품을 거의 남기지 않았다. 남아 있는 카프 관련, 항일혁명 미술작품들은 극히 드물고 그마저도 조

---

1) 이에 대해서는 다음 문헌들을 참조. 김재용, 『북한문학의 역사적 이해』, 문학과지성사, 1994; 김재용, 「남북의 근대문학사 서술과 프로문학의 평가」, 『민족문화연구』 제33호, 2000; 김성수, 「프로문학과 북한문학의 기원」, 『민족문학사연구』 제21호, 2002.

2) 김성수, 「수령문학의 문학사적 위상」, 『북한의 문화정전 총서 '불멸의 력사'를 읽는다』, 소명출판, 2009, 330~341쪽 참조.

3) 우리 미술계에서 이 문제를 본격적으로 검토한 글은 아직 없다. 이구열이 자신의 저서에서 주체미술의 시원으로서 항일혁명미술을 언급하기는 하지만 여기서 그는 북한 논저들을 단순 인용하는 데 그치고 있다. 따라서 이구열의 논의는 다음과 같은 사실을 지적하는 데서 그치고 있다. "북한에서 항일혁명미술의 실상을 정리하고 그것을 김일성이 창시한 주체미술의 시원으로 삼아 역사적 정의와 체계를 확립한 것은 1960년대 후반 무렵으로 파악된다."(이구열, 『북한미술 50년』, 돌베게, 2001, 213쪽)

악한 삽화들에 불과하다. 따라서 카프미술과 항일혁명미술은 이념 또는 내용수준에서는 북한미술의 기원 내지는 시원으로 평가, 규정될 수 있을지 모르지만 형식면에서 현실적으로 창작의 원천, 규범이 되기 어렵다. 이러한 사정 때문에 북한 미술 담론에서 전개된 기원-정통성 찾기 작업은 보다 복잡한 양상을 띠게 된다.

이런 관점에서 우리는 1966년 10월에 발표된 김일성 교시 〈우리의 미술을 민족적 형식에 사회주의 내용을 담은 혁명적인 미술로 발전시키자〉에 주목할 필요가 있다. 이 교시는 그 명칭에서 드러나듯 내용과 형식을 구별하고 있다. 이렇게 내용과 형식을 구별할 경우 내용의 전통과 형식의 전통을 차별화하여 다룰 수 있게 된다. 실제로 그런 일이 발생했다. 같은 교시에서 김일성은 "조선화를 토대로 하여 우리의 미술을 더욱 발전시켜나가자"는 원칙을 천명했던 것이다. 본문에서 구체적으로 다룰 것이지만 같은 시기에 항일혁명미술이 북한미술의 기원으로 확고하게 정립됐다는 점을 감안하면 "조선화를 토대로 하여 우리의 미술을 더욱 발전시켜나가자"는 주장은 좀 더 다층적으로 검토될 필요가 있다. 왜 '항일혁명미술을 토대로 하여'가 아니라 '조선화를 토대로 하여'인가. 즉 우리는 북한미술의 기원이라는 문제를 카프미술과 항일혁명미술을 둘러싼 이념 수준(사회주의적 내용)과 조선화를 둘러싼 형식(민족적 형식) 수준이라는 두 가지 수준에서 검토해야 한다. 이하에서 이 문제를 구체적으로 다루게 될 것이다. 먼저 카프미술과 항일혁명미술의 문제를 살펴보기로 하자.

2. 북한에서 카프미술의 위상 변화

북한문학의 기원에 관한 우리 문학사가들의 서술, 곧 1940년대 후반에서 1950년대에 북한에서는 카프를 중심으로 한 프롤레타리아 문학예술이 가장 중심적인 전통으로 평가됐지만 1960년대 후반 유일체계가 확립되면서 항일혁명 문학예술이 유일전통으로 굳어졌다는 서술은 미술분야에도 거의 그대로 적용된다. 먼저 1950년대 북한미술에서 카프미술의 위상을 검토해 보기로 하자. 이 경우 북한 조선미술가동맹 중앙위원회 기관지 『조선미술』 1957년 5호에 개재된 카프 특집을 살펴보는 것이 유용하다.4) 이 특집에는 모두 9편의 글이 실려 있는데 그 필자들은 정관철·강호·한설야·박팔양·리국전·문석오·박세영·박승구·선우담이다.5) 여기서 그들은 공통적으로 카프의 프로 미술을 북한미술의 기원으로 상정하고 그럼으로써 북한미술의 정통성을 확보하고자 한다. 이를 잘 보여주는 것이 정관철의 다음과 같은 서술이다.

카프는 일제를 반대하여 투쟁하는 선진적인 작가, 예술가들의 단체였다. 우리나라에 있어서 사회주의 레알리즘에 의거하면서 창작 사업을 진행하기 시작하였던 것은 바로 카프에 소속한 조각가 김복진, 그라휘

---

4) 아직까지 남한 학계에서 이 글들에 대한 본격적인 검토는 행해지지 않았다. 다만 최열이 쓴 일련의 논저에 이 글들이 인용되고 있는데 이조차도 특히 김복진과 관련하여 사실 관계를 확인하기 위한 소극적 검토에 그치고 있다. 최열, 『한국근대미술비평사』, 열화당, 2001, 96쪽과 104~106쪽.

5) 이 가운데 강호·한설야·박팔양·박세영 등은 카프의 핵심 맹원으로 1950년대 후반 북한 문학예술을 주도했던 작가들이다. 정관철·리국전·문석오·박승구·선우담 등은 카프 출신은 아니지만 당시 북한 미술계의 각 분야에서 권력의 정점에 있던 작가들이다. 예컨대 정관철은 당시 북조선미술가동맹 위원장(1949~1983)이었고 그 전에 북조선미술가동맹 위원장을 역임했던(1946~1948) 선우담은 조선미술박물관 관장이었으며, 박승구는 조선미술가동맹 공예분과 위원장(1958~1975)으로 있었다.

크화가이며 무대미술가인 정하보, 강호, 김일영, 윤상렬, 추민, 리상춘을 비롯한 미술가들이었다. (…중략…) 이와 같이 1920년대에 싹튼 조선의 사회주의 사실주의 미술은 진실로 10월혁명의 산아인 위대한 쏘련 군대의 결정적 역할에 의하여 조국이 해방된 후 조선 인민의 지도적 향도적 력량인 조선 로동당의 정확한 령도 하에 민족 미술 유산의 사실주의적 전통을 계승하여 쏘련을 위시한 세계 선진적 창작 경험들을 저극 섭취함으로써 가일층 확고하게 되였으며 새로운 발전 단계로 들어섰다.6) (밑줄은 인용자)

그렇다면 이렇듯 북한미술의 기원으로 상정된 카프 미술은 당시 어떤 방식, 어떤 형태로 복원됐을까? 그 내용을 좀 더 구체적으로 살펴보기로 하자. 중요한 선행 작업은 조선공산당 당원으로서 카프 설립에 주도적 역할을 담당했던 김복진의 위상을 끌어올리는 일이다. 그는 카프 설립의 결정적인 계기가 된 염군사와 파스큘라의 통합에 주도적인 역할을 담당하였을 뿐만 아니라 1927년에는 카프의 방향전환과 아나키스트들을 배제한 조직개편을 주도했고 「裸型宣言 초안」(『조선지광』, 1927.5)을 발표하여 카프미술의 이론적 토대를 제공했던 논자다. 1957년 『조선미술』의 카프특집이 김복진의 역할을 부각시키는 것은 그가 주도한 1927년 카프의 제1차 방향 전환에서 사회주의 리얼리즘의 개화를 찾고자 했던 1950년대 북한 예술계의 시각7)이 반영된 것으로 보인다. 가령 정관철은 김복진에 대하여 "카프의 지도자 중 한사람이며 조각가로서 조

---

6) 정관철, 「위대한 10월 혁명과 우리나라 사실주의 미술의 발전」, 『조선미술』 5호, 1957. 5, 5쪽.
7) 이에 대해서는 다음 글을 참조. 김재용, 「북한의 프로문학 연구비판」, 『북한문학의 역사적 이해』, 문학과지성사, 1994.

각 창작에서 모범을 보여 주었을 뿐 아니라 평론사업에서도 훌륭한 업적을 남기였으며 많은 후진미술가들을 육성하여 우리나라 사실주의 미술의 전통을 수립함에 있어 훌륭히 공헌하였다"8)고 평하며, 박팔양은 그를 한설야, 이기영과 더불어 카프조직가 중 한사람이었으며 (1925년에 조직된) 조선공산당 당원으로서 조선 프로레타리아 예술운동 ― 특히 그 미술 운동의 선구자였다고 높이 평하며 "그 때도 그는 나보다 사상적으로 앞서 나가고 있었고 나는 변함없이 그를 존경하면서 그에게 배우려고 노력했다"고 증언하고 있다.9) 또한 박세영은 계급투쟁의 무기로서의 미술을 주창했던 김복진의 활동을 "검은 구름을 뚫고 비쳐오는 단 하나의 별"로 극찬하며 "조각가 김복진은 반드시 오늘에도 조선미술사의 찬란한 한 페지를 자랑스럽게 차지하리라고 확신한다"고 단언하고 있다.10)

이에 관하여 특히 한설야의 발언은 주목을 요하는데 그는 1927년 봄 카프의 사정에 대하여 송영·이적효·김영팔 등은 교원활동, 직업 활동으로 카프에서 멀어져 있었고 기회주의자 박영희·김기진은 밖으로 빙빙 돌고 있었으며, 최서해 등은 밥벌이에 연연하고 있었다고 주장하며 카프에 잠입한 아나키스트들이 카프를 내부로부터 변질 내지는 와해시키려고 책동하고 있었다고 회고한다. 그 어려움의 시기에 그는 김복진을 처음 보았고 그와 함께 갖은 고난을 겪어가며 카프의 신강령 초안을 작성하였다는 것이다.11)

그러니까 1957년 『조선미술』의 카프특집은 1927년의 카프 제

---

8) 정관철, 앞의 글, 5쪽.

9) 박팔양, 「프로레타리아 미술운동의 선구자 김복진 동지 회상」, 『조선미술』 5호, 1957.5, 16~17쪽.

10) 박세영, 「내가 본 조각가 김복진 선생」, 『조선미술』 5호, 1957.5, 21~22쪽.

11) 한설야, 「카프와 김복진」, 『조선미술』 5호, 1957.5, 13쪽.

1차 방향전환에서 카프의 의의를 찾는다는 점에서 공통적이다. 이에 따라 그 이전 카프 미술의 활동의 의의는 김복진 개인의 자각과 작품 활동에 국한된다. 여기서 (문학분야에서 박영희·김기진이 배제된 것과 마찬가지로) 김복진과 더불어 카프 결성에 가담했던 안석주(안석영)의 카프 관련 미술활동은 철저히 배제된다.12) 이는 훗날 창씨개명 등 안석주의 친일활동과 무관치 않은 것으로 보이는데 사실 그는 그 이전, 즉 김복진 투옥(1929년 7월) 후 단행된 1930년의 제2차 방향전환에서 카프에서 제명됐다. 한편 1957년 『조선미술』에 실린 글들은 카프 미술부와 관련된 임화의 활동도 논의에서 배제한다. 실제로 임화는 1927년 당시 아나키스트 김화산·김용준 등과의 논쟁을 펼치며13) 카프 제1차 방향 전환 당시 활약했을 뿐 아니라 1930년 카프 내 미술부가 신설되자 이에 꾸준히 결합하여 많은 활동을 담당했다.14) 하지만 1957년에는 이미 임화의 숙청이 완료된 때로 논의에서 배제할 수밖에 없었던 것이다.

　1957년 『조선미술』 카프 특집 가운데 강호의 글 「카프 미술부의 조직과 활동」은 위에서 언급한 전반적인 방향을 압축, 요약하고 있을 뿐 아니라 카프 미술활동을 구체적으로 회고하고 있어 가장 중요한 글이다. 먼저 그는 김복진의 초기 카프 활동에 대해서 "카프 미술은 카프 창건자의 한사람인 조각계의 선구자 김복진 동무가 자기의 창작 사업을 통하여 부르죠아 미술의 반동적 이데오

---

12) 안석주의 카프 미술 활동에 대해서는 박영택, 「식민지시대 사회주의 미술운동의 성과와 한계」, 『근대한국미술논총』, 학고재, 1992; 기혜경, 「1920년대의 미술과 문학의 교류 연구: 카프 형성과정을 중심으로」, 『한국근대미술사학』, 2009, 9쪽 참조.

13) 이에 대해서는 최열, 「임화의 미술운동론」, 『한국근대미술비평사』, 열화당, 2001 참조.

14) 1931년 3월 조선프롤레타리아예술단체협의회 안의 통과 준비과정에서 임화는 강호와 더불어 단체 협의회 파견 중앙위원에 내정되었으며, 1932년 5월 16일 임시총회 중앙집행위원회에서 미술동맹 중앙위원으로 카프 신임 중앙위원에 진입하기도 했다. 최열, 『한국현대미술운동사』, 돌베게, 1991, 61쪽.

로기와의 투쟁을 전개하면서 현실을 사회주의적 리상과 맑스－레닌주의적 미학의 견지에서 사실주의적으로 묘사하게 된 그 때부터 시작되었다"고 하면서도 이 최초 시기 카프 미술이 조각 한 부분의 창작에 국한되었다는 점에서, 그리고 프롤레타리아 미술운동으로 실질적으로 전개되지 못했고 인민 대중 속에 깊이 침투하지 못했다는 점에서 한계를 갖는다고 주장한다.[15] 그가 보기에 카프 미술의 본격적인 발전과 활동은 1927년 말기 카프 재조직과 더불어 카프 영화부에서 일하던 자신과 반역자 임화가 카프 미술에 가담하고 뒤이어 이주홍·이정태·추민·이갑기·이상춘·정하보·박진명 기타 동무들이 미술가로써 활동하게 되면서부터 시작됐다.[16] 이 시기 카프 미술부의 활동을 그는 다음과 같이 두 가지로 요약한다.[17]

이상춘, <질소비료공장>, 1932

이갑기, <파업>
(新段階 1권 5호, 1933)

---

15) 강호, 「카프 미술부의 조직과 활동」, 『조선미술』 5호, 1957.5, 10쪽.
16) 앞의 글, 10쪽.
17) 앞의 글, 10~11쪽.

1) 평양 고무 공장 파업을 비롯하여 여러 파업 투쟁에 파견되어 삐라, 포스타, 만화 등으로 노동자 투쟁에 직접 참가하거나 만화, 속사화 등으로 노동자의 계급 교양에 종사한 경우. 이주홍, 정하보, 박진명 등의 활동이 여기에 해당한다.

2) 카프 기관지와 카프의 영향 하에 있던 진보적 월간잡지들의 표지 장정, 삽화, 만화, 선전 포스타, 카프 작가들의 단행본 표지 등에서 전개된 활동.[18] 여기에는 이갑기, 이주홍, 강호의 활동이 해당한다.

1930년대 이후의 카프 미술에서 강호는 특히 무대미술의 의의를 강조한다. 1930년 대구 〈가두극장〉(이상춘), 1931년과 1932년 서울 〈이동식 소형극장〉과 〈메가폰〉(추민), 1932년 평양 〈명일 극장〉과 1934년 〈신예술좌〉(이석진)가 그것이려니와 1932년 카프 직속극단으로 조직된 〈신·건설〉의 무대미술은 이상춘·추민·강호 등 이 시기 카프 무대미술의 역량이 집결된 것이다.[19] 또한 카프 미술부의 활동 가운데 중요한 것이 학생극 운동 및 소년극의 무대 미술에의 참여다. 가령 송영·박세영 등이 지도하던 〈앵봉회〉의 소년극이 그렇다.[20]

물론 강호에 의하면 카프 미술가들이 전람회 사업을 등한시한 것은 아니다. 하지만 일제의 탄압이 너무나 격심하여 전람회 사업은 활발하게 행해지지 못했다. 여기에 조선화의 경우 한 사람의 작

---

18) 카프 기관지 『예술운동』과 『집단』, 그리고 소년 잡지 『별나라』와 『신소년』, 이러한 활동에 대해서는 특히 이순욱, 「카프의 매체 투쟁과 프롤레타리아 동요집 『불별』」, 『한국문학논총』 제37집, 2004. 특히 III장 3절, 〈그림의 사실성과 선전성〉 참조.

19) 강호, 앞의 글, 11쪽.

20) 앞의 글, 11쪽.

가도 부내에 없었고 유화의 경우 밥을 굶으면서 있던 카프 미술가들에게 막대한 자금 부담으로 엄두도 못 낼 일이었다는 사정이 보태졌다.[21] 따라서 전람회는 '포스타, 만화, 삽화' 등 이른바 '그라휘크' 중심으로 진행될 수밖에 없었다. 하지만 그마저도 여러 사정으로 번번이 실패하곤 했다. 그런 의미에서 강호는 1931년 정하보의 주도로 진행된 수원 전시의 성공에 각별한 의의를 부여한다. 당시 일본 피피(일본 프롤레타리아 미술동맹)에서 일하던 정하보는 야베 도모에, 하시모도 야오지 등 일본 작가들이 그린 50호 이상의 대작 30점을 가져왔는데 카프 수원지부의 박승극 등의 활약으로 수원에서 전시가 개최되기에 이르렀다(수원경찰서는 시골 경찰서라 미술전시라는 말에 특별한 주의 없이 허가했다는 것). 일본 작가와 카프 작가들의 작품을 소개한 전시는 3일 만에 중지되고 주도자인 박승극·정하보 등이 구속되기는 했으나 이 전시는 ① 전람회 조직 문제에 있어서의 승리, ② 수천 명 관람자에게 준 정치적 영향, ③〈프롤레타리아 미술 전람회〉 자체가 갖는 선전적 가치 면 등 모든 면에서 카프 미술의 중요한 성과라는 게 강호의 평가다.[22]

그리고 1935년 카프활동이 종결됐다. 물론 1936년에도 출옥한 추민·강호·김일영 등이 〈광고미술사〉라는 간판을 내걸고 무대미술·포스터·만화 등의 활동을 계속했으나 이들의 재투옥으로 이 사업은 자연 해소되고 말았다. 이러한 정리를 끝내고 강호는 카프 미술 활동의 의의를 다음과 같이 서술한다.

---

21) 앞의 글, 11쪽.

22) 강호, 앞의 글, 12쪽. 이외에 강호는 송영·박세영 주도의 『별나라』를 주최자로 내세워 이 잡지에 실린 삽화, 만화 등을 경성일보사 2층에 전시한 〈전국 무산아동 작품 전람회〉를 또 다른 카프 전람회 사업의 성과로 내세운다.

카프 미술부는 당시 일부 미술가들이 진보적 경향을 소유하고 있었음에도 불구하고 그들을 포섭하여 자기 주위에 조직적으로 묶어 세우는 사업을 약하게 진행한 결함이 있기는 했으나 해방 전 혁명적 미술의 눈부신 활동은 그 어느 것을 막론하고 카프미술가들의 전투적 투쟁 자최로 되지 않은 것이 없으며 <u>카프 미술가들의 창작적 성과는 미술에 있어 사회주의 사실주의적 창작 방법의 길을 명백하게 열어 놓았다. 카프 미술의 혁명적 전통은 해방후 공화국 북반부의 미술에 계승되어</u> 조선로동당의 올바른 문예정책 밑에서 찬란한 개화 발전의 길을 걸어가고 있다.[23] (밑줄은 인용자)

이러한 강호의 평가는 카프미술에서 북한미술의 근원과 정통성을 찾고자 했던 1950년대 북한 문예계의 일반적 경향을 반영하면서 임화·김남천 숙청 이후에도 카프의 높은 위상이 유지되기를 원했던 카프 옛 구성원들(한설야·박팔양·박세영·강호 등)의 기대를 나타낸다. 이러한 기대는 부분적으로는 충족됐지만 또 부분적으로는 충족되지 못했다. 먼저 이 집필자들의 부침을 살펴볼 때 그렇다. 가령 한설야는 1962년 숙청되었으나 강호는 1984년에 숨질 때까지 북한 무대미술 분야의 독보적인 존재로 활약했다. 카프 미술 역시 지워지지는 않았으나 그 위상은 1960년대 이른바 항일혁명미술이 대두되면서 현저히 약화됐다. 그 극단적인 사례로 1987년 조선미술가동맹중앙위원회에서 펴낸 『조선미술사』 1권을 살펴보자. 원시시대부터 20세기 전반기 미술까지를 다룬 이 저서에서 저자들은 마지막 7장을 ① 국내 진보적 미술과 ② 항일혁명미술로 나누어 고찰하고 있다. 카프 미술은 ① 국내 진보적 미술에서 다뤄지고 있다.

---

23) 앞의 글, 12쪽.

하지만 여기서 카프 미술은 극히 간략히 소개되는데 그치고 있으며 그 대부분의 지면 역시 〈서화협회〉와 관련된 일련의 조선화 화가들 (조석진·안중식·김규식·김은호·리상범·로수현·정종여 등)에 대한 서술 및 서양화·공예 등에 할애되어 있다. 여기서 카프 미술은 '진보적 인 출판미술' 정도로 축소되어 묘사된다. "20세기 전반기 국내 진 보적인 출판미술은 이 시기 국내 인민들의 반일투쟁과 로동운동을 반영하며 출현한 것으로서 당시의 프로레타리아미술을 대표하고 있다"[24]는 것이다. 하지만 여기서도 저자들은 20세기 전반기 카프 와 무관하게 전개된 출판미술의 내용들(이를테면 조선로동공제회의 기관지 『공제』 창간호(1920.4)의 표지그림)을 길게 서술한 다음 비로 소 카프와 관련된 내용을 서술하기 시작한다.

> 1920년대 후반기에 들어서면서 출판미술은 이 시기 보다 적극화되 는 대중투쟁과 밀접한 련계를 맺고 주제사상적 내용과 예술적 형상에 서 일정한 전진을 가져왔다. 특히 이 시기에 진보적인 문예평론 활동이 활발하게 진행되었는데 이것은 출판미술 발전에 영향을 주었다[25].

이 글에서 언급된 진보적인 문예평론 활동으로 저자들은 김복진 의 「라형선언초안」을 예시한다. 이 글은 "예술의 초계급성, 무당 성을 운운하는 부르죠아 예술의 반동적 본질을 적발하고 이에 대 립하여 무산계급예술의 존재권을 제창하였으며 이를 전취할 것을 주장하였다"는 데 의의가 있다는 것이다. 하지만 저자들은 "이 시 기 평론활동은 전반적으로 예리하지 못하고 추상적인 선언에 머물

---

24) 조인규·김순영·리철·리임출·박현종, 『조선미술사』 1, 과학백과사전출판사, 1987, 245쪽.
25) 앞의 책, 246~247쪽.

렀다"26)고 평가하며 그 의미를 축소시키고 있다.

저자들이 보기에 1920년대 후반의 진보적인 출판미술(=카프 미술)은 미술창작실천에 자극을 주고 프롤레타리아 미술발전에 일정한 영향을 미쳤으며 대중들의 계급적 각성에 이바지 한 공로는 있으나 그 내용이나 형식에 본질적인 약점을 지니고 있었다. "당시 국내의 진보적인 출판미술은 로동계급의 당의 올바른 지도가 없었고 일제의 야수적인 탄압이 강화된 사정으로 하여 순탄하게 발전하지 못하였으며 많은 약점을 지니고 있었다"는 것이다.27)

요컨대 1987년의 『조선미술사』에서 우리는 북한미술에서 카프의 위상이 1950년대 이후 크게 축소·폄훼되었음을 확인할 수 있다.28) 이에 상응하여 이른바 항일혁명미술의 위상과 의의는 점차 확대됐다. 이하에서는 그 내용을 구체적으로 살펴보기로 하자.

---

26) 앞의 책, 247쪽.

27) 앞의 책, 247~249쪽.

28) 1999년 리재현이 발간한 『조선력대미술가편람』에서는 김복진, 정하보, 강호, 리상춘과 김일영의 카프시절 활동을 세세하게 기록하여 1987년 『조선미술사』의 카프 평가에 비해 전향적인 모습을 보여 준다. 하지만 어디까지나 그것은 제한적인 복권이다. 가령 리재현은 김복진의 카프 관련 활동에 대하여 "1925년에 조직되였던 조선공산당에 들었고 프로레타리아문학예술동맹조직에 참가하여 그 중앙집행위원으로 되였다. 초기 미술부를 책임지고 1926년에는 고려미술원을 창설하였다. 그의 지도밑에 김일영 등 선진 청년들이 여기에서 미술공부를 하였다"고 간략히 서술하고 그의 작품에 대해서도 "자기의 작품을 로동운동과 결부시키려 하였으나 초기공산주의운동이 가지고 있던 심각한 제한성으로 하여 작품에서 투쟁의 명확한 길을 밝혀낼 수 없었다"고 하여 평가절하하고 있다. 리재현, 『조선력대미술가편람(증보판)』, 문학예술종합출판사, 1999, 237~239쪽 참조.

3. 항일혁명미술의 발굴과 위상 강화

앞서 우리는 1957년 『조선미술』 5호에 실린 카프 특집을 중심으로 1950년대 후반 카프미술을 북한미술의 기원으로 설정하고자 했던 일련의 시도를 살펴보았다. 하지만 이후 북한미술에서 혁명투쟁과 사회주의리얼리즘의 기원으로서 카프의 위상은 점차 약화되다가 급기야는 거의 배제되기에 이른다.29) 그 빈자리를 채운 것이 바로 이른바 '항일혁명미술'이다. 결정적인 계기는 물론 1967년 유일사상체계의 확립이다. 1970년 초 항일혁명미술은 북한미술에서 유일한 혁명전통이자 사회주의리얼리즘의 단 하나의 기원이 된다.

하지만 문학이나 연극분야에서 비교적 이른 시기인 1961년 무렵에 소위 항일혁명문학, 연극이 북한문학의 기원으로 들어오게 되는 것30)과는 달리 미술 분야에서 '항일혁명미술'의 존재가 승인되고 북한미술의 기원으로 들어오게 되는 것은 훨씬 후대인 1970년대 초다. 이는 문학 분야에서 항일혁명문학의 발굴과 재평가의 계기가 된 두 차례(1953, 1959)의 항일혁명전적지 답사31)가 미술 분야에서는 항일혁명미술의 발굴과 재평가로 이어지지 못한 것과 무관치 않아 보인다. 1962년 여름 평양에서 정관철·문학수 2인전이 열렸는데 이 전시에서는 정관철·문학수가 1959년 2차 항일혁명전적지 답사에 참여하여 창작한 유화, 수채화 소묘 작품 250점을 선

---

29) 일례로 카프 특집을 게재한 1957년 5호 이후 1963년 폐간될 때까지 『조선미술』에는 카프 관련 기사가 자취를 감췄다.

30) 김재용, 「북한문학계의 반종파투쟁'과 카프 및 항일혁명문학」, 『역사비평』 18호, 1992, 238쪽.

31) 1950년대 항일혁명전적지 답사와 항일혁명문학예술의 관계에 대해서는 김재용, 위의 글, 245쪽 참조.

보였다.32) 이는 1960년대 초까지만 해도 항일혁명미술이라는 개념은 아직 존재하지 않았거나 있다 해도 극히 미약했고, 미술에서 항일혁명은 혁명 그 자체와 직접 연계된 미술작품보다는 새롭게 제작될 작품의 '주제'로 훨씬 중요했다는 것을 시사한다.

하지만 1960년대 말 '수령의 지도를 받은 것만이 혁명전통이 될 수 있는' 유일사상 체계의 확립과 더불어 항일무장투쟁시기 수령의 항일혁명과 직접 연루된 미술의 등장이 요구됨에 따라 비로소 '항일혁명미술'이라는 개념이 전면에 대두된다. 예컨대 1971년 9월 『조선예술』에서는 "항일무장투쟁시기에 이룩된 혁명적문학예술전통은 우리 당 문예정책의 력사적 뿌리"라고 단언하며 항일혁명 시기 문학·음악·무용·연극·미술 등 문학예술의 모든 분야에 걸쳐 수령의 현명한 영도 아래 새로운 사상주제적 과업을 실현하는데 알맞은 새로운 형식들이 개척, 발전되었다고 주장한다. 이 글에서는 항일무장투쟁시기 미술 활동을 다음과 같이 서술하고 있다.

항일무장투쟁시기에 미술부분에서는 직관선전의 힘있는 무기로서 선전포스터, 삐라 등 선동적인 선전미술이 크게 발전하였다. 한장의 그림은 생생한 인상력과 강력한 호소성을 가지고 대중에게 커다란 혁명적영향을 주었다. 유격대원들은 항일빨치산들의 영웅적투쟁모습을 보여주며 일제와 계급적 원쑤들의 만행을 폭로규탄하며 단죄하는 전투적인 그림들을 날카로운 정치적구호들과 함께 그려넣은 직관선전물들을 대중속에 침투시킴으로써 그들을 원쑤격멸의 투쟁에로 불러일으켰다.33)

---

32) 정관철과 문학수가 참가한 2차 항일무장투쟁전적지 답사에서는 1959년 봄에서 가을에 걸친 5개월 간 중국동북 전역과 북한 북부 국경지대에 산개한 200여 소의 항일혁명유적을 찾고 그 광경을 화폭 에 담았다. 선우담, 「혁명 전적지의 생동한 화폭들」, 『조선미술』 7호, 1962.7, 11쪽.

33) 「항일무장투쟁시기에 이룩된 혁명적문학예술전통은 우리 당 문예정책의 력사적 뿌리」,

하지만 이 장문의 글에서 미술 분야에 관한 서술은 문학이나 연극, 무용의 그것에 비해 양과 질 모두에서 훨씬 뒤떨어진다. 이는 당시 항일혁명미술의 발굴과 연구가 다른 분야에 훨씬 뒤쳐져 있었음을 반증한다. 그렇다면 항일혁명미술의 구체적 내용을 발굴, 확인하는 과정이 요구될 것이다. 실제로 『조선예술』은 이후 1972년에서 1973년까지 모두 네 차례에 걸쳐 '항일혁명미술연구'라는 기획기사를 연재했다. 량연국이 집필한 이 글들의 제목과 발표 시기를 열거하면 다음과 같다.

1. 량연국, 「영광스러운 항일혁명투쟁의 불길속에서 창조된 혁명미술」 4, 1972.4.
2. 량연국, 「위대한 수령님께서 항일혁명투쟁시기에 제시하신 혁명미술활동에 대한 기본방침」 2, 1973.2.
3. 량연국, 「일제원쑤격멸에로 힘차게 불러일으킨 혁명적출판미술과 미술활동」 6, 1973.6.
4. 량연국, 「항일혁명투쟁시기에 창조된 주체적인 미술형식과 그 창조활동」 12, 1973.12.

이 네 편의 글에서 량연국은 항일혁명미술이 주로 정치선전화와 풍자만화를 비롯한 독자적인 직관선전물과 벽보, 속보, 삐라, 격문, 그리고 신문, 잡지, 기타 소책자들34)의 표지장정, 삽화, 화보의 형식으로 전개되었다고 주장한다. 여기에 더하여 그는 유격대

『조선예술』 8~9호, 1971.8~9, 22쪽.

34) 그에 의하면 항일혁명미술이 전개된 신문으로는 《서광》, 《반일보》, 《종소리》, 《전투보》, 《철혈》이 있고 잡지로는 『3.1월간』, 『적기』, 『반일투쟁보』, 『인민혁명화보』, 『혁명청년화보』, 『화전민』 등이 있다. 량연국, 「영광스러운 항일혁명투쟁의 불길속에서 창조된 혁명미술」, 『조선예술』 4호, 1972.4, 106쪽.

원들과 혁명적 인민들이 제작한 조선화, 공예, 수예품, 무대미술들도 항일혁명미술에 포함시키고 있다. 그에 따르면 혁명미술은 조선인민혁명군 11호 〈전투보〉나 〈인민혁명화보〉에 실린 삽화가 보여주듯 선동성·전형성·풍자성을 잘 살려 사실주의적 묘사의 진실성을 보여줄 뿐만 아니라, 혁명 승리에 대한 확신에 기반한 혁명적 낙관주의를 잘 체현하고 있다.35) 예컨대 그는 다음과 같이 서술한다.

항일혁명투쟁시기에 창조된 혁명미술에는 우리 혁명의 승리와 영광, 보람찬 생활과 광명 등을 주인공의 전형적성격과 함께 출판물의 머리그림과 표지장정, 삽화들에 별과 망치, 낫과 같은 형상으로 상징하고있으며 일제와 계급적원쑤들에 대하여서는 세상에서 가장 더럽고 가증스러운 괴물과 짐승으로 묘사되고있다.36)

또한 그는 혁명적 인민들이 다양한 미술형식과 표현수법을 발전시켰다고 주장한다.

항일무장투쟁시기에 인민들과 유격대원들, 특히 녀대원들은 수예와 공예품을 많이 창작하였는데 그것은 정치적 행사와 기념일, 전투승리의 축하모임들에서 쓴 축기와 상품, 선물의 형식으로 증정되여 유격대원들과 인민들의 혈연적련계를 강화하고 그들의 혁명적열의와 긍지감을 높이는데서 실로 큰 역할을 놀았다. (…중략…) 우리 인민이 사랑한 꽃과 오각별, 망치와 낫들을 상징적으로 아로새긴 이 수예품들을 받은

---

35) 앞의 글, 107~108쪽 참조.
36) 량국, 「일제원쑤격멸에로 힘차게 불러일으킨 혁명적출판미술과 미술활동」, 『조선예술』 6호, 1973.6, 72쪽.

유격대원들과 인민들의 심장은 그 얼마나 감개무량하고 무한한 영예와 행복에 휩싸였겠는가!37)

량연국은 이러한 작업들이 모두 위대한 주체사상을 구현할 뿐만 아니라 조선혁명의 이익에 복무했고 우리 인민의 생활감정에 부합하는 형식을 창조했다고 주장한다.38) 이렇게 1970년대 초에 만들어진 '항일혁명미술'의 개요는 이후 북한미술담론에 수용되어 전파됐고 북한미술의 기원으로서 항일혁명미술의 위상 역시 공고해졌다. 다만 주목할 점은 이후 주체사상이 부각되면서 항일혁명미술 서술에서 '프롤레타리아 국제주의'나 '마르크스-레닌주의' 같은 용어가 배제된다는 점이다. 또한 1980년대에 이르면 1970년대 초의 담론에는 등장하지 않던 다수의 항일혁명미술작품이 여러 경로를 통해 추가39)되는데 이러한 정황은 김교련의 다음과 같은 서술에서 확인할 수 있다.

항일혁명미술이 력사에 류례없는 간고한 투쟁의 불길속에서 창조되였던 것만큼 오늘까지 전해지는 작품은 매우 적다. 친애하는 지도자동지께서는 항일혁명미술작품이 얼마 남아있지 못한 사실을 고려하여 항일혁명미술작품 발굴 및 복원, 정리 사업을 발기하시고 이 사업을 현명하게 이끄시었다. 그리하여 짧은 기간에 항일혁명미술을 수많이 찾아내고 복

---

37) 량연국, 「영광스러운 항일혁명투쟁의 불길속에서 창조된 혁명미술」, 『조선예술』 4, 1972, 108쪽.
38) 량연국, 「위대한 수령님께서 항일혁명투쟁시기에 제시하신 혁명미술활동에 대한 기본방침」, 『조선예술』 2호, 1973.2, 100쪽.
39) 새롭게 추가된 대표적인 장르가 바로 서예다. 〈문학예술사전〉의 기술에 따르면 항일혁명시기에는 청봉숙영지의 나무들에 쓴 혁명 구호 글씨체인 청봉체를 비롯해 3.1월간체 같은 서체들이 창조됐다. 사회과학원 주체문학연구소 편, 『문학예술사전』 하, 과학백과사전종합출판사, 1993, 256쪽.

원, 정리할 수 있게 되었다. 례를 들면 조선화 〈혁명가의 지조〉, 선전화 〈구렁이〉, 〈조선동포들에게 격함!〉, 등사그림 〈나팔수〉, 삽화 〈아, 그리운 조국이여〉, 〈오기만 해봐라〉 등 수 많은 혁명미술작품들이 전국도처에서 수없이 발굴되어 력사자료로 훌륭히 보존관리되고 있다.40) (밑줄은 인용자)

1980년대 북한미술에서 항일혁명미술의 위상은 다시금 1987년 조선미술가동맹중앙위원회에서 펴낸 『조선미술사』1권에서 확인할 수 있다. 저자들에 따르면 1920년대 후반에 본격적으로 전개된 항일혁명미술은 (카프를 비롯한) 1920년대 전반기 진보적 미술이 가지고 있던 본질적 약점 ─ 로동계급의 당의 올바른 지도가 없었고 일제의 야수적인 탄압이 강화된 사정으로 하여 순탄하게 발전하지 못하였다는 약점 ─ 을 완전히 극복하고 투쟁에 참답게 복무하는 주체적이며 혁명적인 미술로 발전했다. 저자들은 항일혁명미술을 장르에 따라 1) 선전화·만화·삽화 등의 출판미술과, 2) 조선화로 나누고 다시 시대에 따라 가) 항일무장투쟁준비시기 미술(1920년대 말)과 나) 항일무장투쟁시기 미술(1930년대 중반 이후)로 구분하고 있다.41) 준비시기의 미술이 일제의 침략책동을 폭로하고, 일제의 취약성과 멸망의 불가피성을 보여주며 착취계급의 반동적 본질을 드러내는 한편 농민들의 비참한 처지를 드러냈다면, 투쟁 시기의 미술은 항일무장투쟁의 확대강화, 민족통일전선과 국제노동계급의 연대성 문제, 일본제국주의의 약탈상 문제 같은 보다 근본적인 문제를 다뤘다는 것이 저자들의 평가다.42) 그

---

40) 김교련, 『주체미술건설』, 문학예술종합출판사, 1995, 13~14쪽.
41) 조인규·김순영·리철·리임출·박현종, 『조선미술사 1』, 과학백과사전출판사, 1987, 249쪽.
42) 위의 책, 249~259쪽.

대표적인 작품으로 저자들은 등사그림 〈나팔수〉(1933), 목판화 〈사령부의 불빛〉(1938), 조선화 〈반동지주들의 창고를 헤쳐 곡식을 농민들에게 나누어주자〉, 수예 〈조국의 진달래〉(1937) 등을 예시한다.[43]

이러한 관점에서 저자들은 항일혁명미술이 "우리나라 미술사상 처음으로 로동계급의 미술, 주체적인 미술의 시원을 열어놓았으며 인민대중을 각성시키고 그들을 민족해방, 계급해방을 위한 투쟁에로 불러일으킨 힘있는 선전선동적 미술이 되었다"[44]고 평가한다. 이러한 평가는 1990년대에도 거의 그대로 계승됐다. 예컨대 1995년에 발표한 『주체미술건설』에서 김교련은 항일혁명미술은 역사적 흐름의 견지에서 "주체미술의 시원"이며 그 면모와 특성의 견지에서는 "주체미술의 원형"이고 계승발전의 견지에서는 그 내용을 그대로 전면적으로 계승발전시켜야 할 "혁명미술전통"이라고 규정한다.[45] 그에 의하면 이렇게 항일혁명미술이 주체미술의 시원으로 되는 것은 그것이 주체사상과 주체적문예사상을 구현하여 우리 인민의 지향과 우리 혁명의 요구를 반영한 혁명적 미술이기 때문이다.[46]

지금까지 살펴본바, 북한에서 항일혁명미술은 1960년대 말 유일사상체계의 확립과 더불어 발굴·담론화되었고 이후 북한미술의 기원 또는 주체미술의 시원으로 자리매김됐다. 하지만 그 높은 위상에도 불구하고 1970년대 중반 이후 『조선예술』을 위시한 중요 북한미술 관련 문헌에서 항일혁명미술에 관한 논의는 드물다.[47]

---

43) 위의 책, 241~259쪽.
44) 위의 책, 259쪽.
45) 김교련, 앞의 책, 7쪽.
46) 위의 책, 7쪽.

선전화 <구렝이>, 1931　　　　　　목판화 <사령부의 불빛>, 1938

　　이는 대부분의 항일혁명미술 작품이 전문 미술가가 아닌 유격대
원들과 인민들에 의해 창조되었고 그 때문에 사실상 형식적 완성
도가 떨어져 내세울 만한 것이 되지 못하는 데 이유가 있는 것으
로 보인다. 가령 성두원은 항일혁명미술의 의의를 회고하는 가운
데 "항일혁명미술은 비록 전문예술가가 아닌 항일유격대원들과 혁명
적 조직군중에 의하여 창조되었지만 그것이 그처럼 사람들의 심금을
울린 것은 높은 정치사상성을 예술성과 밀접히 결부시켜 진실하게
반영하였기 때문이다"(강조는 인용자)라거나 "항일혁명미술이 전문가
가 아닌 미술창조자들의 손에 의하여 창조되었지만 그것이 그처럼 커
다란 위력을 가지고 혁명적 군중들에게는 힘과 용기, 투쟁 의욕을
불러일으키고 원쑤들에게는 죽음의 공포를 안겨준 것은 항일혁명

---

47) 필자가 찾아본 바로 1970~1980년대에 간행된 『조선예술』에서 량연국의 글 외에 항일
　　혁명미술을 다룬 글은 모두 세 편이다. 하나는 김순영의 「우리 미술의 끝없이 귀중한
　　재부: 항일혁명미술」(『조선예술』 12호, 1982.12)이고, 다른 하나는 성두원의 「영광에
　　찬 항일투쟁행정에서 창조된 항일혁명미술」(『조선예술』 6·8호, 1985.6.8)이며, 나머지
　　하나는 안희열의 「항일의 투쟁속에서 마련된 예술선전선동방법」(『조선예술』 7호, 1985.
　　7)이다.

투쟁의 영웅적현실에 발붙이고있는 혁명가들의 손에 의하여 창조되고 그들의 지혜가 남김없이 발휘된 창작품이라는데 있다"48)(강조는 인용자)면서 여러 차례 그것이 전문창작가의 작업이 아닌 것에 대하여 해명하고 있다.

이런 사정 때문에 항일혁명미술은 주체미술의 시원이로되 시원으로서의 기능, 즉 창작의 토대 내지는 모범적 선례로 기능할 수 없다. 그렇다면 창작의 토대 내지는 모범으로 기능할 또 다른 미술이 요구될 것이다. 그런 의미에서 항일혁명미술은 주체미술의 시원이로되 유명무실한 시원이라고 볼 수 있다. 따라서 우리는 이미 기원으로서의 자리를 사실상 박탈당한 카프와 유명무실한 기원으로서 항일혁명미술에 이어 북한미술의 또 다른 실질적인 기원을 살펴보아야 한다. 그 실질적인 기원이란 바로 조선화다.

4. 북한미술의 실질적 기원으로서 조선화의 위상 강화

북한에서 조선화란 "중국, 일본을 비롯한 동아세아의 여러 나라에서 재료와 기법으로 보아 일련의 공통성을 가지고 있는 전통적인 회화인 동양화의 한 형식"으로, "동양화의 일반적 특징을 띠면서 고유한 민족회화형식의 훌륭한 특성을 뚜렷이 갖추고 오래전부터 발전해온" 회화다.49) 북한미술에서 조선화가 본격적으로 부각되어 중시되는 시기는 1960년대 말 유일사상체계의 확립을 전후로 한 시기로, 이 시기는 (역설적으로) '항일혁명미술'이 북한미술에

---

48) 성두원, 「영광에 찬 항일투쟁행정에서 창조된 항일혁명미술」, 『조선예술』 6호, 1985.6, 10쪽.
49) 김정일, 『김정일미술론』, 조선로동당출판사, 1992, 97쪽.

서 유일한 혁명전통이자 사회주의리얼리즘의 단 하나의 기원으로 정립되는 시기와 일치한다. 그 정점에 1966년 10월에 발표된 김일성 교시 〈우리의 미술을 민족적 형식에 사회주의 내용을 담은 혁명적인 미술로 발전시키자〉가 있다. 이 교시에서 김일성은 이후 북한미술계의 가장 강력한 규범으로 자리잡게 될 대원칙 곧 "조선화를 토대로 하여 우리의 미술을 더욱 발전시켜나가자"는 원칙을 천명한다. 김일성에 따르면 이처럼 조선화를 토대로 우리 미술을 발전시켜 나가는 일은 "우리의 미술을 민족적 형식에 사회주의적 내용을 담은 혁명적인 미술로 발전시키기 위한" 유일한 대안이다.50) 그가 보기에 우리 미술에서 민족유산을 계승하는 문제는 주로 미술 형식에 관한 문제인데 이것은 주체를 세우는 문제와 직접 관련되어 있다.

결국 우리가 말하는 것은 다른 모든 분야에서와 마찬가지로 미술분야에서도 주체를 철저히 세워 우리나라의 고유한 민족 형식을 바탕으로 하여 우리의 미술을 더욱 발전시켜 나가야 하겠다는것입니다.51)

이렇듯 김일성은 고유한 민족 형식을 강조하면서 그와 상반되는 형식으로서 서양의 추상미술을 거론한다. 그가 보기에 "서방제국주의나라들과 자본주의나라들에서는 그림을 보고도 그것이 무슨 그림인지 도무지 알수 없는" 이른바 추상화가 판치고 있는데 이는 "썩어빠진 부르죠아적사상조류"로서 "우리 나라 미술계에 밀려들어오지 못하도록 강하게 투쟁해 나가야" 한다. 하지만 이렇게 서

---

50) 김일성, 『우리의 미술을 민족적 형식에 사회주의적 내용을 담은 혁명적인 미술로 발전시키자』, 사회과학출판사, 1974, 4~5쪽.
51) 위의 책, 6쪽.

구의 추상미술을 배격하고 고유한 민족형식으로서 조선화를 내세우는 일은 여타 미술장르를 폄훼하거나 무조건적인 복고주의로 빠지는 것이 되어서는 안 된다는 것이 그의 견해다.

조선화를 우리 나라 미술발전의 바탕으로 삼으라는것은 결코 복고주의적으로 옛날것을 그대로 본따라는것을 의미하지 않습니다. …조선화가 매우 좋은 미술형식이기는 하지만 지난날의 조선화에는 결함도 적지않습니다. 지난날 화가들이 그린 그림을 보면 채색화는 얼마 없고 거의다 먹으로 그린 그림입니다. 이것은 지난날 조선화가 가지고있던 중요한 결함의 하나입니다. (…중략…) 지난날 조선화가들은 그림을 그리는데서 주로 경치좋은 산천초목이나 아름다운 새와 그밖의 짐승과 같은 자연을 묘사하는데 치우치고 사람들의 생활과 투쟁을 묘사한 인물화는 거의 그리지 않았습니다.[52]

위의 발언은 이른바 주체시대 북한미술의 토대가 될 조선화란 채색화, 인물화 위주의 조선화가 될 것임을 보여준다.[53] 아울러 이 교시에서는 "힘있고 아름다우며 고상한" 또는 "선명하고 간결한" 것으로 조선화의 화법적 특성을 규정한다.[54] 요컨대 1966년의 교시는 이후 김정일 시대에까지 이어지는 북한미술의 전반적인 성격을 확고하게 규정짓는 교시로 중요하다. 이렇게 1966년 교시에서 강령으로 구체화된 김일성의 조선화에 대한 관심은 북한문헌

---

52) 위의 책, 6~7쪽.
53) 조인규, 「주체적인 사회주의적민족미술 건설의 강령적 지침: 경애하는 수령 김일성동지의 고전적로작 〈우리의 미술을 민족적 형식에 사회주의적 내용을 담은 혁명적인 미술로 발전시키자〉 발표 다섯돐에 즈음하여」, 『조선예술』 10호, 1971.10, 49쪽.
54) 김일성, 앞의 책, 5~6쪽.

에서는 1940년대 후반까지 거슬러 올라가는 것으로 기술하고 있다. 북한문헌에 따르면 1946년 6월 미술가들과의 담화에서 내린 교시, 1954년 10월 조선화의 전통문제와 관련하여 내린 교시, 1958년 9월 공화국창건 10주년기념 전국미술전람회를 참관하고 내린 교시, 1965년 10월의 교시 등 집권 이후 김일성은 줄곧 조선화에 깊은 관심과 애정을 보여 왔다.55) 1973년 일본잡지 쎄까이와의 인터뷰에서 김일성은 이렇게 주장한다.

전쟁시기에 나는 부상병들을 위안하기 위하여 어느 지방병원에 있는 군대병원에 가본 일이 있습니다. 그 병원의 벽에 그림을 하나 붙여놓은 것이 있었는데 그것은 큰 소나무밑에 흰눈이 깔려있고 그 우에 곰이 기여다니는것을 그린 씨비리의 풍경화였습니다. (…중략…) 나는 전사들에게 그 그림이 좋은가 그렇지 않으면 우리 나라의 금강산을 멋들어지게 그린것이 좋겠는가하고 물었습니다. 전사들은 우리 나라의 금강산을 그린 그림이 더 좋겠다고 대답하였습니다. 그래서 그 부대 정치부장에게 전사들은 이것이 금강산그림보다 못하다고 하는데 왜 우리 나라의 금강산 그림을 그려 붙이지 않고 이런 그림을 그려붙였는가고 물었습니다. 정치부장은 더 험악한 대답을 하였습니다. 그는 그림을 파는데 가보니 그런 그림밖에 없기 때문에 할수없이 그것을 사왔다고 하였습니다. 거기서 우리는 큰 자극을 받았으며 그것이 다 사대주의에서 나온것이라 생각하였습니다. …검토해보니 그 때 미술가들이 거의다 서양화를 그리고있었습니다.56)

---

55) 정종여·하경호, 「조선화를 우리 미술의 바탕으로 삼을데 대한 경애하는 수령님의 주체적인 문예방침을 철저히 관철하기 위하여」, 『조선예술』 9호, 1973.9, 88쪽.

56) 김일성, 『일본정치리론잡지 〈세까이〉편집국장과 하신 담화』, 조선로동당출판사, 1976, 10~11쪽.

1960년대 후반에서 1970년대 초반에 이르는 시기에 북한 미술계는 주체사상의 정립과 맞물려 김일성의 '조선화'에 대한 극진한 관심과 애정을 부각시키는 작업에 몰두한다. 그 과정에서 김일성은 "영광스러운 항일혁명투쟁의 불길속에서도 조선인민혁명대원들에게 우리 민족미술의 전통과 우수성에 대하여 가르치는" 존재로 부각된다.57) 기존의 동양화, 또는 수묵화를 대신하여 國畵로서 김일성이 지었다는 '조선화'라는 명칭이 굳어져 보편화되는 것도 이 시기다. 그런 의미에서 우리는 1960년대 후반을 이른바 '주체미술'의 核으로 '조선화'의 입지가 규정되는 시기로 규정할 수 있다.

이렇듯 1966년의 교시를 전후로 하여 확립된 "조선화를 토대로 하여 우리의 미술을 더욱 발전시켜나가자"는 원칙은 1970년대 김정일이 주도했다고 하는 소위 주체미술의 대전성기에 더욱 확고해진다. 1987년에 홍의정은 1970년대 북한미술을 회고하며 이렇게 말한다.

　　1960년대에 이르기까지 우리의 미술분야에서는 주체사상의 요구를 투철하게 구현하지 못하였는바 그것은 주체미술의 기본형식인 조선화가 응당 차지하여야 할 주도적인 위치에서 자기의 기능과 역할을 다하지 못하고있는데서 그 중요한 표현을 보게 된다.58)

이런 인식에 기초해 1970년대에는 1966년의 교시를 북한미술의 현장과 담론에서 철저히 관철시키는 작업이 전개된다. 1960년

---

57) 하경호, 『조선화 형상리론』, 조선미술출판사, 1986, 12쪽.
58) 홍의정, 『주체미술의 대전성기』, 조선미술출판사, 1987, 25쪽.

정영만 <강선의 저녁노을>, 1973

대에 제작된 〈낙동강 할아버지〉(리창, 1966)·〈남강마을의 여성들〉
(김의관, 1966)·〈용해공〉(최계근, 1968)에 뒤이어 1970년대에 제작
된 〈내금강의 아침〉(문화춘, 1970)·〈강선의 저녁노을〉(정영만, 1973)·
〈수령님, 앞에는 최전선입니다〉(리상문·김정태, 1975)·〈산전막에 남
긴 사랑〉(김상직, 1977)·〈수령님, 이 밤도 어데 가시옵니까〉(신영기,
1978)·〈백두의 영장 김일성 장군〉(박창섭, 1980) 등의 조선화가 북
한현대미술의 대표작으로 선정돼 정전화하는 것도 이 시기다. 이
와 관련해『조선예술』2호(1978.2)에 실린 한 보도 기사는 의미심
장하다. 이 기사는 조선미술가동맹 중앙위원회가 주최한 제3차 전
국조선화강습을 보도하고 있는데 이 강습은 전국에서 각 장르 –
분야의 미술가들을 불러모아 조선화의 화법을 훈련시키는 행사였
다. 이 강습의 목적은 "모든 미술가들이 조선화화법에 정통하여
자립적으로 활동할 수 있게 하는" 것으로서 이를 통해 "조선화를

토대로 하여 우리의 미술을 더욱 발전시켜나가자"는 원칙을 관철
시키자는 것이다.59) 같은 해에 정관철은 해방 후 북한 미술을 회
고하는 글을 발표하면서 〈락동강 할아버지〉·〈남강마을의 녀성
들〉·〈고성인민들의 전선원호〉, 그리고 〈강선의 저녁놀〉 같은 조선
화를 치켜세우며 (그것이 자신의 전문 분야임에도 불구하고) 유화를 그
리는 일을 비하하기까지 한다.

전후시기였다. 이 때만 하여도 우리 미술가들속에는 조선화의 우월
성을 옳게 가려보지 못하고 서양화만 숭상하던 나머지 거의 유화를 그
리거나 그것을 본따려고 하였고 인민들이 좋아하건 말건 다른 나라의
그림을 마구 들여오거나 남의것을 그려붙이는 등 생각할수록 한심한
일들을 꺼리낌없이 저질렀었다.60)

평생 서양화가로서 활동하면서 다수의 유화를 그려온 정관철에
게 있어 이러한 발언은 자기모순적이다. 이러한 자기모순을 해결하
는 하나의 방식으로 정관철은 조선화를 그렸다. 그가 그린 조선화
가운데 북한에서 특히 높이 평가하는 작품이 바로 유고작으로 알려
진 〈조선아 너를 빛내리〉(1983)다. 리재현이 "근 50년간의 창작생
활의 총화"61)라고 평가한 이 작품을 정관철은 병상에서 그렸다.
김정일 시대에도 김일성 시대에 확립된 조선화의 위상은 흔들림
없이 유지, 계승, 강화됐다. 이러한 입장은 이미 1986년 5월 17일
김정일 담화 〈혁명적문학예술창작에서 새로운 앙양을 일으키자〉

59) 하경호, 「모든 미술가들이 조선화화법에 정통하도록: 제3차 전국조선화 강습이 있었다」,
   『조선예술』 2호, 1978.2, 47쪽.
60) 정관철, 「우리 미술이 걸어온 승리와 영광의 길」, 『조선예술』 9호, 1978.9, 35쪽.
61) 리재현, 앞의 책, 348쪽.

에서 확인된 바 있다.[62] 또 1992년에서 발표한 『미술론』에서 김정일은 "조선화를 다른 미술 형식에 확고히 앞세우는" 것이 "당의 시종일관한 방침"[63]임을 분명히 한다.

우리는 전통이 오래고 훌륭한 예술적특성을 가지고있는 조선화를 기본으로 하여 미술을 발전시켜야 한다. 미술에서 조선화를 기본으로 하여야 한다는것은 조선화를 우선적으로 발전시키며 다른 미술종류도 조선화를 토대로 하여 발전시킨다는 것을 말한다.[64]

〈미술론〉에 따르면 미술에서 주체를 튼튼히 세우고 사회주의적 민족미술을 성과적으로 건설하기 위해서는 '조선화에 선차적 의의를 부여하고 그것을 끊임없이 발전시키는 일'이 필수적이다.[65] 또한 〈미술론〉에서는 조선화의 기본 특성 내지는 원리를 '함축과 집중'으로 보는 김일성 시대의 규정을 계승하면서 이를 좀 더 구체화한다.

선명하고 간결하고 섬세한 화법으로 그려지는 조선화는 힘있고 아름답고 고상한 회화형식으로 뛰여난 예술적 특성을 보여주고 있다. 선명하고 간결하고 섬세한 조선화화법의 기본특징은 함축하고 집중하는 것

62) 김정일, 『김정일 선집 8: 1984-1986』, 조선로동당출판사, 1998, 384쪽. 그러나 김일성 시대의 조선화와 김정일 시대의 조선화는 성격을 달리한다. 이에 대해서는 김정일 시대 조선화의 성격 변화를 '몰골법', 더 나아가 '수묵화'의 복권 차원에서 살핀 박계리의 다음 논문을 참조. 박계리, 「김정일주의 미술론과 북한미술의 변화: 조선화 몰골법을 중심으로」, 『美術史論壇』 16, 2003, 303~330쪽.
63) 김정일, 『김정일미술론』, 조선로동당출판사, 1992, 99쪽.
64) 위의 책, 98쪽.
65) 위의 책, 99쪽.

이다. 조선화에서는 선묘법·색묘법·명암법·구도법·원근화법이 다 함축과 집중의 원리에 기초하고 있다.66)

중요한 것은 김정일 시대 북한미술의 이론적 토대로 계획된 〈미술론〉에서 항일혁명미술에 대한 논의가 완전히 배제됐다는 점이다. 이는 〈미술론〉이 기본적으로 미술사로서의 성격보다는 미학적, 예술론적 성격을 갖는 저술이라는 점을 감안해도 이례적이다. 그런 의미에서 〈미술론〉에 항일혁명미술에 대한 논의가 배제된 것은 그 자체로 김정일 시대 북한미술계에서 항일혁명미술의 미약한 위상을 극단적으로 대변해주는 사례라 할 것이다.

이상에서 살펴본 바 1960년대 말 이른바 주체사상의 확립과 더불어 '조선화'는 북한 미술의 진정한 시원 - 기원이자 정전으로서 이미 1950년대 말 기원으로서의 자리를 사실상 박탈당한 카프, 그리고 같은 시기에 북한미술의 기원으로 부각되었으나 성격상 유명무실한 기원으로 배치된 항일혁명미술을 대체하였다. 조선화는 '우리식대로'를 강조하는 주체사상의 논리에 부합되는 예술형식으로 간주되었던 것이다.

5. 내용의 기원과 형식의 기원

지금까지 우리는 1950년대 이후 북한미술 담론에서 기원 - 정통성 찾기가 다층적으로 진행됐음을 확인했다. 즉 '사회주의적 내용과 민족적 형식'이라는 구호 아래 내용면에서의 기원은 항일혁

---

66) 위의 책, 98~99쪽.

명미술로, 형식면에서의 기원은 조선화로 굳어지는 과정을 관찰할 수 있다. 물론 이 양자가 큰 모순 없이 공존할 수 있을 것이다. 예컨대 우리는 항일혁명미술로서의 조선화를 상정할 수 있다. 실제로 량연국을 위시한 항일혁명미술 담론의 입안자들은 항일혁명미술에서 조선화 내지는 조선화의 수법과 기법의 흔적을 애써 찾아야 했다. 량연국은 "일제의 식민지 민족문화 말살정책 하에서도 조선인민혁명군과 유격근거지 안에서는 우리 인민의 고유한 미술형식이 확고히 보존, 발전되었다"고 주장했다. 즉 "김일성의 지도 아래 조선인민혁명군대원들 — 미술가들은 조선화를 발전시키는데 큰 관심을 기울였으며 그 고상하고 아름다운 형상적 특징과 선명하고 간결한 화법상 특질을 깊이 인식, 체득한 조선화 창작을 내놓았다"는 것이다.67)

그러나 문제는 그 근거로 제시된 작품 다수가 부전하며 남아 있는 작품들, 또는 복원된 작품들은 질적인 면에서 함량 미달이라는 점에 있다. 따라서 조선화를 토대로 북한미술을 발전시킴에 있어 항일혁명미술은 직접적인 실질적인 모범은 될 수 없다. 오히려 그 모범은 북한식 조선화를 형성하는데 결정적인 기여를 한 정종여나 이석호, 그리고 그들의 선배 또는 스승 세대인 조석진과 안중식, 이도영, 김은호와 노수현의 일제 강점기 동양화 작품에서 찾게 될 것이다.68) 『조선예술』을 위시한 북한의 주요 미술 관련 매체에서

---

67) 그 사례로 량연국은 부상당한 지대장 박길송이 투쟁을 회고하며 그렸다는 조선지도모양으로 무궁화 꽃봉오리를 그린 화폭을 든다. 아울러 출판-선전 미술이나 〈성황당〉, 〈피바다〉 등 혁명연극의 무대 미술 역시 조선화 수법과 기법을 잘 살려 표현해냈다는 것이 그의 주장이다. 그러나 여기서 그는 그 구체적인 작품이나 자료를 어떤 형태로든 직접 제시하지는 못하고 있다. 량연국, 「항일혁명투쟁시기에 창조된 주체적인 미술형식과 그 창조활동」, 『조선예술』 12호, 1973.12, 94~95쪽.

68) 조인규·김순영·리철·리임출·박현종, 『조선미술사 1』, 과학백과사전출판사, 1987, 241~245쪽.

조선화에 대한 담론이 양적 측면에서 카프나 항일혁명미술을 압도하는 것도 같은 맥락에서 이해할 수 있다.

이렇게 북한미술의 기원을 검토함에 있어 1967년을 전후로 한 시기는 각별한 주목을 요한다. 이 시기에 북한미술계에는 문학분야와 마찬가지로 '카프전통론에서 항일혁명문학예술전통론으로의 변모'가 발생했다. 또 이 시기에는 북한미술의 실질적 기원으로서 조선화의 개념 규정과 위상 강화가 이루어졌다. 이렇게 1960년대 말 북한미술의 이념적 기원으로 상정된 항일혁명미술과 실천적 토대로 상정된 조선화는 이후 북한미술 담론의 핵심 주제로 자리 잡는다. 특히 조선화와 조선화의 미감은 '우리식대로'를 표방하는 주체시대 북한 주민들의 생활양식과 미적 취향의 정립에 큰 영향을 미치거니와 이 문제는 이어지는 연구에서 다룰 것을 기약하고자 한다.

참고문헌

1. 단행본

김교련, 『주체미술건설』, 문학예술종합출판사, 1995.

김일성, 『우리의 미술을 민족적 형식에 사회주의적 내용을 담은 혁명적인 미술로 발전시키자』, 사회과학출판사, 1974.

김정일, 『김정일미술론』, 조선로동당출판사, 1992.

김재용, 『북한문학의 역사적 이해』, 문학과지성사, 1994.

리재현, 『조선력대미술가편람』(증보판), 문학예술종합출판사, 1999.

이구열, 『북한미술 50년』, 돌베게, 2001.

조인규·김순영·리철·리임출·박현종, 『조선미술사 1』, 과학백과사전출판사, 1987.

최열, 『한국근대미술비평사』, 열화당, 2001.

하경호, 『조선화 형상리론』, 조선미술출판사, 1986.

홍의정, 『주체미술의 대전성기』, 조선미술출판사, 1987.

2. 논문

강 호, 「카프 미술부의 조직과 활동」, 『조선미술』 5호, 1957.5.

김성수, 「프로문학과 북한문학의 기원」, 『민족문학사연구』 제21호, 2002.

김재용, 「북한문학계의 반종파투쟁'과 카프 및 항일혁명문학」, 『역사비평』 18호, 1992.

량연국, 「영광스러운 항일혁명투쟁의 불길속에서 창조된 혁명미술」, 『조선예술』 4호, 1972.4.

_____, 「일제원쑤격멸에로 힘차게 불러일으킨 혁명적출판미술과 미술활동」, 『조선예술』 6호, 1973.6.

박계리, 「김정일주의 미술론과 북한미술의 변화: 조선화 몰골법을 중심으로」,
　　『美術史論壇』 제16호, 2003.

박영택, 「식민지시대 사회주의 미술운동의 성과와 한계」, 『근대한국미술논총』,
　　학고재, 1992.

선우담, 「혁명 전적지의 생동한 화폭들」, 『조선미술』 7호, 1962.7.

성두원, 「영광에 찬 항일투쟁행정에서 창조된 항일혁명미술」, 『조선예술』 6호,
　　1985.6.

정관철, 「위대한 10월 혁명과 우리나라 사실주의 미술의 발전」, 『조선미술』 5호,
　　1957.5.

＿＿＿, 「우리 미술이 걸어온 승리와 영광의 길」, 『조선예술』 9호, 1978.9.

정종여·하경호, 「조선화를 우리 미술의 바탕으로 삼을데 대한 경애하는 수령님
　　의 주체적인 문예방침을 철저히 관철하기 위하여」, 『조선예술』 9호,
　　1973.9.

조인규, 「주체적인 사회주의적민족미술 건설의 강령적 지침: 경애하는 수령 김
　　일성동지의 고전적로작 〈우리의 미술을 민족적 형식에 사회주의적 내
　　용을 담은 혁명적인 미술로 발전시키자〉 발표 다섯돐에 즈음하여」, 『조
　　선예술』 10호, 1971.10.

북한 혁명연극의 기원과 연극 <성황당>

박덕규·김미진

1. 북한의 연극과 연극혁명

북한의 문학예술은 주체사상이 확립된 1967년 무렵부터 주체문
예로 발전했다. 이에 따라 문학예술의 창작방법도 영화예술부문혁
명을 시작으로 가극예술부문혁명, 연극예술부문혁명으로 이어지
는 이른바 '문화예술부문혁명'으로 정착하게 되었다.1) 이 혁명은
'문학예술의 모든 령역에서 낡은것을 뒤집어엎고 새시대의 요구와
인민대중의 지향에 맞는 주체의 문학예술을 건설하기 위한 투쟁'2)
으로 정의된다. 이 혁명의 주도자 김정일은 김일성이 '항일혁명투

---

1) 아래부터 '영화예술부문혁명'은 '영화혁명', '가극예술부문혁명'은 '가극혁명', '연극예술
   부문혁명'은 '연극혁명', 문화예술부문혁명은 '문예혁명'으로 줄여 기술함. 북한에서는 이
   러한 문예혁명을 거쳐 탄생한 성과를 각 장르별로 '혁명영화', '혁명가극', '혁명연극'이라
   부르고 있다.

2) 사회과학원 주체문학연구소, 『문학예술사전』 상, 과학백과사전종합출판사, 1988, 769쪽.

쟁시기'에 직접 창작했다고 알려진 작품을 발굴해 개작하는 작업을 우선시했다.

김일성 원작의 항일혁명연극 〈성황당〉(1928)과 〈피바다〉(원제 「혈해(血海)」, 1936)는 이 혁명과정에서 발굴·개작되면서 북한 문예혁명을 선도하게 된 대표적인 작품들이다. 〈피바다〉는 혁명영화(1969)로 우선 재창작된 이후 혁명가극(1971)과 혁명소설(1973)로 다시 창작되었는데, 특히 혁명가극 〈피바다〉는 북한 혁명가극의 원형으로 자리 잡게 된다. 북한에서는 이 〈피바다〉를 필두로 이후에 창작된 〈당의 참된 딸〉(1971)·〈꽃 파는 처녀〉(1972)·〈밀림아 이야기하라〉(1972)·〈금강산의 노래〉(1973) 들을 합해 북한의 '5대혁명가극'이라 부르고 있다.

〈피바다〉가 북한 가극혁명의 중심이라면 북한 연극혁명의 중심에 자리하는 작품이 바로 〈성황당〉이다. 1978년 창작된 혁명연극 〈성황당〉은 가극혁명의 정착과정에서 실험된 '방창'과 '흐름식 입체무대미술' 같은 새로운 연출형상을 계승하면서 기존의 미신타파라는 계몽적 주제를 주체사상으로 승화시켰다는 평가를 받고 있다. 역시 이 작품을 필두로 혁명연극 〈혈분만국회〉(1984), 〈딸에게서 온 편지〉(1987)·〈3인 1당〉(1987)·〈경축대회〉(1988) 들이 북한의 '5대혁명연극'으로 불린다. 북한에서는 통상, 〈피바다〉 이후의 혁명가극을 '〈피바다〉식 혁명가극'이라 부르고, 이와 마찬가지로 문예혁명 정착 이후의 혁명연극을 또한 '〈성황당〉식 혁명연극'이라 부른다. 북한의 연극혁명은 본보기 작품인 〈성황당〉의 제작과 그 후속 작업으로서의 5대혁명연극의 창조, 그리고 그러한 창작 작업에 대한 비평적 관점을 집대성한 『연극예술에 대하여: 문학예술부문 일군들과 한 담화 1988년 4월 20일』의 저술로 완성되었다.3)

이러한 북한 연극에 대한 국내 연구는 북한 공연예술의 역사적 흐름과 장르의 특성에 관한 연구가 주를 이루고 있고, 구체적으로는 5대혁명연극의 특징에 관한 연구가 주로 진행되어 왔다. 특히 '북한연극의 원리와 희곡 세계', '혁명연극 〈성황당〉으로 본 북한 연극', '북한 공연예술과 공연공간', '남북 공연예술 교류와 통일문화' 등 북한 연극의 현황을 연이어 분석하고 있는 박영정의 연구기 괄목할 만하다고 할 수 있다.4) 박영정은 이어 북한 혁명연극에 나타난 희극성을 고찰한 연구 성과도 내고 있다.5) 이 밖에 이원희,6) 민병욱,7) 김정수8) 등에 의해서도 북한 연극에 대한 연구가 이루어졌으며, 「성황당」을 중심으로 혁명연극의 특성을 연구한 학위 논문9)도 눈에 띈다. 정부도 행정 간행물을 통해 '「성황당」식 혁명연극'을 고찰10)한 바 있다.

〈성황당〉은 연극혁명 가운데 가장 먼저 혁명연극으로 재창작되어 "혁명연극의 시원을 열어놓은 기념비적명작"11)이라고 칭송되

---

3) 박영정, 「북한 공연예술의 역사와 장르」, 『북한 연극/희곡의 분석과 전망』, 연극과인간, 2007, 204쪽. (『연극예술에 대하여: 문학예술부문 일군들과 한 담화 1988년 4월 20일』은 김정일의 저술임(각주 14) 참조).

4) 위의 책.

5) 박영정, 「북한 5대혁명연극에 나타난 웃음과 희극성」, 『웃음문화』 제5호, 한국웃음문화학회, 2008.

6) 이원희, 「북한의 5대 혁명연극에 관하여」, 『한국의 민속과 문화』, 경희대학교 민속학연구소, 1998.

7) 민병욱, 「북한 연극의 갈래론적 연구」, 『한국학 연구』 제16호, 한국학연구소, 2002.

8) 김정수, 「북한 연극예술의 분류기준 연구」, 『한국문화기술』 제9호, 한국문화기술연구소, 2010.

9) 김은경, 「북한의 사회주의적 사실주의를 통해 본 혁명연극의 특성: 혁명연극 〈성황당〉을 중심으로」, 중앙대 석사논문, 1995.

10) 문화체육부, 『북한식 문화예술 창작방법론 연구』, 문화체육부 행정간행물, 1998.

11) 조선문학예술총동맹 중앙위원회, 「연극혁명의 빛나는 승리, 혁명연극 ≪성황당≫에 대하여」, 『조선예술』 1호, 1979.1, 9쪽.

는 작품인데, 남북한 문화예술의 소통과 융합을 과제로 삼고 있는 한국 문화예술 논단에서 이에 대한 연구가 다소 소홀한 점이 없지 않다. 이 책에서는 『조선예술』(1980년 3호~4호)에 게재된 희곡 〈성황당〉과 1978년에 공연된 연극 〈성황당〉의 실황 영상을 텍스트로 해서 연극 〈성황당〉에 나타난 다양한 연극적 특징을 살펴봄으로써 〈성황당〉에 대한 혁명연극으로서의 본질적 해명을 물론이고 5대혁명연극을 비롯한 북한 혁명연극의 원형을 이해하는 토대를 마련하고자 한다.

2. 혁명연극의 의미

1) 혁명연극의 발전과 종자

앞서도 밝혔듯이 혁명연극 〈성황당〉은 연극혁명 과정에서 가장 먼저 개작·공연된 작품으로, 이후에 등장하는 북한 연극들의 흐름을 주도하는 '〈성황당〉식 혁명연극'의 틀을 구축한 작품이다. 항일혁명투쟁시기인 1928년 카륜의 자쟈툰에서 공연된 원작 〈성황당〉은, 성황당에 차린 음식을 몰래 먹어 치운 사람이 배곯은 나무꾼인데도, 성황당에 있는 영험한 신령이 음식을 먹은 것이라 믿으며 좋아하는 촌부인 이야기를 담고 있다. 원작 〈성황당〉의 이러한 줄거리를 밝히고 있는 한효는 이 연극이 '군중들을 배를 움켜쥐고 웃게 하는' 희극성을 매개로 '귀신을 믿는다는 것은 어리석기 짝이 없다는 것을 절실하게 느끼게 하는' 작의를 품고 있다고 설명한다.[12] 미신타파를 주제로 삼고 있는 단막극이었던 원작은 연극혁명 시기에 개작과 재창조의 과정을 거치며 현격한 차이를 보이는 대작으로 격상되었다.

혁명연극 〈성황당〉은 원작에 비해 등장인물의 수적인 면에서나 계층, 성격 면에 훨씬 다채로운 면모로 인물 간의 갈등을 다변화하고 심화시켰다. 형식과 분량 면에서도 단막에 머물렀던 희곡이 개작을 거치며 서장과 종장을 포함해 총 열한 개의 장으로 구성된 장막극으로 확장되었다. 줄거리 역시 원작에 비해 훨씬 다채롭게 전개된다.

1920년대 말 북부조선의 어느 산골마을에 성황신을 믿으며 살아가는 박씨에게는 복순이라는 딸이 있다. 마을 구장과 지주는 면장 자리를 차지하기 위해 복순을 탁군수의 첩으로 들이려고 한다. 지주의 머슴이자 만춘의 친구인 돌쇠는 복순을 탁군수의 첩으로 보내지 않게 하기 위해 만춘과 계략을 꾸민다. 야학을 다니며 미신이나 종교를 믿지 않는 돌쇠는 마을에 찾아온 전도부인과 중, 중과 무당들의 대립을 야기시키며 자연스럽게 구장과 지주, 구장처와 지주처의 갈등도 유발시킨다. 결국에는 복순 어머니 박씨에게 미신이나 종교에 의지하지 말고 제 스스로의 힘을 믿어야 함을 깨우쳐주며, 성황당을 허물게 만든다.13)

혁명연극에 새로 등장하는 돌쇠는 원작에서 성황당의 음식을 집어먹는 나무꾼의 현신인 것으로 볼 수 있다. 복순어머니 박씨는 원작에서 '성황당에서 기도를 드리는 촌부인'이라 짐작된다. 이 밖에도 만춘과 복순, 지주 부부와 구장 부부, 종교인들 등 원작에 없

---

12) 한효, 『조선연극사개요』, 국립출판사, 1956, 287쪽. 이 책은 원시가무부터 시작된 조선의 연극사를 시기와 장르별로 구분해 설명하고 있는 연극사개론으로, 〈항일 빨찌산들의 연극〉 단원에 항일혁명연극 〈성황당〉이 소개되고 있다.

13) 위의 책, 같은 쪽.

는 인물이 다수 등장한다. 이들이 갈등하고 대화하는 과정에서 "인간의 운명은 '하느님'이나 '신령'에 의하여 좌지우지되는 것이 아니라" 인간 스스로에 의해 결정된다는 "자주적 인간의 운명문 제"를 강조하면서 "주체의 인간학의 참다운 본보기"[14]를 보여주 는 작품이 바로 혁명연극 「성황당」이다.

여기에서 주목되는 사실은 문예혁명 과정에서 개작된 작품들은 연출 형상과 줄거리, 등장인물 등에서 많은 변화를 꾀한 결과물이 지만, 원작이 지닌 핵심적인 사상 요소는 항상 그대로 유지한다는 특징을 보인다는 점이다. 그 특징은 말할 것도 없이 북한의 주체 사상과 궤를 같이 하는 주체문예에서 이미 밝히고 있는바, '문학예 술작품의 생명과 가치를 규정하는 결정적 요인'이며, 문학예술작 품에서 '소재와 주제와 사상을 유기적으로 연관시키고 하나로 통 일시키는 기초이며 핵' 즉 종자다.[15] 북한의 문학예술에서 등장인 물들간의 관계로 빚어지는 사건과 이야기들은 "일정한 사상적의의 를 가지면서도 종자를 핵으로 하여 관통된 하나의 줄거리에 유기 적으로 얽혀져야 하며, 종자가 제기하는 주제사상적과제의 해명에 복종"[16]되어야 한다.

주체적문예리론이 밝혀주는바와 같이 종자는 주인공을 비롯한 주요 인물들의 성격형상을 통하여 생동하게 밝혀지게 된다. (…중략…) 종자 를 잡아쥐였을 때 작품에서 작가가 말하려고 하는 기본문제는 벌써 확 정되며 작가는 종자를 깊이 파악한 기초우에서 주제를 구체적으로 세

---

14) 김정일, 「연극예술에 대하여: 문화예술부문 일군들과 한 담화 1988년 4월 20일」, 『김정 일 선집 9』, 조선로동당출판사, 1997, 163쪽.

15) 한중모·정성무, 『주체의 문예리론 연구』, 사회과학출판사, 1983, 178~180쪽 참조.

16) 김하명, 『문학예술작품의 종자에 관한 리론』, 사회과학출판사, 1977, 20쪽.

위 놓게 된다.

종자에 기초하여 주제를 구체적으로 세운다는것은 종자가 내포하고 있는 문제성을 소재와의 관계속에서 사회적의의를 가지는 인간문제로 전환시켜 제기한다는것을 말한다. (…중략…) 불후의 고전적 명작 〈성황당〉의 주제는 종교의 허위성과 반동성을 폭로하는 문제, 종교는 인민의 자주의식을 마비시키는 아편이라는 문제이다.[17]

문학예술에서 등장인물들의 갈등과 관계를 통해 미신 타파, 종교의 허위성과 반동성 폭로, 주체적인 개인 확립 등이 확보되어 주체문예의 성과를 이루게 되는데, 인물의 성격형성과 주제적 문제 등 모든 면에서 작품이 "종자를 깊이 파악한 기초" 위에 진행된 결과이다. 〈성황당〉에서는 돌쇠, 복순 어머니 등의 인물에서부터 종자가 구현된다. 돌쇠는 긍정적이며 자주적인 인간형으로 극을 이끌어 가면서 미신을 타파하고 주체사상에 입각한 삶을 깨우친다. 이는 극적 사건의 중심에 서 있는 복순 어머니 박씨에게 더욱 주도적으로 나타난다. 미신에 의지하던 박씨는 극의 말미에서 직접 성황당을 부수는 장면을 통해 종자를 구현하고 있다.

2) 혁명연극의 형상 요소

연극혁명을 통해 구축된 북한식 연극의 틀은 북한만의 독특한 연출 요소를 보인다. 그 중 '흐름식입체무대미술'로 불리는 무대미술과 '방창'이라 불리는 음악적 요소를 북한 연극의 대표적인 연출

---

17) 은종섭, 「주체의 진리를 심오히 구현한 불후의 명작: 불후의 고전적명작 〈성황당〉의 종자에 대하여」, 『조선예술』 7호, 1984.7, 42~43쪽.

형상 요소로 꼽을 수 있다. 이 요소들은 북한의 가극혁명 당시 혁명가극 〈피바다〉를 통해 실험되고 발휘된 형식으로, 연극혁명의 첫 작품인 〈성황당〉에 수용된 이후 북한 연극의 고유한 형상 요소로 굳어진 것이다.

무대미술은 '표현수단들의 유기적이며 종합적 결합'으로 "무대공간의 넓고 깊은 조형적구성과 다양하고 독특한 배경술, 장치물들의 류동과 흐름식무대전환 등으로 무대의 조형성을 확대하고 현실을 립체적으로 그려"냄으로써 효과를 발휘한다. 알기 쉽게 설명하면, 장면을 전환할 때 '암전'을 행하지 않고 조명을 밝힌 상태에서 무대의 여러 장치물과 소품을 무대 중심으로 흘러들어오게 하는 상황이 연출된다는 것이다. 이 방법이 바로 바로 이미 〈피바다〉식 혁명가극에서 실증한 '흐름식입체무대미술'이라는 연출 요소이다.[18]

북한 연극에 있어 흐름식입체무대미술은 배우들의 움직임을 통해 실제 인물들과 그들의 생활을 그대로 보여주기 위한 장치이다. 이 장치는 매 장면을 끊어짐이 없이 흘러가는 형식으로 나타내고, 생활을 진실하고 생동감 있게 보여줄 수 있어 관객으로 하여금 극에 대한 몰입도를 높일 수 있게 한다는 장점도 지닌 것으로 평가된다. 흐름식입체무대미술과 관련해 북한 연극의 장면 구현 방식으로 다장면구성법을 들 수 있다. "생활의 흐름에 따라 장면수를 많이 설정함으로써 무대 변화를 다양하게" 하고 장면들이 연이어 입체적으로 맞물려 "상승발전하는 하나의 극적흐름을 이루도록 장면들 사이의 연관을 보장하여 생활을 연속적인 흐름으로 보여 줄

---

[18] 김화웅, 「우리 시대 연극무대형상의 새 시원을 열어놓은 〈성황당〉식무대미술」, 『조선예술』 1호, 1979.1, 30쪽.

수 있게 한"19) 장치가 바로 다장면구성법이다.

흐림식입체무대미술과 다장면구성법 모두 북한 연극에서 추구하는 인간 생활의 존재 형식을 그대로 무대 위에서 표현하기 위한 방법으로, 이러한 사실적인 재현은 관객들이 극을 이해하고 몰입하는 데 적극적으로 보조하는 기능을 보여준다.

한편, 공연예술에서 큰 비중을 차지하는 연출요소로 배우의 노래 또는 대사를 빼놓을 수 없다. 보통 노래나 대사는 극중 인물이 직접 발화하는 양식을 취하는데 북한의 공연예술에서는 그 외에 무대 밖(외부)에서 사건 진행에 적합한 노래를 부르는 특별한 공연형상요소를 사용한다. 이를 방창이라 하는데, 이 방창은 〈피바다〉를 중심으로 한 가극혁명에서 이미 굳어진 양식이다. 지금 주목되는 것은 〈성황당〉을 비롯한 혁명연극에 바로 이 방창을 적극적으로 활용하고 있다는 사실이다. 북한에서의 가극은 현대극 장르에서의 오페라와 같은 형태로, 음악을 바탕으로 극이 진행되기 때문에 방창은 가극의 기본적인 형상 수단이다. 〈피바다〉로 대표되는 가극혁명을 거쳐 연극혁명이 진행되면서 혁명연극에 적용된 방창은 북한 연극을 연출하는 과정에서 다채로운 효과를 얻을 수 있게 되었다.

방창은 주인공의 성격과 내면세계를 부각시키거나 극을 설명하는 해설자의 역할을 수행해 극을 깊이 있게 발전시켜 관객들이 극에 몰입하도록 도와준다. 또한 방창은 "무대에서 재현되는 이러저러한 사건들과 인물들의 심리, 행동에 대한 관중의 평가를 그들의 심리와 의지, 생활의 논리와 성격의 논리에 맞게 능동적으로 재조

---

19) 조성대, 「〈성황당〉식혁명연극이 개척한 다장면구성법의 우월성」, 『조선예술』 11호, 2001.11, 33쪽.

직함으로써 관객의 이해와 관심을 통일적인 방향에로 지향시킬 뿐 아니라 그들 전체를 극 생활의 적극적인 참여자로 만들며 무대와 관객을 하나의 정서적흐름에 뜨겁게 융합시킨다."20)

〈성황당〉에 나타난 방창의 형태는 다음과 같다.

　　△ 돌쇠에 대한 노래가 방창으로 흐른다.

　　천대받는 머슴살이 총각이지만
　　야학에서 배우더니 눈이 떴다네
　　인민을 속여먹는 온갖 원쑤들
　　웃음과 지혜로 족쳐버리네

-3호, 34쪽21)

이 부분은 제1장 초반에 등장하는 방창으로, 돌쇠가 머슴살이 총각이지만 야학에서 공부를 했다는 정보가 포함되어 있다. "야학을 다닌 총각이 온갖 원쑤들을 웃음과 지혜로 족쳐버"린다는 가사는 이 극에서 돌쇠가 펼칠 행동을 예상하게 만들고, 또한 돌쇠가 긍정적 주인공으로서의 역할을 수행할 것임을 암시한다.

다음은 복순이가 산에서 약초를 구해와 만춘과 함께 어머니께 드릴 약을 달이는 장면에 쓰인 방창이다.

　　△ 둘이 머리를 가지런히 하고 약을 달인다.
　　△ 방창이 들려온다.

---

20) 김준규, 『〈피바다〉식가극의 방창에 관한 연구』, 사회과학출판사, 1984, 152쪽.
21) 「불후의 고전적명작 혁명연극 〈성황당〉 대본」, 『조선예술』 3~4호, 1980.3~4(아래 〈성황당〉의 희곡 인용 부분은 발간 호수와 쪽수만 기재함).

가난과 천대 속에 맺어진 사랑
가시밭속에서 피는 꽃인가
고생하신 어머니 함께 모시고
새살림 오붓이 꾸려가리라

-4호, 30쪽

이 장면에 발휘된 방창은 만츈과 복순이 결혼하는데 따르게 될 어려움 등 그들에게 닥친 시련을 부각시키면서, 관객들이 등장인물들과 쉽게 공감대가 생기도록 몰입도를 높여주는 기능을 한다.

△ 음악이 시작되며 돌쇠와 박씨 춤을 추기 시작한다.
△ 방창이 들려온다.

얼씨구 좋네 절씨구 좋아
 미신에서 깨여났네
십년 묵은 학질 떼듯 성황당귀신을
 뚝 떼여버렸네
얼씨구 좋아라 춤도 절로 난다
하느님도 부처님도 사주팔자도 모두
 없다네
얼씨구 좋아라 새길을 찾자

-4호, 41쪽

위 대목은 극의 종장 중에서 가장 마지막에 등장하는 방창으로, 미신에서 깨어난 것이 춤을 출 정도로 기쁜 일이라는 것을 "얼씨구 좋네", "얼씨구 좋아라"와 같은 후렴구를 통해 반복하여 강조하고, "새길을 찾자"고 하는 가사를 통해 주체사상에 입각한 자주적인 인간상으로 살아가자는 극의 주제를 관객들에게 교양시킨다. 이처럼 〈성황당〉식 연극 음악은 "자기의 고유한 예술적 형상수단으로 연극예술에 적극 복무함으로써 대사만으로는 얻을 수 없는 높은 정서성을 보장할 수 있게 되었다."22)

3. 갈등 표출 양상

1) 갈등의 유형

북한문학에서의 갈등은 "생활에서 벌어지는 계급투쟁의 예술적 반영 투쟁"23)이다. 현실적인 의미에서는 "인민들의 전진을 저해하는 낡은 부르죠아 세력과 그의 사상을 반대하는 인민들의 세력 및 새로운 사회주의 사상과의 투쟁을 의미"24)한다. 이러한 투쟁을 통해 새로운 것, 긍정적인 것이 주체시대에 맞는 사회상이며 인간상이라는 것을 일깨워준다. 북한문학에서 드러나는 갈등은 "적대적이거나 계급적, 또는 화해가 불가능한 것"으로 나타나는데, "사회주의 현실을 그릴 때에는 비적대적 갈등으로, 그 외의 경우에는 적대적 갈등을 설정"해야 한다. 그런데 "적대적인 예술적 갈등에서는 적대적 갈등은 첨예하고 극단적으로 설정되어야 하고 결렬하는 방법으로 해결되어야 한다는 것, 적대적 갈등의 담당자들인 긍정인물과 부정인물 사이의 격렬한 대립과 투쟁을 동반"해야 한다.25)

---

22) 「〈성황당〉식 연극은 새형의 연극」, 『조선예술』 10호, 1989.10, 11쪽.
23) 사회과학원 주체문학연구소, 『문학예술사전』 상, 과학백과사전종합출판사, 1988, 138쪽.
24) 박태영, 『희곡 창작을 위하여』, 국립출판사, 1995, 137쪽.

이러한 갈등의 표출은 스토리가 있는 예술에서는 대체로 예외가 없는데, 시간과 공간의 제약에 따라 주제를 효과적으로 드러내기 위해 인물 간의 갈등을 첨예화한다. 이 책에서 논의되고 있는 〈성황당〉은 미신타파와 자주적 인간상을 극의 주제로 내세우며 다양한 인물들로 하여금 갈등을 유발시켜 주제를 드러낸다. 특히 긍정적 인물과 부정적 인물이 명확하게 구별되어 등장하는 〈성황당〉에서는 그들의 충돌로 인한 갈등이 빈번하게 나타난다 이러한 갈등과 해소과정을 통해 낡은 것과 미신에 의존하는 사상을 버리고 자주적인 인간이 되자는 주체사상을 드러내게 한다.

〈성황당〉에서 드러나는 갈등은 크게 두 가지의 형태로 나누어 볼 수 있다.

첫 번째는 인물 간의 갈등으로서 긍정적 주인공과 부정적 주인공의 대립, 즉 계급적 대립에서 유발되는 것이다. 작품 속에서 긍정적 주인공은 돌쇠, 만춘, 복순 그리고 복순 어머니 박씨이며, 부정적 주인공으로는 지주 부부, 구장 부부, 무당, 중, 전도부인으로 나눌 수 있다. 이 두 인물군이 대립하면서 두드러진 갈등 양상이 묘사될 수 있었다.

두 번째로는 앞서 밝힌 인물들의 사상, 또는 더 구체적으로 사회주의 사상과 관련된 것으로, 낡은 것과 그것을 반대하고 새로운 주체시대를 열어가자는 사상과의 갈등이다. 이것은 작품 전체에 걸쳐 있는 돌쇠의 형상을 통해 발현되며, 종자와 작품의 주제를 표출할 수 있는 것으로 미신이나 종교에 의지하지 말고 스스로 강인한 사람이 되어 주체사상에 입각한 긍정적인 삶을 살아가자는 북한사회의 이데올로기와 연관된다.

---

25) 김재용, 『북한 문학의 역사적 이해』, 문학과지성사, 2004, 225쪽 참조.

2) 계층의 갈등

인물 간의 갈등에서 가장 주목할 부분은 무엇보다도 긍정적 인물과 부정적 인물간의 대립이다. 이 작품에서 긍정적 인물군에 속한 돌쇠, 만춘, 박씨, 복순은 피착취계급, 부정적 인물군 중 지주 부부와 구장 부부는 착취계급에 속한다. 제1장의 방창에서 드러났듯이 돌쇠는 야학에서 공부를 해 새 것에 눈을 뜬 현명한 인물로 등장하지만, 그 외의 인물 중 복순과 복순 어머니 박씨는 힘없는 자신의 운명을 오로지 미신에만 의존해 살아가는 피착취계급의 전형을 보여준다. 그 때문에 지주와 구장은 각각 자신들의 이익을 위해 복순을 탁군수의 첩으로 보내기 위해 갖은 계략을 도모하고 이에 따라 복순과 박씨가 피해를 받는 사람으로 그려진다.

지주: 어, 임자네들, 여기서 강냉이를 함부루 따서는 안되겠네.

박씨: 이제부터 가을을 하려는데요.

지주: 가을? 안돼.

박씨: 아니 제땅에서 가을을 하는데…

지주: 제땅? 이건 내 땅일세. 내 땅이야! …

박씨: 아니 뭐요?

　　　(…중략…)

지주: 임자두 내 논밭 계속 부치고 내 집쓰구 살려면 구장, 구장 하지 말구 내 말을 들으란말이야 내 말을!

박씨: 제가 언제 황주사님말씀 거역한적이 있습니까?

지주: 그러면 복순일 금년겨울 읍에 나가 지내게 하게.

　　　(…중략…)

박씨: 당장 잔치날을 받아놨는데요. 래달 초이튿날…

지주: 응, 그렇다면 좋네! 잔치를 하겠으면 하구 말겠으면 말구, 그대신
　　　내 빚진거랑 장리 가져다 먹은거랑 갚을건 다 갚구나서 잔치를
　　　해두 하게.
박씨: 아니, 그걸 다 갚구나서야 어떻게 대사를 치르겠습니까?
지주: 그럼 잔치를 못하는거지. 임자가 제폭만 제폭이라는데 내라구 임
　　　자사정 보겠나, 잘 생각해보게.

—3호, 39쪽

위의 장면은 구장과 지주 두 사람이 각각 면장이 되기 위한 방
법으로 탁군수에게 청탁하려고 하고, 복순을 탁군수의 첩으로 보
내기 위해 두 사람 모두 복순을 먼저 데려가기 위해 박씨에게 협
박을 하는 상황 중에서 지주와 박씨의 대화의 일부이다. 지주는
복순을 탁군수에게 보내지 않으면 밭에서 수확도 할 수 없으며,
생계도 꾸려나갈 수 없다는 것을 공표하게 되고 박씨는 피착취계
급의 한계를 뛰어넘지 못하는 상황에 직면하게 된다. 박씨 모녀의
안타까운 상황은 두 사람이 신세 한탄을 하며 성황당으로 가려고
할 때 흘러나오는 "이 세상 넓다해도 믿을곳 없어/불쌍한 어미딸
은 눈물로 비네/그 누가 저들을 구원해주랴"라고 하는 방창에서도
잘 드러난다. 이러한 장면에서 박씨와 복순은 피착취계급의 전형
을 보여주게 되고, 핍박받고 힘들게 살아가는 박씨가 미신에 의존
해 살 수 밖에 없는 인물이었음을 간접적으로 드러내고 있다.
　　여기서 작품에 드러난 갈등의 초점이 주인공 돌쇠보다는 박씨와
착취계급에 맞춰져 있다고도 볼 수 있다. 여기에서 돌쇠는 박씨와
복순의 상황을 해소하기 위하여 착취계급과 종교인들 간의 갈등을
유발시켜 부정적 인물군이 자멸하도록 유도한다.

이놈의 뜨락은 흥/넓기도 하여라 흥/온종일 쓸어도 흥/끝이나 없구나 흥

(…중략…)

요놈의 종자야 흥/괄세를 말아라 흥/내라고 한평생 흥/머슴만 살테냐 흥

—3호, 40쪽

돌쇠는 머슴인 자신의 신세 한탄과 아무리 머슴이어도 괄세를 하지 말라는 것을 지주처가 들으라는 듯이 큰 소리의 노래로 대신한다. 이 부분은 작품 내에서 드물게 나타나는 피착취계급의 저항이며 모든 긍정적 인물과 피착취계급을 대표하는 인물인 돌쇠를 통해 드러나기 때문에 작품의 전체적인 착취계급과 피착취계급간의 갈등을 희극적으로 보여준다고 할 수 있다.

한편 긍정적 주인공 가운데 주목할 인물은 복순 어머니 박씨이다. 박씨는 미신에 의존해 성황당에 제물을 바치는 등의 행위를 보이기 때문에 주체시대에 걸맞지 않은 새 형의 인물이 아니다. 하지만 박씨를 긍정적 인물로 분류한 까닭은 극이 전개되는 과정에서 미신에 의존하는 것이 어리석은 행동이라는 점을 깨닫고 스스로 성황당을 무너뜨리면서 '낡은 것을 버리고 새 것'을 추구하기 위한 북한의 문예혁명에 맞는 인물로 변화하기 때문이다. 즉 인물 간의 갈등에서 긍정적 주인공과 부정적 주인공의 대립을 통해 극의 종자를 실현시켜 주체시대에 맞는 삶을 꾸려가자는 주제를 박씨를 통해 다시 한 번 환기시킨다.

다음으로 살펴 볼 것은 부정적 인물들 간의 대립이다. 면장의 자리를 놓고 발생된 지주와 구장의 갈등은 돌쇠의 개입으로 극대화되며, 이 인물들의 주변 인물들이며 역시 부정적 인물군에 속하는

종교인들 간의 갈등으로 확대되는 양상을 보인다.

구장과 지주의 갈등을 살펴보면, 이들의 갈등 유발 요소는 면장의 지위다. 이 두 인물은 면장이 되기 위해 마을 주민인 박씨의 딸 복순을 탁군수의 첩으로 보내려는 계략을 짜고 기독교와 불교를 대표하는 전도부인과 중을 끌어들여 조장한다. 구장과 지주가 서로 대립각을 세우며 갈등하는 인물이라는 것은 주변 인물들의 대사와 행동을 통해 드러나는데, 주로 그들의 머슴인 돌쇠와 만춘, 그리고 그들 부인의 행위에서도 두드러지게 표출된다.

> 돌쇠: 그럼… 이거… (머리를 긁적거리다가 구장의 흉내를 내는척하면서) 예, 황깍쟁이라는게 배때기에 욕심만 가득차서 동리백성들이 손이 닳두록 일군 이 부대밭까지 제 밭이라니 환장을 해서 개뺄 같은 뺄이 쑥 나왔지…그런 도적놈이 어디 있나 응?
>
> 지주: 아, 아니 뭐, 개뺄? 도적놈?
>
> 돌쇠: (여전히 구장 흉내를 내는척하면서) 그 주제에 면장을 해보겠다구, 잔칫날까지 다 받아놓은 남의 외동딸을 군수네 집에 보내겠다니 그런 악귀같은놈이 어디 있나. 이제 그러다가야 동리사람들한테 맞아죽어서…
>
> 지주: 듣기 싫다! 그만둬라!
>
> 돌쇠: (못들은척하고 계속한다.) 개대가리같은 대가리가 저 성황당꼭대기에 걸려가지구 까마귀가…. 까욱! 까욱!
>
> 지주: 이놈아, 그만두지 못해!
>
> -3호, 41쪽

극의 제2장에 나오는 장면으로, 면장 자리를 놓고 경쟁하는 지주와 구장 사이에 돌쇠가 개입해 갈등을 유발시키고 있는 대목이다. 구장이 지주를 가리켜 한 말을 그대로 지주에게 전하는 과정에서 지주는 그만 할 것을 요구하지만 아랑곳하지 않고 구장의 흉내를 내며 이야기하는 돌쇠의 모습에서 머슴살이하는 주인에 대한 풍자가 드러난다.

구장과 지주의 갈등은 그들의 부인들에게서도 발생하는데, 구장과 지주가 직접 부딪혀 대립하는 모습이 극의 후반인 제9장에서 나타나는 것에 비해 지주 처와 구장 처가 함께 등장해 대립의 각을 세우는 장면은 자주 등장한다.

> 지주처: (그들을 향해) 되겐 인품이 높다. 그 주제에 면장이 되겠다구? 흥!
> 구장처: (되돌아와서) 왜 못될것 같니? 너 같은것 좀 부러워하라구두 기어쿠 면장이 돼야 하겠다. 옴두꺼비같은년!
>
> △구장과 구장처 나간다.
>
> 지주처: 뭐 옴두꺼비? 저 구미여우같은년이… 아니 당신은 왜 이렇게 멍청하니 서만 있어요. 서만?
> 지주: 어디 보자 이놈! 내 아예 네놈의 모가질 비틀어놓을테다 이놈!
> —3호, 42쪽

제2장에서부터 등장하는 지주 처와 구장 처는 남편의 면장 자리를 위해 큰무당을 서로 데려가려고 하는 행동들로 많이 등장하는데, 이러한 적대적 갈등은 죽음이나 가산탕진 등과 같이 화해가 불가능한 결렬의 형태로 해결된다.

3) 사상의 갈등

북한의 혁명연극에서 북한의 주체사상이 강조되고 있음은 새삼 설명할 필요가 없다. 이 주체사상은 작품에 내재된 사상 갈등을 통해 심화 각인된다. 혁명연극 〈성황당〉에서 사상의 갈등은 첫째, 돌쇠로 상징되는 주체사상과 낡은 것(미신과 계급)에서 나타난다.

돌쇠는 야학에서 공부를 하며 생각이 깨어 있어 사상적으로 주체사상을 주창하는 인물로 등장하는데, 돌쇠의 이러한 모습은 1980년대부터 북한문학에서 등장하기 시작한 '숨은 영웅'[26]과 닮아 있다. 1980년대 현실 주제의 소설에서는 극히 평범하고 조용한 일상생활의 현장을 중심으로 하며, 주인공 또한 남달리 뛰어난 지적·육체적 능력을 가진 비범한 인물이 아니라 일상생활에서 만나는 보통 사람을 삼고 있다는 점이다. 그들은 외견상 평범하지만 내면의 성실성·진지함 등을 지키려고 노력하면서 살아가는 인물이라는 점에서 분명히 영웅적이다. 그렇지만 세상의 주목을 끌 만큼 대 위훈을 세우는 그런 영웅적인 인물은 아니다.

이러한 주인공을 숨은 영웅이라고 칭하는데, 이 형태와 닮아 있는 돌쇠에게서 미신에 의존하는 현실과 대립·갈등하며 주체사상을 몸소 실천하는 모습이 보이는 것이다. 따라서 돌쇠가 "성황당을 불태우는 것보다 사람들의 머리 속에 불을 질러"야 한다고 말하는 것처럼 사람들의 정신을 계몽시키기 위해 착취계급과 종교인들과 투쟁한다. 즉 갈등을 유발시키는 데는 적대적 관계에 놓인 각 인물들의 대립이 무엇보다 필요하지만, 주체사상에 입각해 인민을 계몽시키고자 하는 사상을 가진 '돌쇠'라는 인물과 주체사상

---

26) 앞의 책, 261~262쪽

에 걸맞지 않은 사상과의 대립이 중요하다는 것이다.

돌쇠로 대표되는 긍정적 주인공은, 미신에 빠져 있는 사람들과 더 높은 지위를 갖기 위해 갈등하는 인물들을 부정적인 시각으로 대립시키면서 부각시킨다. 또한 돌쇠는 "종교와 미신은 아편과 같다더니 참말 아편보다두 더하구나."[27]라며 미신이나 종교에 의지하며 살아가는 마을 사람들을 계몽하기 위해 만춘과 꾀를 부려 마을에서 성황당을 없애려고 한다. 그러기 위한 방법으로 아래 인용된 장면과 같이 돌쇠는 마을에 있는 종교인들 모두 성황당 아래로 모이게 만든 다음 그들끼리의 갈등을 조장한다.

> 돌쇠: 하하하… 자, 이래놓으니… 이놈의 도깨비당 안에 온갖 귀신이 다 모여들었다. 어디 무슨판이 되나 좀 두구 보자!

> △ 돌쇠 만춘이를 데리고 들어가는데 방창이 들려온다.

> 저저마다 신성한체 날뛰는 무리
> 지혜 많은 총각한데 걸려드누나
> 무당도 부처님도 하느님도
> 모조리 모조리 걸려드누나

−3호, 49쪽

그래서 마을 사람들 스스로가 종교나 성황신 같은 것에 의존하지 않고 주체적이고 자주적인 인물이 될 수 있도록 상황을 만든다. 그것은 앞에 인용한 장면에서 드러나는데, 그 결과 종교와 종

---

27) 『조선예술』 4호, 1980.4, 34쪽.

교, 종교와 샤머니즘 간의 대립을 유도해 지주는 전 재산을 잃고 불에 타 죽게 만들고, 구장은 정신을 잃고 강물에 빠져 죽게 이른다. 또한 큰무당은 박씨에게 속죄하게 하고 박씨 스스로 성황당을 허물게 만든다.

주체사상과 그것에 반대되는 사상인 미신과 종교는 사상의 대립으로 발생하는 두 번째 갈등 양상으로 이어진다. 그것은 종교인들인 전도부인과 중, 무당 사이의 갈등으로 표출된다. 작품의 제4장부터 등장하는 전도부인과 중의 갈등은 주로 양 종교에 대한 비판이 대부분이다.

> 중: 여보시오. 남의 신도는 왜 빼앗으려 하오? 황주사로 말하면 어머님 선대로부터 우리 절의 독실한 신도올시다. 본래 황주사 어머님이 아이를 못낳아서 우리 절에 와서 백일동안 기도를 올리구 황주사를 낳았는데…
>
> 전도부인: 그런 비과학적인 말을 누가 믿습니까? 그건 무지한 녀성들을 유혹하는겁니다.
>
> 중: 여보시오. 그럼 예수는 아버지두 없이 처녀가 신령을 받아 놓았다는건 과학적이요? 허 참!
>
> 전도부인: 아니 남의 신서한 종교에 대해서 비방중상은 왜 합니까?
>
> 중: 비방중상은 누가 먼저 했소, 우리 불교는 예수교같이 그렇게 간사하고 요사스럽지 않습니다.
>
> 전도부인: 우리 예수교는 불교같이 그렇게 음흉하구 미개하지 않습니다.
>
> —3호, 51쪽

비록 전도부인과 중이 나누는 대사라고 하지만 그 속에는 북한 사회에서 바라보는 종교관과 주체사상이 잘 드러나 있다. 이것은 곧 이 작품의 주제인 자주적인 인간형상을 찾는데 종교나 미신이 필요하지 않다는 것을 보여주는 대목이다.

이러한 종교 간의 갈등 상황은 샤머니즘을 대표하는 무당과 접촉하면서 발생하는데, 이때에는 앞서 대립을 했던 전도부인과 중이 단합된 모습을 보이기도 해 '〈성황당〉식 혁명연극'이 가진 풍자적 요소를 볼 수 있다.

> 전도부인: 무당이나 점쟁이들은 촌구석으로나 찾아다니며 거짓말루 사람들을 홀려가지구 돈이나 빼앗아먹는 마귀들입니다.
> 중: 옳습니다.
> 큰무당: 야 뭐가 어째? 마귀? 너희들 오늘 잘 만났다.
>
> △ 큰무당은 전도부인의 멱살을 틀어잡는다.
>
> 큰무당: 그러지 않아두 네년이 미신이니 뭐니 하면서 나를 비방하구 다닌다는 말을 내가 들었다.
> 전도부인: 이게 무슨 무례한짓이야, 남이 전도를 하는데… (지주처를 보며) 저런 사기군들에계속아서는 안됩니다.
> 중: 옳습니다.
> 　　　(…중략…)
> 중: (지주에게) 황주사님은 독실한 신도로서 어찌하여 저런 미신을 집안에 끌어들여가지구 부처님을 욕되게 하십니까?
> 전도부인: 옳아요. 무당이나 성황당을 믿는것은 우매한 미신입니다.
> －3호, 51~52쪽

불과 얼마 전까지 대립각을 세우고 있던 중과 전도부인은 큰무당이 나타나 각 종교에 대한 비방을 늘어놓자 서로의 말이 옳다고 하며 동조하는 모습을 보인다. 이렇듯 각 종교인과 무당들이 서로 헐뜯으며 대립하는 상황을 형상해 종교나 미신에 자신을 의지하는 낡은 생각을 버리고 자주적인 인간이 되자는 주체사상을 드러낸다.

사상의 갈등은 곧 낡은 것, 미신, 부정적인 것 등에 대한 긍정적인 것의 투쟁이며, 작품에서도 보였듯이 낡은 것은 허물어지고 미신 또는 종교와 관계된 인물들이 사라지게 되었으며 계급투쟁에서 착취계급으로 분류된 부정적 인물군들은 죽음과 같은 벌을 받게된다. 작품에서의 사상의 갈등이 작품의 주제를 효과적으로 인민대중에게 전달하는 역할을 하게 되는 것이다.

4. 나오며

북한문학예술은 주체사상에 입각한 긍정적 주인공을 바탕으로 한 고상한 리얼리즘을 추구하는 주체문예이다. 이렇듯 북한이 독자적인 문예정책을 가지고 있는 만큼 통일 시대를 대비하기 위한 북한문학예술의 이해가 요구된다. 이에 따라 이 책에서는 통일 시대를 위한 남북의 문화 교류와 융합을 위한 연구의 한 방법으로, 혁명연극의 대표작인 〈성황당〉에 나타난 특징적인 연출 형상 요소와 갈등 양상을 분석하면서 북한 연극의 면모를 고찰했다.

항일혁명시대의 연극을 원작으로 해 문예혁명 과정에서 개작, 재창작된 〈성황당〉은 가극혁명에서 처음으로 도입했던 흐름식입체무대미술을 활용해 장과 장 사이가 끊어짐 없이 자연스럽게 연결되게 형상화해 극의 몰입도를 높이는 동시에 극의 리얼리즘을 추구하게 되었다. 또한 역시 가극혁명에 먼저 실증된 방창이라는 음악적 요소를 활용해 등장인물의 내면세계를 부각시키거나 이야기를 전개시키는 역할을 하도록 했다.

이러한 흐름식입체무대미술과 방창 등 북한만의 독특한 연극적 장치를 활용해 이룩한 혁명연극 〈성황당〉은 원작에 비해 한층 다양해진 인물들로 인해 갈등과 사건이 보다 깊이 있게 다루고 있음을 밝혔다. 특히 긍정적 인물과 부정적 인물 간의 갈등이 선명하게 드러나는 이 작품에서는 적대적의 갈등, 계급 간의 갈등이 표출됨과 동시에 긍정적 인물군과 낡은 것을 안고 살아가는 세계, 사상과의 대립과 갈등까지 드러내고 있다.

〈성황당〉은 항일혁명시대의 연극 작품들 가운데서 연극혁명 과정에서 가장 먼저 재창조되어 이후 창작되는 북한 연극 형태의 본보기가 되는 작품이 되었다. 이른바 북한 연극을 상징하는 '5대 혁명연극'은 '〈성황당〉식 혁명연극'이라는 틀 안에서 만들어졌기 때문에 주제와 종자의 측면과 형식이 〈성황당〉의 그것과 크게 다르지 않게 나타난다. 따라서 연구가 활발하지 못했던 북한의 5대 혁명연극의 내재적 요소에 관한 연구가 차례로 진행되어야 할 것이다.

━━━━━ 참고문헌 ━━━━━

1. 기본 자료

「불후의 고전적명작 혁명연극 〈성황당〉」, 『조선예술』 3~4호, 1980.3~4.
조선예술영화촬영소 국립연극단, 예술영화 〈성황당〉, 조선2.8예술영화촬영소,
　　　　1979.

2. 참고 자료

김은경, 「북한의 사회주의적 사실주의를 통해 본 혁명연극의 특성: 혁명연극
　　　　〈성황당〉을 중심으로」, 중앙대 석사논문, 1995.
김재용, 『북한 문학의 역사적 이해』, 문학과지성사, 2004.
김정수, 「북한 연극예술이 분류기준 연구」, 『한국문화기술』 제9호, 한국문화기
　　　　술연구소, 2008.
김정일, 「연극예술에 대하여: 문화예술부문 일군들과 한 담화 1988년 4월 20일」,
　　　　『김정일 선집 9』, 조선로동당출판사, 1997.
김준규, 『〈피바다〉식가극의 방창에 관한 연구』, 사회과학출판사, 1984.
김하명, 『문학예술작품의 종자에 관한 리론』, 사회과학출판사, 1977.
김화웅, 「우리 시대 연극무대형상의 새 시원을 열어놓은 〈성황당〉식무대미술」,
　　　　『조선예술』 1호, 1979.1.
문화체육부, 「북한식 문화예술 창작방법론 연구」, 문화체육부 행정간행물, 1998.
민병욱, 「북한 연극의 갈래론적 연구」, 『한국학연구』 제16호, 한국학연구소,
　　　　2002.
박영정, 「북한 5대혁명연극에 나타난 웃음과 희극성」, 『웃음문화』 제5호, 한국웃
　　　　음문화학회, 2008.

_____, 『북한 연극/희곡의 분석과 전망』, 연극과인간, 2007.

박태영, 『희곡 창작을 위하여』, 국립출판사, 1995.

사회과학원 주체문학연구소, 『문학예술사전·상』, 과학백과사전종합출판사, 1988.

은종섭, 「주체의 진리를 심오히 구현한 불후의 명작: 불후의 고전적명작 〈성황
　　　당〉의 종자에 대하여」, 『조선예술』 7호, 문예종합출판사, 1984.7.

이원희, 「북한의 5대 혁명연극에 관하여」, 『한국의 민속과 문화』, 경희대학교
　　　민속학연구소, 1998.

조선문학예술총동맹 중앙위원회, 「연극혁명의 빛나는 승리, 혁명연극 ≪성황당≫
　　　에 대하여」, 『조선예술』 1호, 1979.1.

조성대, 「〈성황당〉식혁명연극이 개척한 다장면구성법의 우월성」, 『조선예술』
　　　11호, 2001.11.

한중모·정성무, 『주체의 문예리론 연구』, 사회과학출판사, 1983.

한　효, 『조선연극사개요』, 국립출판사, 1956.

「〈성황당〉식 연극은 새형의 연극」, 『조선예술』 10호, 1989.10.

북한 '민요풍 노래'에 나타난 민요적 전통성

배인교

1. 북한의 신민요 계승: '민요' 스타일 노래

북한에서 연행되고 있는 음악의 형태를 살펴보면, 그 표현 수단과 방식에 따라 가요로 통칭되는 성악과 기악으로 구분하고 있으며, 음악적인 표현 수단과 방식의 다양한 탐구이용에 따라 가요음악은 다시 서정가요와 서사가요, 행진곡과 율무가요로 구분[1]된다. 한편, 1979년판 『해방후 조선음악』[2]에서는 가요 항목의 하위범주로 송가·서정가요·행진곡·민요식의 노래를 설정하고, 각 시대별로 해당 범주에서 새롭게 부각된 작품들을 설명하고 있다.

이 중에서 '민요식의 노래'는 북한의 많은 저서에 '민요풍의 노

---

1) 안희열, 『주체적 문예리론 연구 22: 문학 예술의 종류와 형태』, 문학예술종합출판사, 1996, 273~274쪽.

2) 리히림·함덕윤·안종우·장흠일·리차윤·김득청, 『해방후 조선음악』, 문예출판사, 1979.

래'나 '민요풍의 가요'3) 등으로 불리고 있으며, 일제강점기의 신민요와 밀접한 연관을 맺고 있다. 남영일은 그의 책에서 '민요풍의 노래'4)란 "민요의 선률적특징을 충분히 살려 종류와 양상에서 민요적성격을 띠고있는 오늘의 가요"5)라고 하였으며, 민요풍의 가요는 민요의 조식적 바탕에 기초한 음조로 되어 있으며 민족장단이 뚜렷하고 부드럽고 우아한 정서적 색채를 띠고 있는 것이 특징적이라고 한다.

북한의 민요풍 노래에 대한 연구는 「북한의 민요식 노래와 민족장단」이라는 글과 「해방 후 남·북한의 혼종적 음악하기」가 있다. 「북한의 민요식 노래와 민족장단」6)이라는 글은 민요풍 노래에 사용된 장단의 유형을 검토한 글이며, 1960년대까지 사용된 민요풍 노래의 장단은 일제강점기의 신민요 장단 리듬형에서 서구식의 리듬형이 제외된 3소박4박자 형태의 장단인 굿거리와 중모리, 중중모리, 자진모리 장단을 많이 사용하였으나 주체사상 확립 이후인 1970년대 이후에는 이러한 전통장단이 퇴조하면서 신민요에서 많이 사용된 리듬인 왈츠와 같은 느낌의 서정장단과 트로트 리듬과 비슷한 안땅장단이 대거 수용되었고, 이전에는 잘 사용하지 않던 양산도·엇모리·도드리장단과 혼합장단들이 김정일이 좋아하는 "가볍고, 섬세하며, 우아하고, 부드러우며, 율동적인" 정서를 대표하면서 민요풍 노래에 적용되었음을 밝혔다.

---

3) 남영일, 『민족음악의 계승발전』, 문예출판사, 1991, 77쪽.
4) 필자는 이전 논문에서 '민요식 노래'라는 명칭을 사용하였으나 북한의 많은 저서에서 '민요식의 노래'라는 명칭보다는 '민요풍의 노래'라는 명칭을 많이 사용하고 있기에 본 논문에서는 이후 '민요풍의 노래'라는 명칭을 한정하여 사용하도록 하겠다.
5) 남영일, 위의 책, 77쪽.
6) 배인교, 「북한의 민요식 노래와 민족장단」, 『우리춤 연구』 제12집, 우리춤연구소, 2010, 147~178쪽.

「해방 후 남·북한의 혼종적 음악하기」7)에서는 일제강점기 신민요의 대체품으로 북한에서 민요풍의 노래가 등장하였으며, 양악작곡가에 의해 작곡되었기 때문에 민요적인 어법을 차용하면서도 전통적인 민요어법을 고수하지 않았다고 하였다. 그는 특히 민요풍 노래의 반주에 서양식 화성을 사용하고 있는 점에 주목하였으며, 북한의 민요풍 노래에 서양의 3화음체계가 아닌 전통적 선법을 수지적으로 쌓은 4도+2도 하음을 사용하는 등 민족적 화성에 대해 고민하고 있다고는 하였다. 그러나 그가 대상으로 삼았던 민요풍의 노래는 북한에서 만들어진 수많은 민요풍의 노래가 아닌 신민요 〈노들강변〉이었으며, 선법검토보다는 화성에 집중된 경향이 있었다.

민요풍의 노래의 특징인 전통성을 장단이라 리듬의 측면에서는 검토한 바가 있으나 북한 정권의 수립 이후 만들어진 수많은 민요풍 노래 각각에 대한 선법 검토는 현재까지도 이루어지지 않았다. 따라서 민요풍 노래의 음계를 검토하는 작업은 50여 년에 걸쳐 이룩된 북한 민요풍 노래가 갖는 선법적 특성을 알아내기 위한 단초가 되는 것 외에 북한 민요풍 노래가 갖는 민요적 전통성을 밝혀내는 데 도움이 된다고 할 수 있다. 이러한 연구를 위해 북한에서 현재도 만들어져 보급되고 있는 민요풍 노래의 음계 검토를 위해 2000년에 평양에서 출판된『조선민족음악전집: 민요풍의 노래편 1』8)에 한정하고 여기에 수록된 민요풍의 노래를 대상으로 음계를 검토해보도록 하겠다. 그 이유는『조선민족음악전집: 민요풍의 노래편 1』에 수록된 곡 외에도 다수의 민요풍의 노래가『해방후 조

---

7) 이소영, 「해방 후 남·북한의 혼종적 음악하기」,『한국민요학』제29집, 한국민요학회, 2010, 301~374쪽.

8) 예술교육출판사 편,『조선민족음악전집: 민요풍의 노래편 1』, 예술교육출판사, 2000.

선음악(1979)』과 같은 전적에 민요풍 노래의 곡목이 수록되어 있기 때문이다. 이러한 작업을 통해 북한 민요풍 노래의 전통성과 그들이 말하는 현대성을 민요풍 노래의 음계 검토를 통해 밝혀질 것으로 예상된다.

그러나 이 연구가 갖는 근본적인 한계가 있다. 먼저 연구대상을 『조선민족음악전집: 민요풍의 노래편 1』에 한정할 수밖에 없는데, 그 이유는 북한에서 출판된 악보집이 아닌 다른 저서에서는 곡명만 나타날 뿐 실제 악보를 확인할 수 없기 때문이다. 또한 악보집을 대상으로 한 분석이기에 민요풍 노래가 가창될 때의 민요적 시김새나 '민성창법'에 대한 논의는 제외될 수밖에 없는 한계가 있다.

한편, 민요풍의 노래는 말 그대로 민요스타일로 작곡된 노래이며, 일제강점기 신민요의 계보를 잇는 작품들이라고 할 수 있다. 또한 전통음악과는 달리 서양음악을 배우고 접한 '작곡가'들에 의해 서양식으로 '작곡'되었기에 악보집에 수록된 노래는 모두 서양식 조표와 박자표, 그리고 오선보에 기록되어 있다. 서양음악에 노출된 작곡가들에 의해 서양식 조표가 붙어 있는 곡을 대상으로 굳이 선법을 논하는 것이 모순일 수 있다. 지금도 그러하지만 당시 서양 음악식으로 작곡된 노래의 선법은 장조와 단조, 두 가지뿐이기 때문이다. 그러나 북한에서 작곡된 일련의 노래들이 '민요풍', 즉 민요 스타일을 칭하고 있기에 전통민요의 선법을 적용하여 분석해 볼 수 있다고 판단된다.

따라서 민요풍 노래에 사용된 음계는 key에서 지시하는 종지음을 중심으로 위아래의 음역대에서 사용된 음을 최저음부터 나열해 보도록 하겠다. 단, 악보에 나타나는 음계의 최저음은 두 번 이상 사용된 것을 음계 최저음으로 사용하겠다. 그 이유를 예로 설명하면, 전통음계 중 경기민요선법인 "솔라도레미"음계의 경우 음계의 최저음인 솔이 빈번히 출현하며, 솔에서 도음으로 건너뛰기보다는 솔에서 라를 거쳐 도로 상승하기 때문에 솔은 두 번 출현하나 '라' 음은 빠진 채 '도'로 건너뛰는 경우, 한두 번 출현한 '솔'음은 아래 음역의 확대로 해석하였다. 이러한 민요풍 노래에서 사용되는 다양한 음계의 검토를 통해 민요풍 노래가 전통민요와 맞닿아 있는 부분이 무엇인지 밝혀질 것으로 사료된다.

2. 민요풍 노래의 음계 검토

『조선음악전집: 민요풍 노래편 1』에 수록된 민요풍 노래는 1945년부터 1994년까지 총 479곡에 달하며, 작곡에 참여한 작곡가는 182명에 달한다. 그리고 479곡 중에는 김일성의 조부인 김보현이 불러 악보에 전하는 노래 〈꿍니리〉도 있고, 일제강점기에 창작된 신민요를 편곡하거나 가사와 제목을 바꾼 노래인 〈배노래〉·〈모란봉〉·〈평북녕변가〉도 있으며, 두 사람이 공동으로 작곡하거나 집체창작된 노래도 있다.

약 50여 년간 창작된 470여 곡의 민요풍의 노래를 창작연도별로 각각의 양상을 살펴보기에는 무리가 따른다. 주지하다시피 북한은 철저히 정부주도의 계획된 사회이기에, 북한에서 실행되었던 주요한 정치적 사안들이 발생한 시기인 1956년 종파투쟁의 종결이나, 1967년 주체사상의 확립, 그리고 1988년 조선민족제일주의의 주창 등을 기점으로 나눌 수도 있고, 북한의 시기구분을 따라 민요풍 노래를 구분할 수도 있을 것이다. 그러나 이러한 시기적 구분이 민요풍 노래의 음계적 성격을 파악하는데 큰 의미는 없어 보인다. 뿐만 아니라 북한에서 주요한 정책이나 정치적 사안들이 곧바로 음악장르에 영향을 끼치지는 않는 경우도 많기 때문이다. 따라서 민요풍 노래의 음계 분석은 시기를 나누지 않고 전체의 경향을 살펴보되, 각 음계가 많이 사용된 시기는 검토해 보려고 한다. 이를 위해 1945년부터 1950년, 1991년부터 1994년, 그리고 나머지는 10년 단위로 나누어 창작된 곡수는 참고할 필요가 있다. 즉, 1945년부터 1950년까지 창작된 민요풍의 노래 중 수록된 곡은 8곡이며, 1951년부터 1960년 사이에 창작된 곡수는 100곡, 1961년부터 1970년 사이에 창작된 곡수는 197곡, 1971년부터 1980년 사이에 창작된 곡수는 92곡, 1981년부터 1990년 사이에 창작된 곡수는 57곡, 그리고 1991년부터 1994년 사이에 창작된 곡수는 25곡이다. 10년 단위로 나눠보면 1960년대까지 많이 창작되었으나 1970년대부터 줄어들고 있는 것을 볼 수 있다. 그리고 가장 많은 곡을 수록한 해는 1962년, 1964년, 1968년의 27곡이며, 1968년 이후 1969년에는 22곡, 1970년에는 15곡, 1971년에는 10곡 등으로 점차 줄어들고 있다. 참고로 전체의 곡목과 작곡연도, 작곡자, 음계와 종지음 등은 말미의 부록에서 확인할 수 있도록 하였다.

1) 4음음계

『조선음악전집: 민요풍의 노래편 1』에 수록된 4음음계의 곡은 단 한곡뿐이며, 바로 1954년에 유정철이 작곡한 〈명태실이〉라는 곡이다. 이 노래의 조성은 e단조이나 실제 사용된 음을 나열해 보면, "미솔라시"이며, 노래의 종지음은 '라'음이다.

<악보 1> 4음음계 <명태실이>

　〈악보 1〉〈명태실이〉에서 보듯이 곡 초반과 후반의 의성어 부분에 "라－라－시－솔－미－라"의 선율을 반복적으로 사용한다. 그런데 악보의 선율을 따라가 보면 가사의 "번개같이 잘 담아 들인다"와 "우리네 풍어를 반기여 주누나" 부분에서 곡의 조성과는 무관한 "레미솔라도"의 서도민요 음형을 발견할 수 있다.

　이를 보면, 1954년 당시에 서도민요 음형에 대한 이해나 합의가 없는 상태에서 작곡가 유정철이 황해도와 평안도 해안가의 어업요를 바탕으로 음악을 만든 것은 아닌가 추측된다. 따라서 이 곡이 비록 "미솔라시"의 음계를 사용하는 것처럼 보인다 할지라도 〈명태실이〉는 '솔'음이 생략된 서도토리의 음계를 갖는다고 할 수 있다.

2) 5음음계

『조선음악전집: 민요풍의 노래편 1』에 수록된 5음음계의 곡은 총 400곡이며, 전체 곡수의 85.1%를 차지할 정도로 많은 양을 차지한다. 민요풍 노래에 사용된 5음음계는 전통민요의 음계나 선법과 맞물려 있는 만큼 5음음계의 음계구성도 다양하게 나타난다. 즉, "도레미솔라", "레미솔라도", "미솔라도레", "미라시도레", "솔라도레미", "라도레미솔"의 여섯 유형이 보이며, 각각의 음계에 종지음도 다양하게 나타난다. 각각의 음계 유형과 종지음, 해당 음계가 나타나는 곡수를 정리하면 아래의 표와 같다.

<표 1> 『조선음악전집』의 민요풍 노래 중 5음 음계의 종류와 종지음

음계 구성	종지음	곡 수(400곡)	전통민요선법의 음계
도레미솔라	도	93	
레미솔라도	레	8	수심가토리
미솔라도레(86)	라	79	메나리토리
	도	7	
미라시도레	라	8	육자배기토리
솔라도레미(127)	솔	6	진경토리
	도	121	
라도레미솔(78)	라	53	반경토리
	도	25	

위의 표를 보면, 민요풍 노래의 작곡가들이 선호했던 5음음계의 음계유형은 "솔라도레미"음계의 중간음인 '도'음으로 종지하는 형태이며, 그 다음이 "도레미솔라"음계, "미솔라도레"음계, "라도레미솔"음계인 것을 알 수 있다. 이들 중에서 전통민요와 같은 음계

를 사용하는 것부터 살펴보도록 하겠다.

먼저, "레미솔라도"음계는 모두 8곡이며, 음계의 형태는 서도민요토리의 음계이다. 1950년대에 이 음계를 사용하여 노래를 작곡한 사람은 서도명창인 김진명과 4음음계의 곡이었던 〈명태실이〉의 작곡자 유정철이다. 이후 1960년대에 4곡이 창작되었고, 1982년 이후엔 보이지 않는다. 그러나 악보에도 보듯이 〈산천가〉는 서도민요 〈산천가〉와 동일곡인을 알 수 있다.

<표 2> "레미솔라도" 음계의 악곡

곡명	작곡년도	작곡자	박자	비고
산천가	1952	김진명	6/8	
올농사 대풍이로세	1961	김준도	4/4	
출진가	1961	한시준	2/4	
갈대가 아니고 비단이라네	1962	계경상	12/8	
사회주의 우리 농촌 좋을시구	1969	김영도	12/8	
내 고향 청산리	1970	차학철	9/8	
미루 백리벌에 풍년북 울려라	1980	리문웅	6/8	
새땅에 새봄맞이 가세	1982	최헌식	2/2	

산 천 가

작사 주영섭
작곡 김진명

<악보 2> "레미솔라도"음계 1(1952년)

새땅에 새봄맞이 가세

작사 한정규
작곡 최현식

<악보 3> "레미솔라도"음계 2(1982년)

민요풍 노래에 보이는 "미솔라도" 음계는 메나리토리의 음구성과 같다. 이 음계는 다른 전통민요의 음계처럼 적게 사용되지도 않았으며, 음계의 중간음으로 종지하는 형태도 많지 않다. 이 음계는 음계 자체가 음계의 중간음으로 종지하는 형태를 띤다. 그런데 이 음계의 곡에는 전형적인 메나리토리의 노래에서 보이는 음형, 즉 "레－도" 음형과 "라－솔－미"음형이 나타나는 노래가 많다. 그러나 "미－솔－라"와 같은 장조적인 음계가 나오기도 하는데, 메나리토리의 주요 음형인 "라－솔－미"의 음형이 아닌 '미'에서 '라'음으로 상행할 때 '솔'이 나타나서 "미－솔－라"의 음형이 빈번히 출현하고 있는 것이다. 이를 보면, 민요풍노래에서 메나리토리의 음계만 차용하고 음기능은 도외시한 것이 아닌가 하는 추측을 하게 한다. 그러나 "미솔라도레"의 음계를 사용하고 음계 중간음인 '라'음으로 종지하는 음계도 1971년 김영도의 〈사과따는 처

륙 대 바 다

<악보 4> "미솔라도레" 음계 1(1949년)

<악보 5> "미솔라도레"음계 2(1971년)

녀〉를 끝으로 보이지 않으며, 1982년의 〈빛나라 개선문〉은 '도'음
으로 종지하는 곡이다.

"미라시도레"음계는 전통민요의 육자배기토리의 음계와 같으며,
앞의 서도음계의 경우처럼 전체 8곡이 보인다. 수록된 순서대로
정리하면 〈표 3〉과 같다.

<표 3> "미라시도레" 음계의 악곡

곡명	작곡년도	작곡자	박자
보잡이노래	1951	라화일	6/8
풍어가	1959	김길학	6/8
가야금이 울리네	1964	리면상	12/8
조사공의 영예	1964	리근영	12/8
빛나는 충성의 해발	1976	리용호	4/4
일하기도 좋고 살기 좋은 내 나라	1976	리석	12/8
둘러라 도리깨	1978	한시준	12/8
통일그네 쌍그네	1991	김기명	6/8

가야금이 울리네

깊은 정서로(중모리장단)

작사 송돈식
작곡 리면상

1. 스르릉 둥 둥 기당기둥당 스르릉—둥기당기둥당기둥당 노 을비낀 공·장길에
발 걸음도—가·벼움게 —— 돌아오·는·나를·반 겨 울리여주—누나 —
가야금이 둥기당기당 울리 는거리 로동으로꽃·피—는·행 복 의거리
둥 기당 둥기당기당—당 둥 기당 둥 당당 둥기당당 둥기당당
둥기당둥기당둥기당기둥기당둥 당 사 택마 을 집집에서 가야—금을 —러네 —

<악보 6> "미라시도레" 음계 1(1964년)

통일그네 쌍그네

굿거리장단으로 류창하게

작사 권영호
작곡 김기명

1. 느티 —나 무 아 지에다 쌍 —그네 —를 늘여·놓고
얼굴 —예쁜 처 —녀들 단 오 명절 흥 —에겹네
한 번·굴러 — 모 란봉·이요 —
두 번 굴러 삼 각·산 이요 통일념 원
쌍 그 —네로 하늘 높이 날 —아보자

<악보 7> "미라시도레" 음계 2(1991년)

<표 4> "솔라도레미" 음계의 악곡

곡명	작곡년도	작곡자	박자
꿍니리	1945	김보현 창	12/8
평북녕변가	1948	전기현	6/8
모란봉	1957	김관보 김진명편곡	12/8
산촌처녀	1959	리관모	6/8
머루나 다래야	1962	김준도	12/8
수령님 은덕에 충성으로 보답하세	1966	최옥삼	6/8

〈표 4〉 "솔라도레미"음계이면서 '솔'음으로 종지하는 곡은 〈꿍니리(1945)〉부터 〈수령님 은덕에 충성으로 보답하세(1966)〉의 6곡에 불과하다. 이중에서 〈꿍니리〉는 김일성의 조부가 불렀다는 곡으로 보아 일제강점기 이전의 노래로 보이며, 〈평북녕변가〉와 〈모란봉〉은 모두 경기민요 〈창부타령〉의 편곡버전이기에 모두 전통민요의 모습을 띠고 있는 곡이라고 할 수 있기 때문에 새롭게 창

<악보 8> "솔라도레미" 음계 1(1959년)

수령님 은덕에 충성으로 보답하세

<악보 9> "솔라도레미" 음계 2(1966년)

작된 곡은 세곡에 불과한 셈이다. 그리고 가장 마지막으로 작곡된 〈수령님 은덕에 충성으로 보답하세〉의 작곡자는 최옥삼이라고 명기되어 있으나, 북한에서 활동했던 재북국악인인 최옥삼은 1956년에 사망했으므로, 동명이인의 곡이 아닌가 생각된다.

　"라도레미솔"음계의 곡은 모두 78곡이며, 반경토리음계처럼 음계의 최저음에서 종지하는 음계를 가진 곡은 53곡이다. 그러나 이 음계의 노래 80%가 1960년대에 작곡되었으며, 1970년대에 6곡, 그리고 1980년부터 이 음계가 마지막으로 보이는 1985년까지 작곡된 노래가 4곡에 불과하여 점차 감소하였음을 볼 수 있다.

　민요풍 노래에서 전통 민요의 음계나 종지음이 아닌 5음음계는 "도레미솔라" 음계와 "미솔라도레"·"솔라도레미"·"라도레미솔"음계의 곡 중 음계의 중간음인 '도'음으로 종지하는 경우이며, 전체

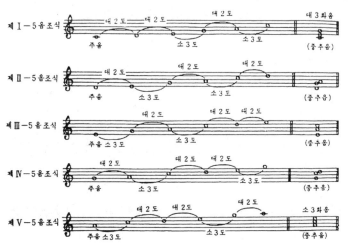

악보 <10> 2001년 출판 고등중학교 3학년 음악교과서 수록 북한 민요의 5음조식

5음음계 곡 중 246곡으로 61.5%에 해당한다.

　"도레미솔라"음계는 주지하다시피 일본의 요나누끼 장음계이며, 일제강점기에 일본유학을 했던 음악인이 작곡한 노래나 일본인의 음악교육의 영향으로 한반도에 많이 보급된 음계이다. 그런데 북한에서는 이 음계를 전통민요 선법의 하나로 상정하고 있다. 북한에서 사용하고 있는 민요의 음구조는 모두 다섯 가지로 나누어 설명하고 있다. 우선 제 I 형은 전형적인 장조적 5음계이며, 예로 〈아리랑〉·〈풍년가〉·〈노들강변〉이 있다고 하였으며, 이에 비해 제V형은 단조적5음계로 계면조이며 〈조선팔경가〉와 〈봄노래〉가 이에 해당한다고 하였다. 그리고 제IV형은 제 I 형의 변형으로 평조이고, 이 형태의 민요에는 〈모란봉〉·〈양산도〉·〈도라지〉등이 있으며, 제III형은 제V형의 변형으로 〈밀양아리랑〉과 〈영천아리랑〉 등이 있다고 하였다. 마지막으로 II형에 대해서는 "조식적색채가 특이한것으로 하여 그에 의한 조식적표현성은 매우 다양하다. 이 형태는 어느 음을 중추음으로 하여 선률진행과 인성이 이루어 졌는가에 따라 실지 작품에서는 소조 또는 대조로 되며 대조와 소조의 특징이 서로 결합되어 작품에 표현되기도 한다9)"고 하면서 민요의 예를 들지 않았다.

이를 보면, 남한의 경우처럼 음악분야에서의 일제청산이 이루어지지 않았음을 보여주는 예라고 할 수 있다. 그리고 일본을 통해 수입된 서양음악의 결과 생성된 음계가 바로 "솔라도레미"음계를 쓰되 음계의 중간음인 '도'음으로 종지하는 음계이다. 이 음계의 곡은 민요 중에서는 신민요 〈아리랑〉이 유일하며, 남한의 대중가요 중 트롯음악인 성인가요에도 많이 사용하고 있는 음계이다. 북한에서는 이렇게 '솔라도레미'음계의 '도'종지 형태에 대한 별다른 설명이 없으며, 제Ⅰ형의 예로 〈아리랑〉을 들고 있어 이 두 음계를 같은 것으로 상정하고 있는 것을 볼 수 있다. 북한에서 불리는 이 음계의 민요풍 노래로는 〈그네뛰는 처녀〉, 〈사과풍년〉, 〈사랑 사랑 내 사랑〉 등이 있으나 남한에서 가장 잘 알려진 곡은 〈반갑습니다〉와 〈통일무지개〉 정도이다.

그런데 북한에서 "도레미솔라"음계와 "솔라도레미" 음계의 '도' 종지 형태가 4/4박자와 결합하면 트로트풍의 느낌이 난다. 북한에서는 4/4박자를 휘모리장단과 안땅장단에 사용하는데 트로트풍의 느낌은 안땅장단에서 많이 풍긴다. 안땅장단은 옹헤야장단이라고도 하며 남한의 동살풀이 장단과 비슷10)하다.

"도레미솔라"음계에 적용된 박자11)와 해당 곡수를 살펴보면,

---

9) 송광철·김미빈·김군일·조태봉, 『음악(고등중학교 제3학년용)』, 교육도서출판사, 2001, 45쪽.
10) 배인교, 앞의 논문, 152~153쪽. 안땅장단의 악보는 최영남, 「우리 나라 장단에 대하여 (1)」, 『조선예술』 5호, 1977.5, 58쪽.
11) 이러한 박자 유형에서 2/4박자는 휘모리장단, 3/4박자와 6/4박자는 서정장단, 4/4박자는 안땅장단, 5/8박자는 엇모리장단, 6/8박자는 반굿거리장단, 9/8박자는 양산도장단,

2/4박자 1곡, 3/4박자 9곡, 4/4박자가 37곡, 5/8박자가 1곡, 6/4박자가 4곡, 6/8박자가 27곡, 9/8박자가 3곡, 12/8박자가 10곡, 18/8박자가 1곡이다. 이를 보면, 다양한 장단을 사용하기는 하나 이 음계와 가장 많이 결합된 박자는 4/4박자인 안땅장단이다. 그리고 "솔라도레미"음계 중 '도'음으로 종지하는 노래의 경우도 여러 장단형을 쓰고 있으나 4/4박자인 안땅장단과 가장 많이 결합하고 있다.

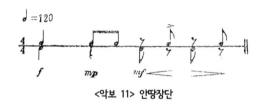

<악보 11> 안땅장단

우리 민족 제일일세

<악보 12> "도레미솔라" 음계의 악곡

12/8박자는 중모리와 중중 모리, 자진모리 장단 등이며, 18/8박자는 도드리장단이다. 각각의 장단형은 배인교, 위의 논문을 참조하시오.

통일무지개

<악보 13> '도'음 종지 "솔라도레미"음계의 곡

3) 6음음계와 7음음계

6음음계와 7음음계는 전체 479곡 중에서 78곡으로 약 16.3%에 해당한다. 출현하는 음계의 유형은 모두 11가지이며, 이를 정리하면 〈표 5〉와 같다.

〈표 5〉에 보이는 6음음계 중 "도레미솔라시"와 "도레미파솔라"는 서양의 장조 음계에서 네 번째나 7번째 음이 빠진 형태의 음계이며 요나누끼장음계와 서양 장조음계의 결합으로 보인다. 그리고 "미솔라시도레"는 육자배기토리와 메나리토리가 결합된 민요에서 많이 발견되는 음계이다. 이러한 유형은 경기도와 충청도의 향토민요에서 많이 발견되는 유형이나 북한의 작곡가들이 이를 유념하

<표 5> 6음음계와 7음음계의 음계구성과 종지음

	음계 구성	종지음	곡 수(78곡)
6음음계 (65곡)	도레미솔라시	도	4
	도레미파솔라	도	2
	미솔라시도레	미	1
		라	34
		도	2
	솔라시도레미	도	9
	솔라도레미파	도	1
	라시도레미솔	라	12
7음음계 (13곡)	도레미파솔라시	도	4
	솔라시도레미파	도	3
	라시도레미파솔	라	6

고 작곡한 것은 아닌 것으로 생각된다. 그리고 "솔라시도레미"나 "솔라도레미파", "솔라시도레미파"음계는 "솔라도레미"음계와 서양의 장조 음계가 결합된 형태로 보이며, "라시도레미솔"과 "라시

유격구마을에 쌍그네나네

<악보 14> "솔라시도레미"음계의 악곡

조국의 사랑은 따사로워라

작사 한덕수
작곡 최동욱

감동적으로 느리지 않게

<악보 15> "도레미파솔라시"음계의 악곡

도레미파솔"음계는 서양의 단조음계와 "라도레시솔"음계가 결합된 형태라고 할 수 있다.

지금까지 『조선음악전집: 민요풍의 노래편 1』에 수록되어 있는 1945년부터 1994년까지 작곡된 민요풍 노래의 음계와 음조직을 전통 민요의 선법에 기하여 검토해 보았다. 민요풍 노래에 사용된 음계를 10년 단위로 나누어 전체적인 양상을 정리하면 〈표 6〉과 같다.

〈표 6〉을 보면, 1940년대에는 8곡, 1950년대에는 85곡, 1960년대에는 195곡으로 점점 증가했음을 알 수 있으나 1970년대 이후 91곡, 66곡, 25곡으로 줄어들고 있는 것을 볼 수 있다. 이는 북한에서 민요풍 노래에 대한 선호도가 점점 낮아지고 있다고 말할 수 있을 것이다.

<표 6> 『조선음악전집』 민요풍 노래의 음구성과 시기별 악곡수

음계	음구성	종지음	1945~1949	1950~1959	1960~1969	1970~1979	1980~1989	1990~1994	총수
4음	미솔라시	라		1					1
5음	도레미솔라	도	1	1	26	34	22	9	93
	레미솔라도	레		1	4	1	2		8
	미솔라도레	라	1	12	65	1			79
		도			5	1	1		7
	미라시도레	라		2	2	3		1	8
	솔라도레미	솔	2	2	2				6
		도	2	18	43	21	25	12	121
	라도레미솔	라		20	23	6	4		53
		도		8	2	8	5	2	25
6음	도레미솔라시	도		1		2		1	4
	도레미파솔라	도			1			1	2
	미솔라시도레	미		1					1
		라	1	14	17		2		34
		도		1				1	2
	솔라시도레미	도			1	7	1		9
	솔라도레미파	도	1						1
	라시도레미솔	라		3	4	2	3		12
7음	도레미파솔라시	도		1		2		1	4
	솔라시도레미파	도				3			3
	라시도레미파솔	라			1	4	1		6
	합계		8	86	196	95	66	28	479

3. 민요풍 노래의 전통과 변형

북한에서는 민요를 바탕으로 한 새로운 가요들을 많이 창작하여 보급하는 것을 민요의 계승발전에 가장 중요한 사업의 하나로 인식하고 있다. 즉, 새로운 시대에는 새로운 노래를 요구하고 그에 맞는 새로운 노래들을 많이 창작해야 하는데, 이러한 새 노래는 인민들을 위한 노래이기 때문에 민족적 성격을 띠어야 한다는 것이다. 그리고 민족적 성격을 띠기 위해서는 반드시 민요에 바탕을 두어야 한다고 보았다. 민족적 성격의 바탕이 되는 준거는 "우아하고 섬세한 선률흐름, 독특한 장단과 창법적 기교"이며, 민요풍의 노래에는 민요의 선법에 기초한 음조와 민족장단, 그리고 부드럽고 우아한 정서적 색채가 존재해야 한다.

『조선음악전집』에 수록된 민요풍 노래의 83.5%인 400곡이 5음음계로 작곡된 노래인 것으로 봐서는 민요의 선법에 기초한 음조를 차용했다고 볼 수 있다. 1945년부터 만들어 불리기 시작한 민요풍 노래의 음계는 4음음계, 5음음계, 6음음계, 7음음계로 다양하게 나타났으며, 4음음계는 〈명태실이〉라는 곡을 제외하고는 이후 한 곡에도 보이지 않았다. 그리고 이 곡은 작곡가가 명시한 조성과는 달리 서도민요의 요소가 많이 보이는 노래라는 것을 앞장에서 확인하였다. 5음음계의 음구성은 "도레미솔라"부터 "라도레미솔"까지 다양하게 나타나며, 전통음악적 요소가 가장 많은 음계이기에 전체 민요풍 노래의 대부분을 차지하고 있음을 보았다. 6음음계와 7음음계의 곡은 전통 민요선법끼리의 결합도 있었지만 대체로 서양식 음계와의 결합이며, 이러한 결합을 바탕으로 만들어진 노래를 "5음계조식에 기초하면서도 7계단음을 경과적으로 리용한 노래"이며, "자기의 고유한 양식적특성을 견지하면서도 보다 현대화되였으며 그 어떠한 혁명적현실도 훌륭히 반영함으로써 우리 시대 민요식 노래로서의 풍격을 갖추게 되고 우리 가요를 다양하게 발전시키는데서 중요한 위치를 차지하고 있다"고 하였다.[12] 즉, 북한의 민요풍 노래에서 사용하고 있는 "민요의 선법에

---

12) 남영일, 『민족음악의 계승발전』, 문예출판사, 1991.

기초한 음조"는 5음음계의 사용임을 알 수 있으며, 앞 절의 표에 서도 보듯이 1980년대 이후 6음음계의 곡과 7음음계의 곡이 창작된 경우가 극히 적어지는 것을 보면, 민요풍의 노래는 5음음계로 만들어야 한다는 생각이 자리한 것 같다.

또한 민요풍 노래에 사용된 다양한 박자는 민족장단이라는 이름으로 사용되고 있다. 즉, 2/4박자는 휘모리장단, 3/4박자와 6/4박자는 서정장단, 4/4박자는 안땅장단, 5/8박자는 엇모리장단, 6/8박자는 반굿거리장단, 9/8박자는 양산도장단, 12/8박자는 중모리와 중중모리, 자진모리장단 등이며, 18/8박자는 도드리장단이라고 한다. 이를 보면 민요풍 노래는 그들이 말하는 "민요의 선법에 기초한 음조와 민족장단"을 철저히 구비하고 있는 셈이다. 즉, 전통 민요의 선법에 보이는 5음음계와 휘모리장단·안땅장단·엇모리장단과 같은 전통 음악에 보이는 장단을 사용하고 있는 것이다. 그리고 전통민요에서 잘 보이지 않거나 없는 6음음계와 7음음계는 민요의 선법에서 '기초한' 음조를 쓰고 장단은 5음음계의 것처럼 민족장단을 사용하고 있다.

그런데 「북한의 민요식 노래와 민족장단」에서 1970년대 이후 전통장단이 퇴조하고 새롭게 만들어진 서정장단이나 '뽕짝' 리듬과 비슷한 안땅장단이 수용되면서 우아하면서도 율동적인 정서를 민요풍 노래에 적용하였음을 밝힌 바 있다. 즉, 전통적 요소를 추구하되 인민의 정서나 현대적 미감을 반영한다는, 다시 말해 민족적 형식에 현대적 미감을 추구한다는 북한의 정책이 적용되고 있는 것이다.

현대적 미감은 전통의 변형이라고 할 수 있는데, 민요풍 노래의 음계나 선법에서의 현대적 미감은 지금까지 정리한 분석표를 통해 알 수 있다. 즉, 전통 민요선법이 갖는 음계에 서양의 장조 음계와 단조 음계를 적용하여 음계를 구성하고 있을 뿐만 아니라 기존의 전통 민요선법의 음계라 할지라도 그 종지음을 전통 민요선법의 종지음이 아닌 인민들의 귀에 익숙한 서양식 조성의 종지음을 사용하고 있는 것이다.

그러나 전통의 변형이나 현대적 구현이 서양음악식이라는 점과 일본의 요나누끼 장음계를 민족적 음계라고 여기는 점은 북한의 지향점과는 거리가 있어 보인다. 물론 서양음악식은 북한 정권 성립 초기부터 음악분야에서 지향했던 요소이기에 민요풍 노래에서 특이한 요소는 아니나, 민요풍의 노래에서 서양음악적 요소가 빈번하게 보인다면, 민족적 성격을 어디에서 구현할 수 있는가의 문제가 생기게 된다.

특히 앞 절에서 예시된 〈조국의 사랑은 따사로워라〉라는 곡은 1957년에 작곡된 곡이며, 서양식 장조 음계로 이루어져 있다. 그런데 이 노래에 대한 북한의 설명을 보면, "단순3부분형식으로 구성되어 있는 선률은 5음조식에 기초하고 있으며 뜨거우면서도 절절한 서정속에 감동적으로 울리고있다"[13]고 하였다. 그러나 이 노래의 선율은 7음음계를 사용하고 있으며, 장단은 왈츠리듬의 변형인 서정장단을 쓰고 있다. 서정장단이 민족장단의 하나라고 말한다면 논의가 일단락되겠지만 민족장단으로 볼 수 없다고 한다면 이 노래가 민요풍 노래가 될 수 있는 음악적 요소는 하나도 없게 된다.

그리고 요나누끼 장음계는 종종 경기민요 선법의 변형으로 알려진 신경토리와 혼용되어 왔다. 그러나 이 둘은 종지음인 '도'음 아래 음역대의 음들이 자주 보이는가, 그렇지 않은가에 따라 신경토

---

13) 사회과학원, 『DVD 문학예술사전』, 2006.

리와 요나누끼 장음계로 나뉜다. 즉, 우리가 일반적으로 알고 있는 〈아리랑〉의 경우 종지음인 '도'음의 아래 음역대에서 진경토리 음계인 '솔'음과 '라'음이 빈번하게 출현한다. 이에 비해 요나누끼 장음계는 최저음인 '도'음의 아래 음역대에 음이 출현하지 않는다. 그리고 일본의 음계인 요나누끼 장음계는 일본의 창가와 함께 들어왔으며 경토리에 영향을 미쳤다. 물론 남한의 음악계에서도 요나누끼 장음계의 곡을 국악창작곡에 적용하고 있는 일부 작곡가들이 있으나, 일본척결은 북한에서 정책적으로 지향하는 요소임에도 불구하고 음악에서는 아무런 제약없이 사용하고 있으며, 그것이 민족적이라는 생각을 하고 있는 점은 개선의 요지가 있다고 하겠다.

그럼에도 불구하고 서양음악의 요소가 많이 사용되고 일본식 음계와 트로트 리듬과 같은 장단을 사용하며, 그것이 현대적 미감이라고 말하는 것에는 한계가 있으나 남한에서는 1960년대 이후 거의 사라져 버린 신민요 전통이 북한에 여전히 구현되고 있다는 점은 부러운 점이다. 종합무대예술 형식의 〈아리랑〉 축전에 사용되는 노래인 〈강성부흥아리랑〉은 많은 인민들이 즐겨 부르는 노래 중의 하나이며, 현재도 많은 민요풍의 노래가 작곡·보급되어 북한 인민 가요의 한 축을 형성하고 있기 때문이다.

4. 민요풍 노래의 음악사적 의의

이 글은 북한의 민요풍 노래의 음계 검토를 바탕으로 민요풍 노래의 특성을 검토한 글이며, 2000년에 출판된 『조선음악전집: 민요풍의 노래편 1』에 수록된 470곡의 음계를 전통 민요선법을 바탕으로 검토해 보았다.

『조선음악전집: 민요풍의 노래편 1』에 수록된 4음음계의 곡은 단 한곡뿐이었다. 이 곡의 조성은 e단조이나 곡의 조성과는 무관한 "레미솔라도"의 서도음형을 발견할 수 있어, 1954년 당시에 서도음형에 대한 이해나 합의가 없는 상태에서 작곡가 유정철이 황해도와 평안도 해안가의 어업요를 바탕으로 음악을 만든 것은 아닌가 추측된다.

총 400곡을 차지하는 5음음계의 곡은 전통민요의 음계나 선법과 맞물려 있는 만큼 5음음계의 음계구성도 다양하게 나타났다. 여기에는 전통민요음계와 같은 서도민요토리와 육자배기토리, 창부타령토리 등도 있었다. 그러나 메나리토리의 음계를 사용하고 있는 곡중에는 전통민요의 선율흐름을 고수하고 있는 것과 서양의 장조적 선율진행을 사용하고 있는 곡이 혼용되어 나타나고 있었다. 또한 경토리의 변형인 "도레미솔라"음계의 곡이 많이 발견되었다. 이 음계는 창부타령토리의 변형인 "솔라도레미"음계는 종지음인 '도'음의 아래 음역에서 '솔'음과 '라'음이 빈번하게 사용되고, 다섯 음이 순차적으로 상행하거나 하행하는 선율진행을 보이며, "도레미솔라"음계는 요나누끼장음계로 종지음인 '도'음의 아래 음역에서 대체로 음이 출현하지 않으며, 음의 순차진행보다는 도약진행이 많이 나타나기에 일본의 음계를 비판 없이 사용한 것으로 보인다. 그리고 이외에 6음음계와 7음음계의 곡도 78곡이 사용되었으나 민요풍노래는 5음음계를 사용한다는 생각이 보편적인 현상으로 보인다는 것을 밝혔다.

5음음계를 주로 사용하되 여러 음계를 혼용하고 있는 민요풍 노래라 할지라도 민요풍 노래에는 노래에 민족적 성격을 부여하여야 한다는 북한 정권의 입장이 반영되어 있다고 볼 수 있으며, 다시 말해 민족적 형식에 현대적 미감을 추구한다는 북한의 정책이 적용되고 있다고 볼 수 있다. 그리고 북한이 말하는 민족적 형식에 일본적인 요소가 많이 삽입되어 있다는 한계가 있으나 현재도 많은 민요풍의 노래가 작곡·보급되어 북한 인민 가요의 한 축을 형성하고 있다.

민요식의 노래, 혹은 민요풍 노래의 갈래가 갖는 전통의 계승과 북한식 현대적 변용에 대하여 남한의 학자들의 찬반이 있을지라도 의의가 있다고 본다. 즉, 전통 민요선법의 음계를 차용하였거나 하지 않았거나 북한에서는 여전히 "민요풍" 노래를 표방한 많은 노래들이 작곡, 보급되고 있으며, 남한에서는 거의 끊긴 신민요 전통이 북한에서 계승되고 있는 점을 간과해서는 안 될 것이다.

안희열, 『주체적 문예리론 연구 22: 문학 예술의 종류와 형태』, 문학예술종합출
　　　판사, 1996.

리히림·함덕윤·안종우·장흠일·리차윤·김득청, 『해방후 조선음악』, 문예출판
　　　사, 1979.

남영일, 『민족음악의 계승발전』, 문예출판사, 1991

배인교, 「북한의 민요식 노래와 민족장단」, 『우리춤 연구』 제12집, 우리춤연구
　　　소, 2010.

＿＿＿, 「북한 고등중학교 민요 교육의 음악적 고찰」, 『한국민요학』 35집, 한국
　　　민요학회, 2012.

송광철·김미빈·김군일·조태봉, 『음악 (고등중학교 제3학년용)』, 교육도서출판
　　　사, 2001.

이소영, 「해방 후 남·북한의 혼종적 음악하기」, 『한국민요학』 제29집, 한국민요
　　　학회, 2010.

예술교육출판사 편, 『조선민족음악전집 – 민요풍의 노래편 1』, 예술교육출판사,
　　　2000.

최영남, 「우리 나라 장단에 대하여(1)」, 『조선예술』 5호, 1977.5.

사회과학원, 『DVD 문학예술사전』, 2006.

찾아보기

1. 작품 및 논저

「5월」　101
「감자현물세」　75, 100, 101
「개」　31
「개벽」　24, 75, 100, 101
「개선」　102
〈갱도〉　30
「공등풀」　101
「구대원과 신대원」　127
「그늘 밑 사람들」　126
〈그대를 불러 우리의 태양이라 노래함은〉
　　69
「기적」　35
「김일성장군의 노래」　170
〈꽃파는 처녀〉　54, 56, 57
「꽉쇠」　25, 100, 101
『끝없는 열정』　128
〈나란히 선 두집〉　30
「남매」　35
「농촌위원회의 밤」　75, 100, 101
〈누리에 붙는 불〉　55, 60
「눈내리는 보성의 밤」　166
「돌아온 보금자리」　100
『두만강』　76
〈두메산속에 꽃이 핀다〉　55

〈들꽃〉　26
〈땅〉　42
『땅』　24, 75, 99, 100
「땅의 서곡」　100, 101
「레닌의 초상」　35
〈려명〉　55
「로변」　126
〈로씨야 사람들〉　36
〈마을사람들속에서〉　60
「마천령」　32
「막냉이」　29
「명랑」　126
〈명태실이〉　242
「모자」　35
「무산명」　100
〈민족과 운명〉　150
〈민족의 태양〉　55
〈밀림아 이야기하라〉　55, 57
「바우」　100, 101
〈바우〉　25
「밭갈이노래」　100, 101
『白茂線』　126
「벼가을하려 갈 때」　100, 101
「복사꽃 필 때」　100, 101
〈봉화〉　25
「북조선토지개혁에 대한 법령」　73

「분대장」 127
〈분수령〉 30
「비룡리 농민들」 100, 101
〈비룡리 농민들〉 25
「산곡」 100, 101
「〈삼심령〉〈함정골〉」 127
「새소식」 100
〈서화협회〉 188
「선화리」 101, 127
「성장」 100, 101
〈성장〉 25, 26
〈성장의 길에서〉 55
〈성황당〉 212
『소련 기행기』 41
〈수령님의 만수무강을 축원합니다〉 55, 69
『시련속에서』 123
『아내』 128
「안골동네」 101, 127
「애국자」 28
「어머니」 127
〈어머니〉 30
「얼굴」 35
〈영원한 합창〉 69
〈오직 한마음〉 55
〈외과의 크레체트〉 36
『용광로는 숨쉰다』 128
「유격대」 101
〈유격대의 오형제〉 60
〈은파산〉 30
〈이순신장군〉 42
「이앙」 101
〈인민극단〉 39
〈인민은 조국을 지킨다〉 30
〈자매〉 30
「장가가는 날」 100, 101
「장군님을 맞는 날」 102
「재령 강반에서」 100
『조선민족음악전집』 239
〈조선예술좌〉 39

〈중앙예술공작단〉 39
「지경돌」 75, 100, 101
〈창부타령〉 250
〈최학신의 일가〉 53, 55, 61~67, 69
〈친위전사〉 55
「토지개혁법령에 대한 세칙」 74
「파종의 노래」 101
「편지」 127
「푸른벌로 간다」 100, 101
〈푸른 소나무〉 55
「해방」 97
「혈로」 101
「형관」 32
「호랑령감」 101

2. 인명

강 호 180, 183, 185, 187
강 훈 102
김광섭 75, 100, 101
김교련 194, 196
김남천 127
김민혁 133
김복진 181~183, 188
김사량 41
김성수 177
김순석 100, 101
김우철 75, 100, 101
김일성 57
김재용 177
김재하 132
김정숙 61
김정일 54, 66, 67, 70
김진명 245
김하명 133
남궁만 100, 101
라 웅 43
량연국 192, 194, 207
리 찬 100
리국전 180

리기영　75, 97, 100, 101
리　령　65
리호남　75, 100, 101
문석오　180
문학수　190
민병균　100
박세영　41, 180, 182
박승구　180
박영호　100, 101
박팔양　180, 182
방　창　219
백문환　100, 101
백인준　51~54, 57, 58, 60, 63, 66, 67,
　　　　69
선우담　180
성두원　197
송　영　41
안룡만　101
안　막　18
안함광　19
연장렬　132
유항림　31
윤세중　101, 123
윤세평　18, 132
윤시철　101
이구열　178
이기영　24, 182
이북명　28
이원조　127
이　찬　149
임　화　127, 184, 187
정관철　180, 181, 190, 204
정문향　100, 101
정하보　184~186
집체작　100, 101
천세봉　100, 101
천청송　102
최명익　32, 101
최재서　127
탁　진　100, 101

한명천　100
한　민　100, 101
한설야　19, 35, 101, 180, 182, 187
한태천　100, 101
한　효　20, 214
홍의정　202
황　건　42, 100, 101
황　철　64, 65, 67

3. 내용

20개조 정강 발표　37
4음음계　242
5대혁명연극　212
경기민요선법　240
계면조　252
고상한 사실주의　20, 65
기교주의　34
단조　240
대문호　52, 69
도레미솔라　244
동살풀이 장단　253
라도레미솔　244
레미솔라도　244
레뽀르따쥬　41
메나리토리　247
문학 서클　38
미라시도레　244
미소공동위원회　97
미술라도레　244
민요스타일　240
민요식의 노래　237
민요풍 노래　237
민요풍의 가요　238
민요풍의 노래　237
민족장단　259
민족적 형식　263
민족적 화성　239
민주주의 민족연극론　42
백두산창작단　51, 58

변형 260
별나라 사건 159
북조선림시인민위원회 73
북조선문학예술총동맹 15
북조선예술총련맹 16
불후의 고전적 명작 55
'뽕짝'리듬 260
사회주의적 사실주의 연극 68
사회주의적 사실주의 65
새 민주조선건설시기 13
서도민요 음형 243
서도토리 243
서양 장조음계 255
서양식 화성 239
선법적 239
〈성황당〉식 혁명연극 212
솔라도레미 240, 244
수령의 문예전사 69
수령형상 60
수령형상화 69
신경토리 261
신민요 238
안땅장단 253
어업요 243
예술지상주의 34
오체르크 42
옹헤야장단 253
요나누끼 장음계 252
우리식 혁명예술 57
유일사상 57
유일체제 59
육자배기토리 248
음계 239, 240
작가 현지 파견 사업 131
장조 240
전국 작가 예술가 대회 131
전통민요 241
전통성 240
전후복구시기 125
조성 261

종지음 240
주체미술 196, 198, 202
주체사실주의 61
창가 262
천리마 운동 123
토지개혁 24, 73
트로트풍 253
트롯음악 253
평조 252
평화적 민주건설 시기 13
프롤레타리아 국제주의 162
해방기 13
혁명가극 55
혁명예술 56
혁명적 낭만주의 22
혁명적 대작 56
혁명적 로맨티시즘 20
혁명투쟁 57
현대적 미감 262
형식주의 34
혼용 263
황해제철소 128
휘모리장단 253
흐름식입체무대미술 218
흑막 장치법 42